Hansjörg Schertenleib

# *Offene Fenster, offene Türen*

Roman

Kampa

*Für den Blick hinter die Verlagskulissen:*
*www.kampaverlag.ch/newsletter*

*Dies ist ein Roman,*
*Figuren wie Schauplätze sind erfunden.*
*Ähnlichkeiten mit existierenden Menschen*
*sind nicht beabsichtigt und wären rein zufällig.*

Der Kampa Verlag wird vom Bundesamt für Kultur
mit einem Strukturbeitrag für die Jahre 2021–2024 unterstützt.

Lektorat: Ulrike Ostermeyer, Berlin

www.kampaverlag.ch
Covergestaltung: Lara Flues, Kampa Verlag
Covermotiv: © Lara Flues
Satz: Tristan Walkhoefer, Leipzig
Gesetzt aus der Stempel Garamond LT / 210125
Druck und Bindung: Friedrich Pustet, Regensburg
Auch als E-Book erhältlich
ISBN 978 3 311 10064 5

*Für Brigitte.*
*Love, life, wife.*

»Zerlegt mich sacht.«

*W. S. Graham*

# *Mittwoch, 11. März*

Kendrick Lamar: DNA
Joni Mitchell: Edith and the Kingpin
Tinashe: All Hands on Deck
Lianne La Havas: Is Your Love Big Enough
Prince: Kiss
Takuya Kuroda: Rising Son
Black Pumas: Colors
Hiatus Kajyote: Jekyll
Jehnny Beth: To Love Is To Live

Miles Davis: Bitches Brew
Manu Katché: Neighbourhood
Jean-Luc Ponty: Sunday Walk
Prince: Parade

# I

Das Licht, das zwischen den erst vor wenigen Wochen fertiggestellten Wohnblöcken schwebt, als ließe es sich anfassen, hat einen Blaustich; es regnet, regnet dicht und regelmäßig, und für einen Augenblick stellt Casper Arbenz sich vor, es schneie, schneie dicht und regelmäßig, wie den ganzen Winter nicht. Als Kind hat er Schnee geliebt. Wo ist der Holzschlitten abgeblieben, den sein Vater ihm zum zehnten Geburtstag geschenkt hat? Casper zog den hölzernen Einsitzer mit den blitzenden Kufen nicht wie die anderen ihre Schlitten und Plastikbobs an Seilen den Hang hoch, er schlüpfte mit den Armen zwischen Kufenbogen und Sitzlatten und trug ihn wie einen Rucksack. Denkt er an den Davoser, streicht er unweigerlich mit dem Zeigefinger über die sichelförmige kurze Narbe über seiner Oberlippe; dreizehnjährig ist er in einen mit Stacheldraht umwickelten Zaunpfosten gerast, weil er den anderen beweisen wollte, dass man präziser steuern kann, wenn man sich bäuchlings auf den Schlitten legt, statt wie ein Mädchen darauf zu sitzen.

Ihr kleiner Garten ist rettungslos verwahrlost, Windstöße greifen in die Äste der sieben Birken, in die er Futtersäckchen für die Vögel gehängt hat, die er durchs Fenster seines Übungsraumes im Blick hat. Auf der Lampe über dem Fahrradunterstand für die Familien, die in den Wohnblocks mit den großen Fensterfronten wohnen, hockt eine Krähe, krächzt und schlägt mit den Flügeln, ohne sich in die Luft zu erheben.

Er schlüpft in seine alte Motorradjacke und tritt trotz des Regens in den Garten hinaus, um die kühle Luft zu genießen. Seit ein paar Wochen erwacht er Nacht für Nacht ungefähr zur gleichen Zeit: Kurz nach drei Uhr streicht, selbst bei geschlossenem Fenster, plötzlich Zugluft durch ihr Schlafzimmer. In der Zeit des Tiefschlafs und des langsamen Pulses wird er angerührt vom Atem aus dem Reich auf der anderen Seite, ein Atem, der keinen Geruch hat, bis auf die Knochen geht und plötzlich mit leisem Seufzen aufhört. In den ersten Nächten ist er aufgestanden und hat erfolglos nach dem Ursprung des Luftzuges gesucht. Er kann sich nicht erklären, woher er kommt, er löst unangenehme Gedanken aus, die ihn oft so lange wachhalten, bis er ein Schlafmittel nimmt.

Seine Frau Bettina ist gegen zwei Uhr früh nach einem erbitterten, kalt geführten Streit, der über eine Stunde gedauert hat, ausgezogen. Dass sie, anders als sonst, nicht laut wurde, sondern beherrscht und emotionslos geblieben ist, versteht er als Beweis, dass es ihr diesmal ernst ist und sie ihn tatsächlich verlassen hat und sich scheiden lassen will. Bisher war ihr sein taktisches Schweigen unerträglich, heute Früh schwieg sie eisern zurück, ohne seinen Blick freizugeben. ›Dieser Fick‹, hat sie leise gesagt und wie immer, wenn sie gegen Empörung kämpft, innen an der Wange genagt, ›ist einer zu viel‹. An ihrer Schläfe war der Abdruck ihrer Lesebrille zu erahnen, bestimmt hat sie gelesen, während er mit einer Schülerin der Jazzschule, an der er unterrichtet, Sex hatte. Bettina wird bei Katharina untergekommen sein, die sich ebenfalls von ihrem Mann getrennt hat. In der Haustür drehte Bettina sich um, trat an den Esstisch, zog ihren Ehering vom Finger, legte ihn mit herausfordernd erhobenem Kinn auf die Tischplatte, seufzte, als kämpfte sie gegen einen Weinkrampf an, und ging wortlos aus dem Haus. Als die Tür hinter ihr zufiel, wurde Caspers Kehle so trocken, dass er kaum schlucken konnte; sein Kiefer zitterte, doch er weinte nicht.

Die Frage, von wem Bettina von der Sache mit Juliette erfahren hat, lässt ihm keine Ruhe; soweit er weiß, kennt sie keine Schülerinnen und Schüler der Schule, andere Lehrer nicht mal eine Handvoll. Wer hat ihn verpfiffen? Werden sich Musiker oder vielleicht gar Bandmates von ihm abwenden wegen der Vorwürfe gegen ihn, werden Privatschüler abspringen? Seine eigene Band Torso, ein Quartett mit Elektropiano, Sopransaxofon, Bass und Schlagzeug, geht erst im Herbst auf Tour, bis dann haben sich die Wogen sicherlich geglättet. Mitleid darf er so wenig erwarten wie Gnade. Juliette Noirot ist die Schülerin, er der Lehrer. Der Fall ist klar, das Urteil wird schnell gefällt werden. Sie ist neunzehn, er fünfundfünfzig. Opfer, Täter. Wird man ihm offen Vorwürfe machen oder fehlt ihnen dazu Mut und Unverfrorenheit? Soll er versuchen, sich zu erklären, oder hört sich seine Version der Geschichte unweigerlich wie eine Rechtfertigung und damit ein Schuldeingeständnis an? Verschonen ihn wenigstens die Lehrer, die ihm wohlgesinnt sind? Wie werden ihm die Schülerinnen begegnen? Was sagt die Erleichterung, die er darüber empfindet, dass seinen verstorbenen Eltern der Skandal erspart bleibt, über ihn, über einen Mann in seinem Alter aus?

Er betrachtet die Wohnblöcke, die ihren Garten sogar im Sommer bereits am frühen Nachmittag in Schatten tauchen und an Felsmassive erinnern. Als die Bagger vorfuhren und das Areal der Gärtnerei Heer-Raeber dem Erdboden gleichmachten, fing Bettina nach über vier Jahren wieder an zu rauchen. Das Knirschen zersplitternder Treibhausscheiben unter den Baggerraupen ging ihr so nahe, dass sie ein Valium nahm und sich im Schlafzimmer verkroch. Obwohl sie die im Gemeindehaus ausgelegten Baupläne studiert und die Bauausschreibung gelesen hatten, trauten sie ihren Augen nicht, als die Überbauung ausgesteckt war. Die Bauherrschaft, eine Versicherungsanstalt, die ihr Kapital in Immobilien anlegt, nutzte jeden Meter der Bauzone: Von nun an, das wurde ihnen gnadenlos vor Augen geführt, leben sie im Schatten und müssen neben dem Kreischen der Kinder auf dem Spielplatz, der ausgerechnet an ihren Garten grenzt, auch das Gelächter und die Musik der Paare aushalten, die auf ihren Balkonen grillieren, sooft es das Wetter erlaubt, selten auf einem Kugelgrill, sondern auf einem dieser Gasungetüme, an denen in der Regel Männer in Grillschürzen stehen, die zu laut reden. Auf allen Balkonen stehen teure Tontöpfe mit Pflanzen, die gehegt und gepflegt werden, trotzdem regelmäßig eingehen und sofort durch neue ersetzt werden. Ein Kreislauf, über den sich umliegende Gartencenter freuen. Das Zierschilf, das Bettina gepflanzt hat, bietet Sichtschutz, hilft aber wenig gegen die Lärmbelästigung, die an Wochenenden oft erst im Morgengrauen aufhört. Aus ihrem Paradies ist eine Hölle geworden.

Auf einem der Balkone sitzt seit einiger Zeit jeden Mittag ein Mann im Bademantel, dieser Uniform der Aussortierten, und raucht Kette. Zu diesem Mann, er wird in seinem Alter sein, keine Verbindung zu spüren, ist Casper nahezu unmöglich. Hat er seine Stelle verloren? Arbeitet er Schicht? Kümmert er sich um den Haushalt, und seine Frau verdient das Geld? Wieso sieht er ihn nie morgens oder abends auf seinem Balkon? Ist er Single? Sitzt der Mann auf dem Balkon, um ihm seine Zukunft als stumme Warnung vor Augen zu führen? Er sieht das Fitnesscenter beim Bahnhof vor sich, ein modernes, rundum verglastes Gebäude, das ihn nach Anbruch der Dunkelheit an ein Aquarium erinnert. Der Anblick der Frauen und Männer, die in Sportkleidung auf Laufbändern in einer Reihe unermüdlich auf die Scheibe zu rennen, ohne ihr je einen Schritt näher zu kommen, vereint im Wunsch, fit zu sein, wobei doch jeder für sich ist, beängstigt und belustigt ihn zugleich.

Casper geht ums Haus, um die Schäden an der Verkleidung aus Fichte zu begutachten, die ihnen das Architektenduo Hausmann & Hug mit dem Argument und Versprechen ans Herz gelegt hat, Fichtenholz sei optisch ansprechend, witterungsresistent und halte ›ein Leben lang‹. Wie oft hat er Bettina auf die angefaulten Bretter hingewiesen, weil sie seine Bedenken gegen die Vorschläge *spießig* fand? Über Verkaufssprüche in der Art von ›unser offenes und variables Raumkonzept ermöglicht vielfältige Raumbezüge‹ der beiden Männer, die mit ihren schwarzen Rollkragenpullis, rahmengenähten Schuhen, Hornbrillen, wuchtigen Armbanduhren und kahlrasierten Köpfen tatsächlich wie das Architektenklischee aussahen, hatten sie noch gemeinsam gelacht, doch während er immer skeptischer wurde, reagierte Bettina nach kurzer Zeit mit uneingeschränkter Begeisterung auf die Vorschläge. Wie unpraktisch ihr Haus aufgrund seines variablen und offenen Konzepts mit verschiebbaren Wänden aus Spanplatten für ein Paar ist, das Freiräume dringend braucht, haben sie schmerzlich erfahren müssen. Es ist ringhörig, bietet nicht wirklich die Möglichkeit, sich zurückzuziehen, das Bad ist dunkel und feucht, der Treppenaufgang eng. Über das Haus wurde in Architekturzeitschriften berichtet, aber es ist eine Fehlplanung, die Idee selbstverliebter und ambitionierter Architekten, die sich als Künstler verstehen, kein Haus, um darin zu leben und zu arbeiten. Die Vorstellung, es im Zuge einer denkbaren Scheidung verkaufen zu müssen, um Bettina ihre Hälfte auszahlen zu können, bereitet Casper keine Mühe, sondern Freude. Das Haus mag zu ihr passen, zu ihm passt es nicht.

Während er auf der kleinen bekiesten Fläche steht, die er vor drei Jahren als Sitzplatz angelegt hat, die Hand auf dem nassen Blechtisch, packt ihn die Angst, dass er seine Frau verloren hat und sein altes Leben in Schutt und Asche liegt. Die Furcht trifft ihn wie eine mächtige Strömung, die ihn fortzuschwemmen droht. Die Seelenverwandtschaft, das Fundament ihrer Liebe und ihrer Ehe, soll nicht mehr existieren, weil er mit einer Schülerin Sex hatte? Will Bettina wirklich die Scheidung? Werden sie sich danach versöhnen? Wird er sich für den Umgang mit ihr ein Fell zulegen müssen, das dick genug ist für ihre spitzen Bemerkungen und Verletzungen? Wird er sich jetzt, da Bettina ausgezogen ist, beim Pinkeln hinsetzen? Dass sie von seinen Seitensprüngen wusste, begriff er, als sie es ihm heute früh ins Gesicht sagte: ›Ich hab mich ja fast daran gewöhnt, Casper! Aber eine Schülerin! Gott im Himmel, wie jämmerlich! Ich hab in der ganzen Zeit nur mit zwei anderen gevögelt. Mit zwei! Wie viele Weiber waren es bei dir? Zwanzig?‹ Siebzehn, hat er gedacht, aber den Mund gehalten und sich geschämt, weil ihn das Eingeständnis ihrer Untreue beinahe zerriss und er fieberhaft darüber nachdachte, wer die beiden Männer sein könnten. Dass Juliette in seinen Rhythmikstunden offen mit ihm flirtete und ihm Blicke zuwarf, die ihn in der Erinnerung daran noch Tage später aus der Ruhe brachten, hat er Bettina ebenso verschwiegen wie ihre zwei Begegnungen außerhalb der Schule. Das erste Mal liefen sie sich Ende Februar vor dem Albani zufällig über den Weg, tranken Kaffee und redeten zwei Stunden über die Schule, Jazz, Lieblingsbands, Lieblingssängerinnen, Leidenschaften, Träume und Ängste. Vier Tage später verabredeten sie sich zu einem Spaziergang im Stadtgarten, wo sie auf einer Parkbank knutschten, um die aufgeladene Spannung, die zwischen ihnen in der Luft lag, zumindest bis zu einem gewissen Punkt abzubauen. In den darauffolgenden Tagen hat er nicht an Juliette gedacht hat, sondern an ihre Knutscherei und ihre Art, mit weit offenem Mund zu küssen und dabei laut zu stöhnen; er muss sich eingestehen, nicht ernsthaft daran interessiert zu sein, was sie denkt und was für ein Mensch sie ist. Er wird nicht schlau aus ihrem Charakter, ist sich unsicher, ob er sie sympathisch findet; er wollte mit ihr schlafen, das war sein Ziel, auch wenn er nichts dafür tat, es zu erreichen. Er wartete ab, hat sie nicht angerufen, nicht bedrängt. Zwischen ihrer Schmuserei im Stadtgarten und dem

Dienstagskonzert der Jazzschule haben sie sich nicht gesehen, Juliette erschien nicht zum Rhythmikunterricht; um sie nicht in Schwierigkeiten zu bringen, hat er ihre unentschuldigte Abwesenheit nicht vermerkt.

Nachmittags soll der Regen nachlassen und schließlich aufhören, hat er im Radio gehört. Als er in der offenen Haustür aus den Gartenschuhen schlüpft, stolpert er und kann nur mit Mühe verhindern hinzufallen. Obwohl es im hohen Wohnzimmer angenehm warm ist, legt er noch ein Birkenscheit in den Kamin, um den er nicht nur mit den Architekten, sondern auch mit Bettina lange gekämpft hat. Dann legt er *Bitches Brew* von Miles Davis auf, die Platte, die dazu beitrug, dass er unbedingt Schlagzeuger werden wollte. Auf seiner Armbanduhr, Bettinas Geschenk zu seinem Fünfundfünfzigsten, sieht er, es ist 12 Uhr, Zeit, eine Stunde Tai Chi zu praktizieren, sich aufzuwärmen, Körper-, Atem- und Koordinationsübungen sowie gut strukturierte Warm-ups zu machen, bevor er sich ans Schlagzeug setzt. Bei ihrer zweiten Begegnung, fünfunddreißig Jahre ist es her, warf er seine Armbanduhr in hohem Bogen in den Zürichsee, weil Bettina sich verspätet hatte und er es nicht lassen konnte, demonstrativ auf die Uhr zu schauen und sie damit verärgerte. Die Erinnerung an ihr erstauntes Gesicht bringt ihn noch heute in jeder Situation zum Schmunzeln. Er denkt an den blassen Streifen am linken Handgelenk, der damals nur allmählich verschwand, und wie lange er die Uhr vermisste.

## 2

Juliette Noirot fährt aus dem Schlaf, aufgeschreckt durch ein Geräusch, wie sie annimmt: Sie hat geträumt, kann sich aber an keine Handlung erinnern. Stand sie allein auf einer Bühne und sang? Sie war kurz nach zwölf aufgewühlt nach Hause gekommen, hatte in der Küche ein Glas Wasser getrunken, sich ins Bett gelegt und leise Jehnny Beth gehört. Wer alles mitgekriegt hat, was zwischen ihr und Arbenz gelaufen ist, weiß sie nicht; Schulleiterin Flury hat sie jedenfalls im Foyer abgefangen und ihr nahegelegt, nicht zum Unterricht zu erscheinen, bis geklärt sei, welche Konsequenzen gezogen würden. Später hörte sie Ayse und Hisham im Treppenhaus giggeln und lachen; sie waren ebenfalls beim Dienstagskonzert der Jazzschule gewesen, bei dem Severin mit seiner Band Stablemates spielte. Obwohl Ayse und Hisham in der Küche Black Pumas hörten, war Juliette irgendwann eingeschlafen.

In ihrem Zimmer ist der Regen deutlicher zu hören als in den anderen Zimmern der WG, ihr Fenster befindet sich direkt über dem Flachdach des Velohändlers, bei dem sie ihr altmodisches Damenfahrrad gekauft hat, für das sie nicht nur an der Jazzschule bewundernde Blicke erntet; der Regen klopft einen Rhythmus auf das Blech, den sie sich als Beat für ihre Stimme ausmalt, ein Teppich, der sie trägt. Die Lavalampe neben ihrem Bett gurgelt, eine große, giftgelbe Blase steigt in die Höhe, platzt in lauter erbsenkleine Kugeln, die nach unten sinken und sich wieder zu einer Blase zusammensetzen. Es regnet in Strömen, das Licht vor dem Fenster ist grau; sie braucht dringend einen starken Kaffee, schlüpft in den flauschigen Morgenmantel, der Hisham gehört, und betrachtet ihren Teddy, bevor sie auf den Gang tritt: Er hockt nach rechts geneigt neben dem Bett, weil ihr Bruder Claudio ihm vor Jahren mit der Schere das linke Ohr abgeschnitten hat. Das Bauchfell des Bären ist fadenscheinig, so oft hat sie ihn gestreichelt.

Ayse sitzt in T-Shirt und Shorts am Küchentisch und isst ein gebuttertes Knäckebrot, die leeren Alubehälter, dreckigen Gabeln, Messer und Gläser ihres Abendessens hat sie zur Seite geschoben. Es riecht nach Bier, Gras, Zigarettenrauch und Curry. Eigentlich hatten Juliette und Ayse gestern Abend versprochen zu kochen, dann aber beim Vietnamesen Take-away geholt, Reisnudelsuppe und Tofucurry in Kokosmilch und zehn Saigon Beer, bezahlt von Hisham, dessen Vater vermögend ist und in einer Villa am Zugersee residiert, wenn er sich in Europa aufhält. Hisham erzählte ausführlich und melodramatisch vom Land seiner Eltern, und Juliette hat irgendwann aufgehört zuzuhören; am längsten redete Hisham von Gaddafis Kopfbedeckung, die ihn offensichtlich fasziniert. Liegt Tripolis im Libanon, in Syrien oder Libyen? In welchem Land hat Gaddafi geherrscht? Manchmal stört es Juliette, dass sie so leicht abzulenken ist, und sie wünscht sich, älter zu sein, dabei liebt sie es, jung zu sein und das Leben mit all seinen Verheißungen vor sich zu haben, genießt es, begehrt, bewundert und beneidet zu werden. Könnte sie sich, fragt sie sich, in Hisham verlieben? In eine Frau wie Ayse?

»Hisham schnarcht«, sagt Ayse lächelnd.

Es ist nicht das erste Mal, dass sie mit demselben Mann schlafen, und trotzdem muss Juliette sich beherrschen, um sich nicht anmerken zu lassen, dass sie die Bemerkung verletzt. Ein Problem für ihre Freundschaft gäbe es erst, wenn sie sich in denselben Mann *verlieben* würden. Juliette hat sich geschworen, sich nicht auf den gut aussehenden Mann aus Tripolis einzulassen, der vor drei Wochen Lydias Zimmer übernommen hat, nachdem sie nach Graz zurückkehrt ist, und trotzdem mit ihm geschlafen. Seine Haut ist olivfarben, seine schwarzen Haare sind widerspenstig wie Stahlwolle, seine Lippen weich und voll, er ist ein rücksichtsvoller und zärtlicher Liebhaber, was sie anstachelte, sich umso wilder und leidenschaftlicher zu verhalten, als verlange der Liebesakt mit ihr nach Gewalt. Wann hat sie das letzte Mal einen Männerkörper ohne Tattoo und mit unrasiertem Intimbereich gesehen? ›Mach ich es richtig‹, hat Hisham immer wieder leise gefragt, während er sich vorsichtig in ihr bewegte. Junge Männer sind in der Regel leicht zu manipulieren, einfach in die Richtung zu steuern, die ihr passt.

»Dafür zahlt er seine Miete pünktlich und kauft öfter ein als Lydia«, sagt Juliette ruhig.

Lydia war unordentlich und chaotisch, ihr Zimmer schmutzig und zugemüllt wie die Behausung eines Messis. Jetzt ist es penibel aufgeräumt und wirkt unpersönlich wie ein unbewohntes Hotelzimmer. Das Zimmer erzählt wenig über Hisham, findet Juliette, oder ist sie blind für Zeichen und Hinweise, weil er aus einer anderen Kultur stammt und andere, ihr unbekannte Signale setzt? Sein Tenorsaxofon, eine SA-80-Black-Edition, ist so teuer wie das Korg-Keyboard, auf dem Hisham selten spielt. Er hat allein in einer schicken Maisonettewohnung im Zürcher Seefeld gewohnt und ist nur zu ihnen nach Winterthur gezogen, weil er sich an der Jazzschule isoliert fühlt und darauf hofft, endlich in einem der zahlreichen Projekte mitspielen zu dürfen. Hat er nie daran gedacht, dass ihn keiner in seiner Band haben will, weil er zwar ein technisch guter Saxofonist ist, aber kalt und ohne Feeling spielt? Neben seinem Futon steht eine Zimmerbanane, die einen erdig-buttrigen Geruch verströmt.

Juliette tritt ans Spülbecken, dreht den Kaltwasserhahn auf und trinkt aus der hohlen Hand. Die bodenlose Angst fällt ihr ein, die sie empfand, als Ayse die Aufnahmeprüfung zur Schauspielschule nicht bestand und mehrere Wochen niedergeschlagen war, eine Angst, die ihr vor Augen führte, dass sie ebenfalls scheitern könnte.

»Hast du wirklich mit Arbenz geschlafen?«

»Ach komm, Aysi!«

»Er ist doch bestimmt sechzig!«

»Arbenz ist fünfundfünfzig!«

Ayse grinst und fährt sich zärtlich durch die Haare. Um ihre dichten gewellten Haare hat Juliette ihre Freundin immer beneidet und findet es daneben, wenn Ayse sich über eben diese Haare beschwert, was sie sehr häufig tut, vielleicht, um Komplimente zu bekommen.

»Musst du nicht arbeiten?«

»Mittwoch hab ich frei. Und du? Kein Unterricht?«

»Die Flury findet, ich soll diese Woche zu Hause bleiben.«

»Du bist suspendiert?«

»Suspendiert? Ich glaub nicht, nein. Meinst du?«

»Ist er nicht dein Lehrer?«, fragt Ayse, zieht beide Knie an die Brust und legt ihre Hände über die Kniekappen, als wolle sie sie schützen.

»Nur in der Rhythmik.«

»Wolltest du mit ihm schlafen? Oder hat er …«

»Hallo!« unterbricht Juliette Ayse.

Sie nimmt die Caffettiera aus dem Schrank, füllt Wasser in das Fußteil, löffelt Kaffee in den Filter, schraubt sie zu und stellt sie auf den Herd. Das Fauchen des ausströmenden Gases löst wie üblich einen wohligen Schauer aus, den sie sich nicht erklären kann, aber genießt, weshalb sie das brennende Streichholz nie sofort an den Ring aus Eisen hält, um das Gas zu entzünden, obwohl ihr auch der Anblick des blauen Feuerrings gefällt, der sich flackernd aufbaut.

»Die Seuche aus China macht mir Angst, Aysi. Dir nicht?«

»Es ist keine Seuche, sondern ein Virus. Die WHO hat es jedenfalls zur Pandemie erklärt. Im Tessin sind die Grenzen dicht. Kopfweh?«

»Du nicht?«

Ayse zuckt mit den Schultern. Zu Freundinnen wurden sie im vorletzten Jahr des Gymnasiums, als Ayse sich weigerte, Rainer Maria Rilkes Gedicht *Leda* auswendig zu lernen, weil es sexistisch sei, und Juliette sich mit ihr verbündete, ohne wirklich zu verstehen, dass Rilkes Gedicht vom griechischen Gott Zeus handelt, der mit Leda schlafen will und sich, da Leda sein Verlangen nicht teilt, in einen Schwan verwandelt und sie vergewaltigt. Was der

Vers ›halsend durch die immer schwächre Hand‹ bedeutete, verstand auch Ayse nicht. Ihre Weigerung entfachte in den sozialen Medien einen Sturm der Entrüstung, wurde von Zeitungen und einem Lokalradio verbreitet und sorgte letztlich für die Entlassung des Lehrers, der sich an einem im Tumult endenden Elternabend weigerte, Rilkes Gedicht als sexistisch zu betrachten, und es vortrug, ohne sich durch Buhrufe beirren zu lassen. Der Aufstand, den Juliette und Ayse nur zwei Monate später im Fach Bildnerisches Gestalten anzetteln wollten, indem sie protestierten, das Gemälde *Reflective Flesh* der britischen Künstlerin Jenny Saville zeige die Frau als pornografisches Objekt, verlief im Sand, schweißte sie aber, ebenso wie der Entschluss, das Gymnasium abzubrechen, noch stärker zusammen.

»Habt ihr schon länger was?«

»Wir haben uns zwei Mal gesehen.«

»Hat er keine Frau?«

»Weiß nicht!«

»Verheiratet?«

»Aysi! Bitte!«

»Ist er in dich verliebt?«

»Ach komm!«

»Und du? Verliebt?«

»In einen Lehrer? Nimmst du auch einen?«, fragt Juliette und deutet auf die Caffettiera, die leise blubbert.

Ayse nickt gähnend; der Lack am Nagel ihres großen rechten Zehs ist abgeblättert, über den Spann ihres Fußes läuft ein roter Strich, als hätte sie sich verletzt.

»Was hast du heute vor?«

»Ich treff mich später mit Sebastian.«

»Hast du nicht gesagt, das ist vorbei?«

»Wir *sehen* uns, o.k.? Mehr nicht.«

»Wegen Hisham haben wir aber keinen Stress, o.k.?«, fragt Ayse.

»Ich glaub eher nicht, dass er der Typ für eine offene Beziehung ist.«

»Das sind Typen selten.«

»Komisch! Regieren die Welt, haben aber keine Ahnung, wie man Spaß hat. Wird Zeit, dass wir Mädels an den Drücker kommen.«

»Sind wir doch«, sagt Ayse und steht auf.

»Ein Typ, der kein Teufel ist, ist ein Langweiler!«

»Richtig! Engel sind wir schließlich selber.«

Juliette nickt erst nach einer theatralisch langen Pause, die sie genießt, dann fallen sie sich lachend in die Arme und drehen sich im Kreis, bis Juliettes Handy eine eingegangene Nachricht anzeigt und sie sich blitzschnell voneinander lösen.

Die WhatsApp ist von Juliettes älterem Bruder Claudio, sie hat nicht das Bedürfnis, sie zu lesen, er wird sie mit Fragen bedrängen, vielleicht auch beschimpfen.

»Ärger?«

Ayse isst ein weiteres Knäckebrot, stapelt leere Aluschälchen ineinander und massiert sich den rechten Fuß.

»Claudio. Unwichtig.«

Juliette hasst WG-Tage, an denen sie wenig geschlafen hat, wünscht sich, sie würde noch zu Hause wohnen und von ihrer Mutter Edith verwöhnt werden, stattdessen muss sie endlich ihre Wäsche erledigen.

»Sieht er eure Mutter öfter als du?«

»Claudio?«

Ayse nickt, zündet sich eine Zigarette an und zieht so heftig daran, dass der Tabak knistert. In vielen Nächten steht der Rauch in ihrer Küche so dicht, dass Juliette sich vornimmt, mit dem Rauchen aufzuhören, obwohl sie genau weiß, dass sie das nicht tun wird, noch nicht. Sie gefällt sich mit einer Zigarette in der Hand oder zwischen den geschminkten Lippen, liebt es, sie anzuzünden, den Rauch leise stöhnend zu inhalieren und die Augen zuzukneifen, während sie ihn genüsslich aus den Nasenlöchern strömen lässt.

»Wohnt noch zu Hause. Hab ich dir aber erzählt.«

»Wie alt ist er? Älter als du, oder?«

»Ja. Dreiundzwanzig.«

»Mein Bruder ist fünfundzwanzig und wohnt auch noch zu Hause. Fatih kann sich einfach nicht von der Kindheit verabschieden.«

Juliettes Reich der Kindheit liegt im Burgund, in Lucenay-l'Evêque, dem Geburtsort ihres Vaters Vincent, und im Weiler Usseau, wo der Hof ihrer Tante Fabienne und ihres Onkels Yves stand, der mit den blauen Läden am Ende des Ligusterwegs. In Lucenay-l'Evêque kaufte ihr Vater nach der Scheidung vor fünf Jahren das Hotel La Belle Etoile, das er mit seiner neuen Partnerin Claire führt. Der Himmel im Burgund ist höher, weiter, das Licht heller, die Sonne heißer, die Luft süß wie im Paradies, dachte sie, als sie noch an Gott glaubte, das Reich, in dem sie sich den Hintern mit Zeitungspapier abwischte, das die Finger schwarz färbte, das Paradies, in dem sie mit Tieren und Pflanzen redete, Eier aus dem Hühnerstall holte, Wasser aus dem Brunnen trank, Bett und Kissen nach Lavendel dufteten, Hunde nächtelang heulten, Blitze in Bäume schlugen und in Brand setzten, die Erde nach Gewittern dampfte, Fledermäuse durch die Dunkelheit segelten, Esel mit ihren kuschelweichen Ohren wackelten, der Regen warm und weich war und jedes Essen ein Fest, selbst wenn es nur aus einem Kanten Brot und einem Stück Époisses bestand. Und doch ist sie hier in Winterthur zu Hause, hier besucht sie die Jazzschule, spielt in Bands, hier hat sie ihre Freundinnen und Freunde, ihr Leben.

»Hast du mit Hisham geschlafen, Ayse?«

»Und du?«

»Hast du?«

»Er gehört dir nicht, Julie.«

»Dir auch nicht. Frauen, die sich amüsieren, machen ihm Angst.«

»Das gilt für die meisten Männer.«

Juliette hat die starke beruhigende Empfindung, sich in der Sicherheit ihres eigenen jungen Körpers zu befinden, in ihrer eigenen Obhut, und unverletzlich zu sein.

»Es gefällt ihm nicht, dass er schwach ist«, sagt sie.

»Deinem Lehrer?«

»Gleichzeitig will er nicht von einer Frau dominiert werden.«

»Der Lehrer?«

»Hisham!«

»Ich hab mich nie für etwas wirklich angestrengt. Furchtbar, nicht?«

»Doch. Hast du, Aysi. Es hat leider nur nicht geklappt. Aber du hast dich angestrengt.«

»Hast du den ersten Schritt gemacht?«

Juliette nickt, ohne nachzufragen, ob Ayse von Hisham oder von Arbenz redet. Sie hat in beiden Fällen die Initiative ergriffen, berauscht vom Gefühl der Macht.

»Hilflosigkeit ist ebenfalls ein Instrument, um Macht auszuüben«, sagt Ayse, als könnte sie ihre Gedanken lesen.

Auf das Gesicht, stolz, *am Leben*, unnahbar und teuflisch schön, das Ayse aufsetzte, wenn sie Verse von Sylvia Plath vortrug, die zum Vorsprechen für die Schauspielprüfung gehörten, war Juliette neidisch: ›Ich hole tief Luft und lausche dem Prahlen meines Herzens.‹ Prahlen meines Herzens! Die Wendung hatte ein Kitzeln in Juliette ausgelöst, als würde etwas aus ihr herausbrechen wollen, ein berauschendes, gleichzeitig aber auch beängstigendes Ziehen, wie vor einer Flugreise oder einer Prüfung, auf die sie ungenügend vorbereitet war. Soll sie Ayse erzählen, wie unbehaglich sie sich gefühlt hat, als Hisham in sie eindrang und sich viel zu sorgsam in ihr hin- und herbewegte? Soll sie ihr von ihrer verzweifelten Wut erzählen, die dadurch ausgelöst wurde, ihrer Gier, die sie so lange gespielt hat, bis sie sie beinahe empfand? Ayse nimmt das Gummi, das sie ums Handgelenk trägt, fasst ihren Haarschwall im Nacken und bindet ihn zum straffen Pferdeschwanz, ohne Juliette aus den Augen zu lassen.

»Unsere eigenen Erwartungen sind das Problem, Julie. Ich bin keine Schauspielerin, ganz einfach. Ich wollte unbedingt eine sein, aber ich bin's nicht.«

Ayse drückt ihr lächelnd einen Kuss auf die Wange, hält die Zigarette in den Wasserstrahl, lässt die Kippe ins Spülbecken fallen und geht aus der Küche. Nach kurzem

Zögern loggt sich Juliette bei Instagram ein, um sich die Fotos der Nutzer anzusehen, denen sie folgt. Die Bilder wecken weder ihr Interesse noch ihren Neid. Bald verliert sie die Lust und macht Fotos vom Durcheinander auf dem Tisch, experimentiert mit diversen Filtern und postet mit den Hashtags #Chaos, #Grlpwer und #Lonely schließlich eine Aufnahme, die geheimnisvoll wirkt, weil kaum etwas zu erkennen ist.

## 3

Die Gerüstbretter, die als federnde Brücken über den Bauschutt zum Eingang des Tauchers führen, sind genarbt von Zement- oder Betonspritzern, was Casper durch die Sohlen seiner Stiefel spürt. Er stößt die Tür auf, tritt in den Windfang, in dem es penetrant nach Rauch stinkt, und bleibt stehen. Die Berührung des bunten Plastikperlenvorhangs, der den kabuffartigen Windfang von der Gaststube trennt, gibt ihm wie jedes Mal einen Stich: In seiner Lieblingsbar in Kalabrien hängt auch so ein Vorhang in der Tür, durch die man von den Strandtischen unter den Strohschirmen, die im schwächsten Wind rascheln, in die Bar eintritt; er liebt es, aus der Sonne in den schummrigen Raum mit der aus Brettern zusammengezimmerten Theke zu treten, blind, bis die Augen sich an das Dämmerlicht gewöhnt haben, und umso empfänglicher für Fabrizio De André, die einzige Musik, die Piero, der Besitzer, auf seiner Anlage spielt. Jahrelang haben Bettina und er in Parghelia ein Hüttchen am Strand gemietet, eine halbe Stunde Fußmarsch von Tropea mit den zahllosen Bars und Restaurants und nie versiegenden Touristenströmen entfernt. Wird er es je schaffen, alleine nach Kalabrien zu reisen und Ferien an *ihrem* Strand zu verbringen?

Am Tresen sitzt ein Mann, den Casper schon mehrmals hier gesehen hat, aber nicht mit Namen kennt. Der Tisch zum Hinterzimmer ist wie üblich besetzt; Fendant-Rolf trinkt dort jeden Tag, bis Kiki ihm ein Taxi bestellt. Am Billardtisch im Hinterraum spielen Männer, die wahrscheinlich auf der Baustelle an der Bahntrasse arbeiten, die zurzeit ausgebaut wird; die blinkende elektronische Dartscheibe ist frei wie immer, seit Casper das heruntergewirtschaftete Lokal im früheren Industrieviertel besucht, obwohl der Taucher das Clublokal des lokalen Dartvereins ist, wie eine Tafel anzeigt. Er geht zum Tresen, lässt aber zwei Barhocker zwischen sich und dem Mann frei, der ihn misstrauisch mustert.

Die beiden leeren Schnapsgläschen, die vor dem Mann stehen, sind mit klebrigen Fingerabdrücken übersät. Die Metalllamellen der Lüftung in der fensterlosen Rückwand klappern vertraut, sonst ist es, abgesehen vom Klacken der Billardkugeln und den Kommentaren der spielenden Bauarbeiter, ruhig. Die Filterzigarette, die im Aschenbecher neben der Spüle klemmt, ist beinahe heruntergebrannt, also ist Kiki, die Wirtin da. Casper hört Stimmen hinter der angelehnten Küchentür, gleich darauf tritt Kiki in die Gaststube, eine brennende Zigarette im Mund.

»Schau an, schau an, der Herr Professor gibt sich die Ehre!«

Casper nickt vage, ohne auf die Provokation von Kiki einzugehen, die ohnehin abgelenkt ist, da sie die brennende Zigarette im Aschenbecher bemerkt hat. Die Falten, die auf ihrer Oberlippe erscheinen, als sie lacht, machen ihr Gesicht hart und unwirsch, fast böse.

»Werd ich langsam vergesslich, oder wie seh ich das? Aber zum Glück ist Rauchen gesund! Was trinkt der Herr?«

Casper bestellt ein Bier, der Mann neben ihm hebt sein Glas in die Höhe und winkt damit, ohne ein Wort zu sagen. An die Faustregel, vor 17 Uhr keinen Alkohol zu konsumieren, hat Casper sich meist gehalten; nur auf Tourneen kam es ab und zu vor, dass sie zum Mittagessen oder während endloser Fahrten zwischen den Auftrittsorten tranken. Während Kiki zapft, betastet sie gedankenverloren ihr dünnes goldenes Halskettchen. Sie trägt einen hellblauen Angorapulli mit tiefem Ausschnitt und schwarze, seitlich geschnürte Lederhosen, die Schnalle ihres Gürtels hat die Form eines Tigerkopfs. Der Lack, mit dem sie ihre hennarot gefärbten Haare auftoupiert hat, brennt in Caspers Augen.

»Bei dir duftet's wieder mal wie im Himmel, Kikimaus«, sagt der Mann mit erstaunlich hoher Kinderstimme und wirft ihm einen kumpelhaften Blick zu.

Männliche Kameraderie ist Casper genauso zuwider wie Vorwürfe und vorschnelle Urteile, darum sieht er den Mann ungerührt an.

»Was weißt du denn vom Himmel, Salvo?«, fragt Kiki.

»Wo Kiki recht hat, hat Kiki recht. Lo stesso. Trotzdem. Meine Adriana riecht nicht so.«

»Na, bei dem Mann!«

Während Kiki schwungvoll erst zwei Bierfilze auf den Tresen wirft und dann die gezapften Biere daraufstellt, richten sich einzelne Fasern ihres Pullis statisch geladen knisternd auf, und Casper meint, den leichten Schlag in seiner Handfläche zu spüren, da er sich vorstellt, ihre Brüste zu berühren, die unnatürlich spitz vorstehen.

»Guck nicht so dreckig, Professor!«

Sie droht ihm mit erhobenem Zeigefinger, schüttelt den

Kopf, nimmt ein Tonicfläschchen aus dem Kühlschrank, öffnet es und wirft den Kronkorken treffsicher in den Abfalleimer, gut drei Meter von ihr entfernt.

»Nicht schlecht, Frau Specht.«

Kiki gönnt Salvo keinen Blick, trinkt stattdessen mit gekräuselter Nase aus dem Fläschchen und rülpst mit abgewandtem Gesicht.

»Warum trägst du heute keine Ringe?«, will Salvo wissen, das Bierglas in der Hand.

»Darum«, sagt Kiki spitz und lächelt müde. »Ihr Männer braucht nicht alles zu wissen.«

»Wie geht es Adric?«

»Bin ich die Auskunft, Salvo? Frag ihn selber.«

»Er ist ja nie hier, in letzter Zeit.«

»Zum Glück!«

»Bist du Russe, oder was?«

Salvo deutet auf Caspers Pelzmütze. Sein Gesicht, aufgedunsen und von zerplatzten Äderchen übersät, wirkt von jahrelangem Alkoholkonsum zerstört.

»Die hat mir jemand mitgebracht.«

»Dalla Russia?«

»Aus Berlin.«

»Deutschland?«

Casper nickt, zieht die Mütze vom Kopf und legt sie auf den Tresen. Bettina hat ihm die Mütze bei beißender Kälte auf einem Sonntagsmarkt in Berlin-Mitte gekauft. Kiki, die Biergläser über den Schrubber in der Spüle stülpt, hebt den Kopf und räuspert sich:

»Lass den Professor in Ruhe, Salvo!«

»Lass nur«, sagt Casper und winkt ab.

»Professor? Was denn für ein Professor?«

Salvo sieht Casper herausfordernd an, hebt dann aber, als er nicht darauf eingeht, sein Glas und trinkt mit geschlossenen Augen leise stöhnend, als plagten ihn Schmerzen. Kiki schnalzt missbilligend und beugt sich kopfschüttelnd über das trübe Wasser in der Spüle. Salvo setzt das Glas ab, nimmt eine Schachtel Zigaretten aus der Seitentasche seiner Jacke, pult das Cellophan ab und wirft es auf den Tresen.

»Hab aufgehört«, sagt er trotzig.

»Wann?«, fragt Kiki, beide Hände im Spülwasser.

»Jetzt! Geht ganz einfach.«

Salvo sieht einen Moment zu, wie das Cellophan leise knisternd in seine Form zurückspringt, dann haut er mit der Faust darauf.

»Fertig gezaubert, Scheißding!«

Er nimmt einen Schluck, wischt sich den Schaum von der Oberlippe und sagt ruhig:

»Bist du nicht zu jung, um zu dieser Uhrzeit hier herumzuhocken?«

»Lass ihn!«, ruft Kiki, bevor sie in die Küche verschwindet.

»Ich bin fünfundfünfzig«, sagt Casper, obwohl er sich vorgenommen hat, den Mund zu halten.

»Liegt im Osten, dein Berlin, in der Nähe von Russland, no?«

»Kann man so sagen, ja.«

»Ecco! Schon wieder was gelernt fürs Leben, das man nicht brauchen kann. Il tuo berretto – verkaufst du sie?«

»Meine Mütze?«

Salvo nickt, trinkt sein Bier leer und schiebt das Glas über den Tresen in Richtung Zapfsäule. Als er bemerkt, dass sich noch ein kleiner Rest darin befindet, hebt er es noch einmal an die Lippen und trinkt, den Kopf weit nach hinten gelegt.

»Wie viel willst du dafür?«

»Unverkäuflich.«

»Ich will sie sowieso nicht, sono forse un russo?«

Wie lächerlich und angeberisch Bettina es findet, dass er mit der Mütze Schlagzeug unterrichtet, hat sie ihm bei jeder Gelegenheit unter die Nase gerieben, vor allem in Gegenwart anderer. ›Du siehst aus wie einer, der sich als Jazzmusiker verkleidet hat!‹ Und obwohl er Schüler, die auffällig originell gekleidet zum Unterricht erscheinen, für genauso lächerlich hält wie Lehrerkollegen, die nie ohne buntes Strickmützchen, Brille mit gelben Schmetterlingsgläsern oder zur hüftlangen Peitsche geflochtenem Zopf vor die Schüler treten, als machte sie dies zu guten Musiklehrern, trägt er Bettinas Pelzmütze sogar im Sommer, wenn er sich auf den Weg zur Jazzschule macht.

Kiki lacht schrill in der Küche, stößt gleich darauf die Schwingtür auf und ist schon beinahe im Gastraum, als sie es sich anders überlegt und wieder umdreht. Durch die Tür, die einen Moment offen steht, sieht Casper einen Mann in karierter Kochhose am Gasherd stehen; er dreht an einem Griff, und der blaue Flammenkranz, auf dem kein Topf steht, erlöscht mit zaghaftem Puff. Wie nach einem Brand ist die Abzugshaube über dem Herd dunkel verfärbt.

»Hat's gebrannt?«

»Hier brennt's immer«, sagt Salvo, »sogar, wenn der Laden zu ist, brennt es hier! Anne, meine Grete, machst du mir noch una birra?«

Kiki kommt aus der Küche, nickt und tritt kauend an den Zapfhahn; an ihrer Oberlippe klebt ein Brösel.

»Hunger hab ich auch. Gibt's schon was?«, fragt Salvo.

»Erst um sieben, Salvo. Ich kann dir ein Sandwich machen.«

»Mohrenköpfe verkaufst du keine mehr?«

»Ha-ha«, sagt Kiki und greift mit spitzen Fingern in ihre Haare und ordnet sie neu.

Soll er Salvo zurechtweisen, weil er, vielleicht nur um zu provozieren, ein Wort verwendet hat, das in Ungnade gefallen ist? Andererseits kann man sich auch ohne böse Absicht rassistisch verhalten. Rassismus ist ein System, kein Ereignis. Casper hat die Giftigkeit, mit der die unterschiedlichen Standpunkte mittlerweile vertreten werden, ebenso satt wie Hetze, Hass und Niedertracht in den sozialen Medien sowie die Leserkommentare digitaler Zeitungen. Egoismus und Empfindlichkeit junger Menschen, denen zugleich jede Empathie fehlt, geht ihm gegen den Strich. Soll Salvo doch die Wörter verwenden, die er will. Für eine Weile klingt es, als würden Reiskörner auf das Blechdach des Ziegelbaus geworfen, Hagel, sie heben den Kopf und hören schweigend zu. Irgendwo tickt eine Uhr. Noch einmal prasselt eine Hagelgarbe über die Blechbahnen; die Stille danach macht den Raum größer, als er ist.

»Oh, oh, oh, gar nicht gut, meine Freunde, gar nicht gut«, ruft Fendant-Rolf und erhebt sich von seinem Stuhl.

Er fuchtelt mit dem linken Arm, das Weißweinglas in der rechten Hand, setzt sich wieder hin und stellt das Glas vorsichtig auf den Tisch zurück, der Blick unter den buschigen, silberweißen Brauen eingeschüchtert und voller Angst und nicht grimmig vor Verachtung, wie sie viele Einzelgänger und einsame Trinker ausstrahlen. Ein roter Faden hängt ihm aus dem Mund, er hat Blut erbrochen. Im Dämmerlicht des Tauchers sieht es aus, als würde er einen roten Latz über dem Hemd tragen.

»Sorry wegen der Sauerei, Kiki.«

Er zeigt auf die Blutlache vor sich, beugt sich nach vorn und öffnet laut würgend den Mund. Der Blutschwall, der in hohem Bogen aus ihm herausschießt und auf den Boden klatscht, ist beinahe schwarz.

»Ich ruf die Ambulanz«, sagt Salvo und zieht ein Handy aus der Jacke, »nicht auf den Rücken legen!«

Kiki rennt ins Hinterzimmer und kommt mit der Wolldecke zurück, auf der ihr Schäferhund Blacky schläft, wenn sie ihn dabeihat. Sie führt den jammernden Fendant-Rolf zur Eckbank, wischt die Zeitschriften, die darauf liegen, zu Boden, bettet ihn in Seitenlage auf die Bank und deckt ihn sorgfältig zu.

Es dauert keine zehn Minuten, bis die Ambulanz eintrifft. Die Ärztin, die den beiden Sanitätern vorausläuft, sieht aus wie ein Schulmädchen, so jung ist sie, doch sie strahlt eine Ruhe und Sicherheit aus, die sogar Salvo zum Schweigen bringt, der nicht aufgehört hat vorzuschlagen, was zu tun sei und was besser nicht. Die Ärztin kauert vor der Eckbank auf dem Boden, öffnet ihre Ledertasche und nimmt einen langen fingerdicken Schlauch heraus.

»Wann hat die Blutung denn genau angefangen?«, fragt sie in perfektem Hochdeutsch.

»Benissimo, una signora dottoressa dalla Germania!«

»Halt den Mund, Salvo!«, sagt Kiki und legt Fendant-Rolf die Hand auf die Brust.

»Wollen Sie ihm helfen oder darf ich«, sagt die Ärztin ruhig.

»Non devo sopportare questo«, sagt Salvo und verlässt den Taucher.

Casper zögert einen Augenblick, dann geht er ihm nach.

# 4

Sie hat sich an den einzigen Fenstertisch im Glückskind gesetzt, im Licht des Deckenspots ausgestellt wie in einem Schaufenster, ohne sich um die Blicke der Passanten zu kümmern und sie gleichzeitig zu genießen. Das Licht über dem Neumarkt ist grau, als verhüllte es ein Geheimnis vor ihr. Seit Sebastian nicht mehr in Winterthur, sondern in Zürich lebt, ist er unpünktlich; als er, zwanzig Minuten nach der vereinbarten Zeit, vom Casinotheater her auf das Glückskind zu schlendert, erkennt sie ihn nicht sofort: durch den Vollbart, die zum Dutt gebundenen langen Haare und die schwarze Hornbrille entspricht er auf derart lächerliche Weise dem Klischeebild des Hipsters, dass sie seinen neuen Style nur als ironisches Statement verstehen kann. Er trägt sandfarbene Timberland, als arbeite er im Wald und nicht in einer Werbeagentur, und einen knapp sitzenden, petrolblauen Anzug. Er hat gelernt, das Hinken, Resultat einer schlecht verheilten Sportverletzung, geschickt zu verbergen und nur zu zeigen, wenn es ihm einen Vorteil verschafft. Sie merkt ihm an, dass er sie längst bemerkt hat, aber weil er sein Siegerlächeln erst aufsetzt, als er vor der Scheibe steht, hinter der sie sitzt, reagiert sie verzögert, winkt ihm nur halbherzig zu und steht natürlich doch auf, um sich von ihm umarmen und auf den Mund küssen zu lassen.

»Die Putzfrau meines Vaters holt leere Plastikgefäße aus dem Abfall, die er weggeschmissen hat, und schickt sie nach Hause«, sagt Sebastian und deutet mit dem Kinn auf einen zerlumpten Stadtstreicher, der in einem Mülleimer wühlt.

»Nach Hause, wo ist das?«

»Kolumbien.«

»Dein Vater hat eine Putzfrau aus Kolumbien?«

»Nicht hier. In San Diego. Die hier kommt aus … keine Ahnung! Kosovo? Die wühlt auch nicht im Müll.«

Sebastian, er riecht nach einem Parfüm, das Juliette nicht kennt, zieht das Jackett aus und hängt es betont nachlässig über die Stuhllehne; da er die Ärmel seines Hemdes nach oben gerollt hat, vermutet sie, er will ihr die mittlerweile offenbar fertig gestochenen Tattoos auf seinen Unterarmen präsentieren. Sie beherrscht sich, zu starren. Die herablassende, beinahe herrische Art, mit der er eine Latte macchiato bestellt, ohne sich nach der Bedienung umzudrehen, die in Juliettes Alter ist, ist neu. Sebastian erzählt von einem Wochenendtrip nach Paris, schwärmt von der Küche, als stamme nicht ihr Vater ursprünglich aus Frankreich, sondern seiner. Die Genugtuung, ihn zu fragen, ob Sabrina, seine neueste Freundin, ihn begleitet hat, gibt sie ihm nicht, vielleicht zeigt er ihr Handyfotos, die es verraten. Seit Sebastian als Texter arbeitet, redet er lauter und anders: Die Kunstpausen, die er setzt, sollen ihr wohl Gelegenheit geben, ihre Bewunderung für ihn auszudrücken. Englische Wörter hat er früher schon häufig eingestreut, jetzt spricht er sie allerdings mit so übertrieben amerikanischem Akzent aus, dass sie sich das Lachen verkneifen muss. Er stellt ihr nicht eine

Frage, lässt ihr durch die Art und Weise, wie er erzählt, jedoch keine Wahl, als ständig nachzufragen. Bald lässt sie ihn reden, ohne wirklich zuzuhören, und denkt an Joni Mitchells *Edith and The Kingpin* vom Album *The Hissing of Summer Lawns*, das sie in zwei Wochen an der Jazzschule vortragen soll, wobei sie sich an Tina Turners Version orientiert, die sie mit Herbie Hancock eingespielt hat.

»Ich hab endlich gelernt, ein Kompliment anzunehmen …«

Sebastian sieht sie erwartungsvoll an und klopft mit den Knöcheln der rechten Hand auf den Tisch, als begehre er Einlass, fährt, da sie ihn bloß wortlos ansieht, aber fort:

»Bescheidenheit ist Heuchelei, findest du nicht?«

Heuchelt sie, wenn sie Komplimente bescheiden lächelnd abwimmelt? Lob ist ihr nicht peinlich, es stachelt sie aber auch nicht an. Hat Sebastian ihr jemals ein Kompliment gemacht, das sich weder auf ihren Körper, ihr Aussehen noch auf ihren Style bezog?

»Ich bin nicht bescheiden«, sagt sie herausfordernd.

»Ich weiß. Zum Glück. Bescheidenheit ist eine falsche Zier. Hat meine Großmutter immer gesagt.«

»Bescheidenheit ist eine Zier«, korrigiert sie ihn.

»Eine falsche Zier! Todsicher.«

»Nichts gegen deine Großmutter, aber …«

»Wie läuft die Musik?«, unterbricht er sie.

Sebastian findet ihre Stimme ›schön‹ und, noch schlimmer, ›interessant‹, macht sich aber nichts aus Jazz und den Sängerinnen und Bands, die sie seit Beginn des Studiums hört. Lehnt er sein Rennrad auch in seiner Zürcher

Wohnung neben dem Bett an die Wand? Wieso hat sie ihn nie gefragt, was er damit ausdrücken oder beweisen will?

»Das Theater um das Virus ist lächerlich, stimmt's?«

»Warst du allein in Paris?«

Er sieht sie verblüfft an, schüttelt den Kopf und lächelt siegessicher. Auf der Straße vor dem Glückskind steht eine Frau, die eine Maske trägt, telefoniert, dabei in kleinen Schritten im Kreis geht und mit der freien Hand gestikuliert.

»Samira liebt Frankreich.«

Heißt seine neue Freundin nicht Sabrina? Ist er schon wieder mit einer anderen zusammen?

»Findest du, wir haben uns gutgetan?«

»Du nicht, Julie?«

Sein verblüfftes Entsetzen ist bestimmt nicht gespielt; er nickt und sieht sie prüfend an.

»Doch. Meistens schon. Wieso wolltest du mich sehen?«

»Ich treff mich mit einem Kunden. Mein Uber kommt in …«, er wirft einen Blick auf seine große altmodische Armbanduhr, »zehn Minuten. Wieso sollte ich dich nicht mehr sehen wollen?«

»Ist der Sex mit ihr besser?«

»Hallo!«

»Sag schon!«

»Anders!«

»Schlechter?«

»Anders! Hast du mitbekommen, was Häse treibt?«

Sie schüttelt den Kopf; Häse ist ein Angeber, der nicht aufhören kann, von sich zu reden. Sie findet ihn eitel, aber attraktiv, und würde, nimmt sie an, nie mit ihm schlafen.

»Er hat eine Website gemacht, auf der er die Mädels bewertet, mit denen er Sex hatte.«

»Aber nicht mit Namen?«

»O doch! Er gibt ihnen Noten von eins bis sechs.«

»Das ist jetzt nicht dein Ernst. Ist das legal?«

»Who cares!«

»Keine hat ihn angezeigt?«

»Bis jetzt nicht.«

»Hast du unsere Filme gelöscht, Sebastian?«

»Traust du mir nicht?«

»Trauen? Doch. Trotzdem. Hast du sie noch auf dem Handy?«

Statt zu antworten, lächelt er und greift nach ihrer Hand, aber sie zieht sie zurück und legt sie in den Schoß.

»Willst du, dass ich sie lösche?«

»Vielleicht.«

»Und wenn ich sie brauche?«

»Brauchen?«

»Für mich, keine Sorge!«

Er lacht, trinkt einen Schluck Kaffee; er mag es nicht, wenn sie ins Leere starrt, als sei er nicht da. Sie kennt seine Ängste, weiß, wie einfach er sich in die Irre führen lässt. Hat sie aufgehört, mit ihm zu schlafen, weil er so einfach zu durchschauen ist und in sexueller Hinsicht keinerlei Geheimnisse besitzt? Sie hat ihm gestattet, sie beim Sex zu würgen, zu fesseln und zu schlagen, weil sie überzeugt war, dies vergrößere seine Abhängigkeit von ihr. Hat sie sich getäuscht? Wenn er glaubte, sie zu kräftig angepackt zu haben, entschuldigte er sich, zwei, drei Mal weinte er danach, so schlecht fühlte er sich. Für die Macht, die sie ihm verlieh, war er zu schwach.

»Traust du mir nicht? Die Filme kriegt keiner zu sehen, glaub mir.«

Seine Stimme hat den aggressiven Unterton, den sie schon nach kurzer Zeit ihrer Beziehung als Warnsignal verstanden hatte: Nicht seine entgleiste Wut durfte entscheiden, wann sie ihm Macht über sich erlaubte, sondern sie, Juliette, sie, nicht er. Sie lenkte und steuerte ihn, nicht er sie. Sie weiß, sie ist stärker als Sebastian, selbstsicherer.

»Ehrenwort?«

»Ehrenwort!«

Die Kunst, rätselhaft und gewinnend zugleich zu lächeln, als ziehe sie ihr Gegenüber ins Vertrauen, hat sie im Alter von vierzehn gelernt: Ihr Vater konnte ihr keinen Wunsch abschlagen, was ihre Mutter und ihren Bruder zur Weißglut trieb. Bevor sie heute die WG verließ, hat sie sich noch einmal umgezogen, statt schwarze Slim-Jeans und das bauchfreie Top trägt sie grau karierte Stoffhosen mit hohem Bund, ein schwarzes Seidenoberteil, das ihre Brüste betont, und die hochhackigen Sandalen, weil Sebastian ihre Füße und Zehen vergöttert, vor allem, wenn sie die Nägel lackiert hat. Das Karminrot hat sie gewählt, weil es nicht seine Lieblingsfarbe ist und sie sich vormachen kann, sich nicht nach seinen Wünschen und Vorlieben zu richten, sondern nach ihren. Die Augen hat sie sich so geschminkt, wie er es nicht mag, weil es ihm, so vermutet sie, Angst macht. Die mit Kajal nur dünn, jedoch sehr deutlich verlängerten Augenwinkel geben ihr das Aussehen einer Raubkatze.

»Findest du, Natur ist lebensfeindlich?«

»Für wen?«

»Hat der Neue in der Agentur behauptet. Heinz. Lebensfeindlich. Für uns Menschen.«

»Für einige von uns bestimmt. Zum Beispiel für dich, Seb. Du bist lieber in der Stadt.«

»Stimmt. Du nicht?«

»Nein«, gibt sie so schnippisch wie möglich zurück. »Arbeitest du gerne in der Agentur?«

»Ich hab jetzt endlich eine Funktion in der Gesellschaft. Eine Aufgabe.«

»Leuten Zeugs aufzuschwatzen, das sie nicht brauchen, nennst du eine Aufgabe?«

»Das ist jetzt aber so was von unter deinem Niveau, Julie! Mehr Macht als die Moral hat der Kontostand, das weißt du genauso gut wie ich. Soll ich wie ein Kindskopf dagegen ankämpfen? Und du? Singst du immer noch gern? Obwohl es dir nichts einbringt?«

Das Pumpen der Subwoofer eines tiefer gelegten Autos, das irgendwo in der Nähe vorbeifährt, ziemlich sicher auf der Stadthausstraße, geht als sanftes Zittern über die Oberfläche ihres Kaffees, sie spürt den Bassbeat im Magen.

»Auf dumme Fragen geb ich keine Antwort. Hast du jetzt eigentlich ein Auto?«

»Schon länger.«

»Darf ich raten? Audi A4?«

»Stimmt die Geschichte mit dir und dem Lehrer?«

Was oder wer entscheidet darüber, ob jemand ein guter Mensch ist? Ist sie schlecht, weil sie sich auf Arbenz eingelassen hat? Hat sie ihn verführt oder hat sie sich von ihm verführen lassen?

»Woher weißt du davon?«

»Das spielt doch überhaupt keine Rolle! Es stimmt also!«

»Hast du endlich mit einem Mann Sex gehabt?«

»Sehr witzig, Julie, wirklich! Es stimmt also! Du hast wirklich mit einem Lehrer gefickt!«

»Von wem weißt du es? Jetzt sag schon!«

Das gebürstete Aluminium des MacBook Air einer jungen Frau, die an der Bar sitzt und sich die Nägel lackiert, gleißt in der Sonne auf, die für Sekunden durch die Wolkendecke bricht und das Lokal flutet, bevor es wieder dunkel wird, als wäre das Licht abgedreht worden.

»Hast du den Film nicht gesehen?«

»Welchen Film?«

»Gott, bist du naiv! Wie alt ist der Kerl eigentlich? Neunzig?«

»Danke für den Kaffee, Sebastian.«

Juliette steht auf und geht rasch aus dem Glückskind, ohne sich von ihm zu verabschieden. Ihr Puls rast, während sie Richtung Bahnhof hastet; obwohl sie die fettigen, klebrigen Krümel an den Fingern hasst, kauft sie sich an einem Imbiss ein aufgebackenes Croissant, das sie gierig und mit geschlossenen Augen verschlingt, als machte sie das unsichtbar. Der Bus, der sie zu ihrer Mutter bringt, fährt in elf Minuten, sie setzt sich ins Häuschen der Haltestelle und versucht, der Versuchung zu widerstehen, sich im Netz den Film anzusehen, den Sebastian ihr als Köder unter die Nase gehalten hat. Ayse hat ihr ein WhatsApp mit dem Film geschickt, kommentarlos, abgesehen von der Reihe Ausrufe- und Fragezeichen, an deren Ende ein Emoji steht, ein Gesicht mit blauer Stirn, offenem Mund und einem Schweißtropfen auf der Wange. Juliette zögert, sich den Film anzusehen, sie ahnt, dass danach, wenn sie ihn gesehen hat, nichts mehr sein wird wie zuvor. Gleichzeitig weiß sie, sie muss den Film sehen, um vielleicht verstehen zu können, was andere denken und von ihr halten. Im Materialraum hinter dem Konzertsaal der Jazzschule brannte letzte Nacht kein Licht, nur durch die zwei Fenster fiel schwacher Schimmer, deswegen wirkt der Film, als wäre er schwarz-weiß. Gelassen gleitet die Kamera über aufeinandergestapelte Stühle und ordentlich aufgereihte Notenständer, bis sie den Tisch erreicht, vor dem Arbenz zwischen ihren steil in die Luft ragenden gespreizten Beinen steht; das Bild wackelt, und die Kamera schwenkt schnell zur Seite, als habe sich der, der das Handy hält, schamvoll abgewandt, dann kehrt sie zum Tisch zurück und zoomt heran. Ist Juliette wirklich eindeutig zu erkennen? Könnte sie nicht jede andere junge Frau sein? Da dreht sie den Kopf zur Seite und schaut in die Kamera. Arbenz ist reduziert auf einen dunklen, an den Rändern ausfransenden Umriss, der sich hin- und herbewegt, ein dunkles Tier, das sich über seine Beute beugt, groß, mächtig, jedoch nicht zwingend ein Mann. Kann man ihn auch erkennen? Wenigstens bleibt es ihr erspart, ihre Lustschreie und Arbenz' Stöhnen noch einmal zu hören, der Film hat keinen Ton. Sie weiß, der Film zeigt zwei Menschen, die Sex haben, sie und Arbenz, aber sieht das auch jemand, der es nicht weiß? Wäre der Ton vorhanden, gäbe es keinen Zweifel daran, wobei sie überrascht und gefilmt wurden. Sieht es nicht eher aus, als schmusten oder rangelten sie? Existiert eine Tonspur und sie wird später hochgeladen, falls sie oder Arbenz sich nicht genehm äußern oder verhalten? Wird der Film nur

Arbenz gefährlich oder auch ihr? Nach zweiunddreißig Sekunden wird das Bild dunkel. Dann ist ein hämisches Lachen zu hören, das ziemlich sicher von einem Mann stammt, und der Film ist zu Ende. Unfähig, einen klaren Gedanken zu fassen, steckt Juliette das Handy weg. Erst als sie im Bus sitzt, hält sie es nicht länger aus und checkt ihre Twitter-, Instagram- und Facebook-Konten. Der Film ist überall, wird fleißig kommentiert, retweetet und geteilt. Nur auf YouTube findet sie ihn nirgendwo.

## 5

Fendant-Rolf hat die Augen geschlossen, als sie ihn auf einer Bahre vorbeitragen, einen Gurt über der Brust, einen über dem Bauch. Casper würde ihm gerne die Hand auf die Schulter legen und etwas Aufmunterndes sagen, traut sich aber nicht. Die Ärztin nickt ihnen zu und geht den zwei Sanitätern voraus zur Ambulanz, die mit Blaulicht und offener Hintertür wartet.

»Merda, da kann ich ja ruhig wieder mit der Pafferei anfangen, oder wie siehst du das? Spielt doch keine Rolle! Er ist doch noch nicht alt, questo stupido stronzo! Mit seinem scheiß vino bianco!«

Salvo schluchzt auf, hat sich zwar sofort wieder unter Kontrolle, atmet aber so heftig, dass seine Nasenflügel beben. Die Sanitäter schieben die Bahre in die Ambulanz, schließen die Türen und fahren erstaunlich langsam los.

»Das Schlimmste ist, dass man immer kämpft. Immer! Bis zum Schluss kämpft! Statt in Würde Abschied zu nehmen. Dignità, capito? Würde! Ich mach's bestimmt genauso, wenn ich dran bin. Stupido!«

Salvos Stimme ist brüchig, sein Blick kalt und erbarmungslos. Er pfeift eine Melodie, die Casper nicht kennt, hört abrupt damit auf und kickt einen Mörtelbrocken weg.

»Wird mit der Angst nicht besser im Alter, aber das weißt du ja selber. Wir tun nur so, als hätten wir keine

Angst, wir alten Idioten. Was bist du denn für ein Professor?«

»Musik. Aber ich bin Lehrer, kein Professor.«

»Klavier? Un cantante?«

»Schlagzeug. La batteria.«

»Professore della batteria! Es gibt nichts, was es nicht gibt! Ich geb einen aus, vieni? Io sono professore delle bottiglie.«

Casper legt Salvo die Hand auf den knochigen Rücken, zieht sie jedoch wieder zurück, weil er sieht, wie unangenehm ihm die Berührung ist.

»Aber die zweite Runde geht auf mich«, sagt er und geht auf die Tür zu, ohne sich darum zu kümmern, ob Salvo ihm folgt.

Wie betrunken Casper ist, begreift er erst, als er von der Baubrache auf die Straße hinaustritt. Nach Hause *gehen* kann er unmöglich, dass an der Ecke ein Taxi steht, nimmt er als Bestätigung. Er pocht gegen die Scheibe der Beifahrertür, die Frau am Steuer erschrickt, sieht ihn jedoch lächelnd an und lässt das Fenster nach unten gleiten.

»Herr Arbenz? Sind Sie nicht Daniels Vater? Sie dürfen vorne einsteigen, wenn Sie wollen.«

Casper nickt, lässt sich auf den Beifahrersitz gleiten und zieht die Tür zu. Die Uhr auf dem Armaturenbrett zeigt zwar erst 18 Uhr 20, doch er ist so müde, als wäre es mitten in der Nacht. Das Kunstleder des Sitzes fühlt sich abweisend kalt an.

»Kennen wir uns?«

»Ich bin mit Daniel zur Schule gegangen. Drei Jahre. Oberstufe. Ich war sogar bei Ihnen zu Hause. Einmal.«

»Und wie heißen Sie?«

»Yasmin Lerch. Wohin fahren wir?«

»Nach Hause.«

»Ich war sogar verliebt in ihn. Aber nur kurz. In Daniel.«

Casper lässt den Hinterkopf gegen die Kopfstütze sinken; als er Daniel vor einigen Wochen das letzte Mal gesehen hat, ist ihm wieder einmal bewusst geworden, was für ein liebenswerter und ruhiger Mann sein dreiunddreißigjähriger Sohn geworden ist. Dass Daniel sich für etwas ereifert, kann Casper sich kaum vorstellen; brennt sein Sohn für etwas, so wie er für das Schlagzeugspiel, den Jazz? Hat er eine Leidenschaft, eine Passion, ein Laster? Daniel lässt sich selten aus der Reserve locken, gar provozieren oder zu einem Urteil hinreißen. Er handelt wohlüberlegt, wägt ab, bevor er eine Meinung fasst, hört zu, lässt Widerspruch gelten und kann Fehler eingestehen. Qualitäten, die Casper schätzt, umso mehr, weil sie selten geworden sind. Dass Daniel seinen Seitensprung verurteilen wird, weiß er aber mit Sicherheit.

»Arbeitet er immer noch am Kantonsspital?«

»Als Assistenzarzt, ja, in Aarau.«

»In der Orthopädie, richtig?«

Casper nickt. Daniel. Der, der heil aus der Löwengrube zurückkehrt. Der die Fähigkeit hat, Träume zu deuten. ›Mir ist die Wirklichkeit wichtiger, Paps.‹ Sein Sohn war elf, als er ihm das gesagt hat. Am Rückspiegel hängt ein Tannenbäumchen, das stark nach Eukalyptus riecht, daneben baumelt ein Würfel aus Schaumstoff. Das gelbe Licht der Peitschenlampen, die die Straße säumen, gleitet in einem Rhythmus durch den Wagen, der ihm in den Fingern und Beinen juckt.

»Spielen Sie?«, fragt Casper und deutet auf den Würfel.

»Der gehört dem Besitzer des Taxis.«

Das Autoradio ist so leise eingestellt, dass die Musik fast vom Rauschen des Motors übertönt wird. Wie lange er nicht mehr Prince gehört hat! Er nimmt sich vor, *Parade* aufzulegen, sobald er zu Hause angekommen ist. Yasmin Lerch fährt langsam, als sei er eine kostbare Fracht, die nicht zu Schaden kommen darf.

»Stört Sie die Musik?«

»Im Gegenteil. Stellen Sie ruhig lauter.«

Sie sieht ihn erstaunt an, lächelt verschwörerisch, dreht das Radio lauter und beschleunigt.

»Sie sind Schlagzeuger, stimmt's?«

Casper nickt, merkt, dass er den Takt des Songs *Girls & Boys* mit beiden Füßen mitklopft und hört auf.

»Fahren Sie schon lange Taxi?«

»Seit der Trennung.«

Was gibt es darauf zu sagen? Schon wieder eine Beziehung, die in die Brüche gegangen ist, vielleicht eine Ehe, die aufgelöst wurde.

»Gefällt es Ihnen?«

Sie nickt, und er schließt die Augen, weil ihm ist, als läge eine dunkle, verdorbene Frucht in seiner Brust, die bald aufplatzt und ihr Gift in seinem Innern verbreitet.

»Sehen Sie sich oft? Daniel und Sie?«

Er nickt sagt aber nichts, um nicht lügen zu müssen. Die Straße vor ihnen glänzt, er tippt mit dem Zeigefinger gegen das Duftbäumchen.

»Ist es Ihnen zu stark?«, fragt sie.

»Ihnen nicht?«

»Doch! Gehört ebenfalls Schwaller.«

Sie löst das Tannenbäumchen vom Rückspiegel, lässt das Fenster auf ihrer Seite hinuntergleiten und wirft das Duftbäumchen hinaus.

»Genug geduftet!«

»Daniel ist ein besserer Mensch als ich.«

Sie nickt und widerspricht ihm nicht, hält das Steuerrad mit beiden Händen fest, allerdings so leicht, dass es spielerisch wirkt. Er erkundigt sich nach ihren Eltern und erfährt, dass ihr Vater an einem Schlaganfall gestorben ist und ihre Mutter in einem Heim lebt und weder sie noch ihre Schwester erkennt. Sie hat eine lebhafte Art zu erzählen, fuchtelt mit den Händen, lacht und klopft aufs Steuerrad. Es fällt ihm schwer, sich darauf zu konzentrieren, was sie sagt, er denkt an Bettina, die Vorwürfe, die gegen ihn im Raum stehen, an die drohende Scheidung. ›Wieso bin ich bloß so betrunken‹, denkt er, ›ich hab doch nur getrunken!‹ Der Gedanke bringt ihn zum Lachen.

»Darf ich mitlachen?«

»Meine Frau hat mich verlassen.«

»Das tut mir leid, Herr Arbenz.«

»Mir auch, Frau Yasmin Lerch!«

»Soll ich bis zur Haustür fahren?«

Ihre Stimme klingt ungeduldig, hat sie die Frage schon einmal gestellt? Sie hat auf der Zufahrt angehalten, die Scheinwerfer heben Büsche und Bäume wie Beweisstücke aus der Dunkelheit.

»Nicht nötig, danke. Was schulde ich Ihnen?«

Dass kein Stofffetzen auf seiner Türschwelle liegt, vom Wind dorthin geweht, wie er vermutet, sondern ein toter Spatz, begreift er, als er ihn mit der Stiefelspitze wegschiebt. Das Köpfchen des Vogels kippt nach hinten und einen Herzschlag lang befürchtet Casper, er sei vom Rumpf abgetrennt worden. Den toten Spatz zu berühren kann er sich nicht überwinden, aber dann bückt er sich doch, fasst ihn mit der linken Hand zwischen Daumen und Zeigefinger am Flügel und legt in sorgfältig in die rechte Handfläche wie in ein Bett. Der Vogel ist federleicht, kalt, steif. Er trägt ihn in den Garten, legt ihn zwischen die Stämme seiner Birken und bedeckt ihn mit Zweigen, die er von den Ästen löst. Plötzlich wird er von einer unbändigen Wut gepackt und kann nicht aufhören, wie von Sinnen Zweig um Zweig vom Baum zu reißen und auf den toten Vogel zu häufen. Irgendwann hat er keine Kraft mehr; schwer atmend steht er in der Dunkelheit und sieht, den Kopf im Nacken, in den Nachthimmel. Wie still es ist. Dunkel wachsen die Wohnblöcke vor ihm auf.

Im Haus macht er kein Licht, tappt blindlings die Treppe hoch und bis ans Fußende des Doppelbetts, das jetzt nur noch sein Lager sein wird. »Warum krieg ich die verfluchten Hemdknöpfe nicht auf …«

Seine Finger fühlen sich dicker an als gewöhnlich, unbeweglicher, er kann sie kaum bewegen, und es dauert nicht lange, bis er genug hat von seinem Gefummel und das Hemd mit einem heftigen Ruck aufreißt, dass die kleinen weißen Knöpfe gegen den Schrank prasseln wie die Reiskörner gegen die Wand des Standesamts, die Reiskörner, mit denen ihre Spalier stehenden Freunde sie bombardiert hatten. Leise fluchend öffnet er den Ledergurt, lässt die Jeans zu Boden fallen, zerrt die Socken von den Füßen, geht in Unterhosen ins Bad hinüber, nimmt ein Valium von Bettina und schaufelt sich kaltes Wasser ins Gesicht, harte kleine Perlen, die ihn treffen. Nach einer Weile fängt das Gesicht, das ihn im Spiegel anstarrt, auszusehen wie er selbst, er erkennt seine Nase, sein Kinn, erkennt sich. Bleibt er noch länger hier stehen, wird er seinem reinen Ich begegnen, das kann er sich nicht erlauben, denn das wird er nicht ertragen, sein ungefiltertes nacktes Selbst. Furchterregend. Die Fliesen würden Funken schlagen, knallte er mit seiner Stirn dagegen, so würde er den Ballast los, den Ärger, den er sich selbst eingebrockt hat, mit seinem lächerlichen Verlangen, seiner blödsinnigen Gier, seinem Scheißschwanz. Was bedeutet es, Mann zu sein, was? Er hat in so vielen Situationen an sie gedacht, an Bettina, heißt das nicht, dass er sie liebt? Er hat an sie gedacht, wenn er sich auf einer Bühne an sein Schlagzeug setzte, in die Stiefel schlüpfte, die Zähne putzte, ein Ei in die Pfanne schlug, lachte, als die Kette des Fahrrades vom Kranz sprang, weinte, Hunde jaulten, Kinder lachten, als er einschlief oder erwachte. Und nun hat sie ihn verlassen? Weiß er überhaupt, was Liebe bedeutet? Weiß es Bettina? Die wenigsten Frauen, mit denen er schlief, hat er geliebt, er hat sie begehrt; die moralische Verlogenheit der Behauptung, dies sei falsch, hat ihn schon als junger Mensch geärgert. Mit siebzehn hat er das erste Mal mit einem Mädchen geschlafen; Marianne wurde Retuscheurin wie er und saß in der Berufsschule in der Bank vor ihm, auch dank ihr hat er eine Sexualität ohne Schuldgefühle entwickelt. An viele Namen seiner

Affären kann er sich nicht erinnern, auch Gesichter sieht er nur wenige vor sich, so peinlich es ist, sich dies einzugestehen, dagegen erinnert er sich an Arschbacken, Hüften, Füße, Augen, Brüste, Lippen, Waden, an Münder, Nasen, Ellbogen, Schlüsselbeine, Ohren, Schultern, Zehen, Schamlippen, Kniescheiben, Brustwarzen, Halskuhlen, Finger, Hände. Er sieht Orte vor sich, Szenen, geheime Plätze, sieht ein Sofa voller Hundehaar, einen bretthartenFuton in einem Zimmer, in dem es nach Haschisch riecht, die große Fensterscheibe eines Hotelzimmers hoch über Mexico City, eine Scheune an einer portugiesischen Landstraße, einen Strandkorb auf Sylt, einen Heuballen im Piemont, eine Lichtung im Jura, keine dreißig Meter neben der Passstraße, die Toilette eines Jazzklubs in Oslo, einen Bergsee in Kärnten, einen Holunderbusch, die vorletzte Station einer Minigolfanlage, er sieht Sägespäne, die an einem Oberschenkel kleben, aber kein Gesicht, eine rasierte Möse, aber kein Gesicht, kleine Brüste mit Warzen, groß wie Kirschkerne, aber kein Gesicht, einen steinharten Hintern, aber kein Gesicht, kein Gesicht. Was weiß er über Frauen? Hat ihm all der Sex irgendetwas über das andere Geschlecht beigebracht? Hat er etwas begriffen, irgendetwas?

Bettinas Bad glänzt weihevoll, blitzblank. Er drückt die Augen zu, tappt über den Flur in ihr Arbeitszimmer und lässt sich in ihr schmales hartes Bett fallen.

## 6

Nach dem Abendessen setzen sie sich auf den Balkon, um gemeinsam einen Joint zu rauchen. Seit Juliettes Vater Vincent nach der Scheidung ins Burgund zurückgekehrt ist, hat sich ihre Mutter Edith in eine andere Frau verwandelt. Ihr rot gefärbtes Haar, oft mit hölzernen Kämmen aus Afrika zusammengesteckt, reicht ihr bis zur Mitte des Rückens, ›Ich bin die Rote Zora‹, sie trägt engsitzende Jeans, kurze Kleider, Schuhe mit Absätzen, schminkt sich auffällig, besucht Salsa-, Yoga- und Malkurse und fährt mit Freundinnen spontan ans Meer oder nach Mailand und Barcelona. Über ihre wechselnden Liebhaber redet sie so ausführlich wie gern, Alkohol trinkt sie kaum mehr, dafür raucht sie regelmäßig Gras. Sie ›startet durch‹, wie sie selbst sagt, ›obwohl ich mich mit einundfünfzig in dem Ödland befinde, in dem wir Frauen unsichtbar werden‹. Ihr auf höfliche Weise unfreundliches Wesen hat sie behalten, nie scheint sie den Blick auf das zu richten, was sie ansieht; dieser Silberblick übt auf Männer eine magische Anziehungskraft aus. Mittlerweile ist Juliette überzeugt, dass ihre Mutter noch nichts von der Sache mit Arbenz weiß; weder hat sie Andeutungen gemacht noch zweideutige Fragen gestellt. Ihre Mutter besitzt zwar ein Facebook-Konto, bewegt sich aber selten in den sozialen Medien. Die Erkenntnis, dass es so seltsam wie traurig ist, gar nicht erst zu versuchen, ihrer Mutter zu beichten, in welch schwieriger Situation sie sich befindet, geht Juliette zwar durch den Kopf, trotzdem hält sie den Mund und redet stattdessen von der letzten Unterrichtsstunde mit ihrer Gesangslehrerin Anna. Während ihre Mutter zuhört, zieht sie mit geschlossenen Augen und nach hinten gekipptem Kopf am Joint, hält den Rauch in der Lunge und bläst ihn schließlich haarscharf am Gesicht ihrer Tochter vorbei in den Abend hinaus, wobei sie vor Behagen leise stöhnt.

»Su und ich wollten dieses Wochenende eigentlich nach Venedig«, sagt sie und reicht Juliette den Joint, »eine Pension auf der Giudecca, aber Italien ist jetzt Sperrzone. Das blöde Virus vermiest uns den Spaß.«

»Nicht nur dir, Maman.«

»Hast du eigentlich einen Freund? Von diesem Sebastian hast du dich ja zum Glück getrennt, nicht?«

Es ist, als würden die Fragen den Balkon mit etwas Finsterem erfüllen, einem Dampf, der sie beide einhüllt und vergiftet.

»Wo ist Claudio?«

»Dein Herr Bruder ist unterwegs. Wie immer. Lässt sich von hinten bis vorn verwöhnen und rührt keinen Finger.«

»Dann wirf ihn raus! Er ist alt genug!«

»Claudio ist dreiundzwanzig!«

»Eben! Alt genug!«

Ihre Mutter lehnt sich zurück und betrachtet sie nachdenklich; weder als Kind noch als Teenager konnte Juliette ihr etwas vormachen, dem Blick ihrer Mutter entging nichts, sie sah alles – fast alles. Als Juliette anfing, Schubladen und Schränke ihrer Mutter zu durchwühlen, ohne dass sie wusste, wonach sie suchte, war sie elf. Sie fand Briefe ihres Vaters, ein Tagebuch, das mit einem Schlösschen gesichert war, Postkarten von Verwandten und, in ein Nest aus Strümpfen gebettet, einen Vibrator und die Pille. Den Vibrator, fleischfarben, erschreckend lang und von dicken Adern überzogen, wollte sie im ersten Moment aus dem Fenster in den Garten werfen, die handtellergroße drehbare Kunststoffscheibe, auf der die Wochentage standen, untersuchte sie fasziniert, wobei sie versuchte, nicht an die Sexualität ihrer Eltern zu denken. Juliette senkt die Augen, als sei sie bei etwas Verbotenem ertappt worden, ihre Mutter steht auf und legt wie immer, wenn das gerauchte Gras sie melancholisch macht, *Cosa succede in città* von Vasco Rossi auf. Auf der Vorderseite der Hülle lehnt Rossi in Lederjacke an einem Pfeiler und schaut spöttisch lächelnd in die Kamera. Auf der Rückseite steht ein leerer schwarzer Lederstuhl vor einer weißen Wand; ob das Schwarz-Weiß-Foto, das darüber an der Wand klebt, Vasco Rossi zeigt, hat ihre Mutter nie herausgefunden.

»Mit Rossis Texten hab ich Italienisch gelernt. ›Perchè la Musica non ha ›orecchi‹, non ha padroni ... ma che maledetti?‹«

»Denn die Musik hat keine Ohren, man kann sie nicht besitzen ... leuchtet euch das ein?«, antwortet Juliette folgsam und ohne zu zögern.

Wie oft haben sie dieses Spiel gespielt? Die zitierte Zeile stammt aus dem Song »Bolle di sapone«, Juliette kann den Text auswendig, genau wie ihre Mutter, so oft hat sie ihn mithören müssen.

»Aber eigentlich kann ich gar kein Italienisch.«

»Ich weiß.«

»Etwas gehört von deinem Vater?«

Ihre Mutter kann es nicht lassen, sie nach ihrem Vater zu fragen; da sie sich im Verlauf der Scheidung in die Haare gerieten und jahrelang stritten, hat er jeden Kontakt abgebrochen. Juliette schüttelt entschieden den Kopf; sie hat nicht vor, ihrer Mutter von Claire zu erzählen, die seit Kurzem bei ihrem Vater in Lucenay-l'Evêque lebt und mit der sie sich bei ihrem Burgundbesuch vor einem Monat, von dem ihre Mutter auch nichts weiß, blendend verstanden hat. Ihr Vater hat ihre Mutter kein einziges Mal erwähnt, was weder verkrampft noch erzwungen wirkte, sondern natürlich und entspannt; offensichtlich ist er über die Trennung hinweg. Als Kind hatte Juliette befürchtet, dass ihre Eltern sich nicht lieben; sie stritten sich selten, schon gar nicht lautstark oder leidenschaftlich, aber es schien ihr, dass sie sich fremd waren und sich gegenseitig hemmten. Nach der Scheidung tat ihre Mutter alles, um sich fürsorglich um Juliette und ihren Bruder zu kümmern, trotzdem fragte sich Juliette damals, ob es nicht falsch war, dass sie nicht mit ihrem Vater ins Burgund gezogen war. Warum erzählt sie ihrer Mutter nicht, wie schwer es ihr oft fällt, entscheiden zu können, was richtig ist und was falsch, welche Bands und Sängerinnen gut sind und welche nicht, welche Serien sich lohnen und welche nicht, und dass sie die demonstrativ zur Schau gestellte Sicherheit der anderen unter Druck setzt?

»Claudio hat eine Stelle in Aussicht.«

Die Hoffnung in der Stimme ihrer Mutter klingt aufgesetzt; heute mag Juliette sich nicht an die Regeln eines

Dialoges halten, den sie schon oft geführt haben, sie will weder Interesse noch Zuversicht heucheln.

»Toll!«, sagt sie zynisch.

»Er gibt sich Mühe, wirklich.«

»Du hast dich doch gerade eben beschwert über ihn!«

»Er ist ein junger Mann, die sind so.

»Dann ist ja gut!«

»Es sind eben nicht alle so erwachsen wie du.«

»Das ist wirklich typisch, Maman!«

»Typisch für was?«

»Für dich! Immer bist du auf seiner Seite. Immer!«

»Quatsch!«, sagt ihre Mutter, nachsichtig lächelnd.

»Das warst du schon früher. Was soll's.«

Dass ihre Mutter ruhiger wird, je mehr sie sich selbst aufregt, hat Juliette als Teenager zur Weißglut getrieben. Oder ist die Ruhe ihrer Mutter nur gespielt und in Wahrheit ist sie innerlich geladen und kocht vor Wut, da sie ihrer Tochter nicht das Wasser reichen kann?

»Selbstmitleid steht dir nicht, mein Kind.«

»Selbstmitleid? Du hast doch keine Ahnung!«

»Arbeitest du immer noch in diesem Friss & Stirb?«

»Es heißt Iss & Trink, Maman, wie oft muss ich dir das denn noch sagen? Und ja, ich arbeite immer noch dort. Es gefällt mir sogar, stell dir vor!«

Ist es nötig, ihrer Mutter unter die Nase zu reiben, dass das Szenelokal längst bei Zürchern beliebt ist und sie an den zwei Abenden, an denen sie im Restaurantbereich serviert, mehr an Trinkgeldern verdient als viele ihrer Mitstudentinnen an vier Tagen, an denen sie in Büros aushelfen? Auch vom Geld, dass ihr ihr Vater monatlich überweist, hat ihre Mutter keine Ahnung.

»Dafür hast du das Gymnasium abgebrochen? Um zu servieren!«

»Ich besuche die Jazzschule, schon vergessen!«

»Singen kann man auch ohne Schule!«

»Ich lerne dort nicht nur singen!«

»Hoffentlich! Ich find's einfach nur schade, dass meine Tochter in einem Szenerestaurant versauert. Das ist alles.«

»Wir üben um neun. Ich muss gehen.«

»Wer wir?«

»Meine Band, Maman. Ich muss los.«

Lügen gehen ihr so leicht über die Lippen wie als Teenager; sie lehnt sich zu ihrer Mutter hinüber, drückt ihr einen Kuss auf die Wange und steht auf. Ihre Mutter knetet mit beiden Händen ihren Tabaksbeutel aus Leder, bleibt aber sitzen und versucht nicht, sie aufzuhalten, bringt es nicht einmal übers Herz, ihr eine gute Probe zu wünschen. Im Wohnzimmer stinkt es nach parfümierten Räucherstäbchen, der Bereich, in dem ihre Mutter Mitbringsel von ihren Reisen zu einem Schrein der Unabhängigkeit aufgebaut hat, wird von einer Lichtergirlande beleuchtet. Juliette tritt an das hüfthohe Regal, das den kleinen Bereich abtrennt, und stößt mit dem Zeigefinger gegen ein gelbes Holzpferdchen, bis es zwischen die bunten Sitzkissen fällt, die ihre Mutter aus Marrakesch oder Tunis mitgebracht hat. Auf einem runden Blechtisch, bestimmt ebenfalls aus Nordafrika, steht eine Wasserpfeife, dahinter ist ein Seidentuch mit aufgedruckten Elefanten aufgespannt. Mit etwas Pech setzt sich ihre Mutter auf das Holzpferd und es zerbricht. Juliette hat einen fremden Geschmack im Mund, ihr Herz schlägt wütend in ihrer Brust, sie spürt eine vage Gefahr lauern. Ihre Mutter droht sie zu verlieren, ist ihr das bewusst? Juliette zögert, die Wohnung zu verlassen, und steht unschlüssig im Flur, dabei weiß sie, dass ihre Mutter nicht versuchen wird, sie aufzuhalten, damit sie sich versöhnen und nicht im Streit auseinandergehen. Streit hat ihre Mutter nie gestört, scheint ihr im Gegenteil Energie zu verleihen; Juliette kann es nicht ausstehen, mit ihr zu streiten, da sie früher oder später immer die Nerven verliert und herumschreit. An der Garderobe hängen die anthrazitgraue Stoffhose mit Bügelfalten, die ihre Mutter zur Arbeit in der Bank trägt, und ein meerblauer Pullover, durch dessen Schultern das honiggelbe Holz des Bügels schimmert. Die Ferienfotos, die neben der Garderobe an der Wand hängen, sieht sie zum ersten Mal. Wieso verspürt sie Neid, dass ihre Mutter auf jedem Bild im Mittelpunkt steht, ausgelassen lacht und glücklich aussieht? Vorsichtig wie früher als Teenager, als sie ihre Mutter auf keinen Fall wecken wollte, zieht Juliette die Wohnungstür hinter sich zu; ein Geist, der unbemerkt verschwindet.

Sie steht auf der untersten Stufe, als das Treppenhauslicht mit scharfem Schnappen erlischt. Im Dunkeln greift sie in ihre Handtasche und tastet nach ihrem Smartphone.

## *Donnerstag, 12. März*

Billie Eilish: When The Party's Over
Black Pumas: Colors
Joni Mitchell: Edith and the Kingpin
Sevdaliza: Human
GoGo Penguin: Hopopono
Juliette Gréco: Je suis comme je suis
Kamasi Washington: Clair de Lune
Thundercat: Walkin'
Sudan Archives: Nont For Sale
Thee Sacred Souls: Can I Call You Rose

Jan Garbarek, Bobo Stenson Quartet: Dansere
Keith Jarrett: La Strada
Fabrizio De André: La buona novella

## I

Er erwacht auf dem Sofa im Wohnzimmer, verkatert, erschlagen. Es lässt sich an einer Hand abzählen, wie selten Bettina und er in den mehr als dreißig Jahren ihrer Ehe nicht im selben Bett geschlafen haben; wenn sie sich stritten, hat er manchmal versucht, die Nacht auf dem Sofa zu verbringen, oder sie in ihrem Arbeitszimmer, meistens hielten sie diesen Zustand jedoch nicht einmal bis zum Morgen durch und krochen reumütig ins Ehebett in der oberen Etage zurück. Es ist kühl im Haus, aber er ist zu träge, um ein Feuer im Kamin zu machen. Salvo hat ihn gestern Abend nach Fendant-Rolfs Zusammenbruch dazu gebracht, einen Grappa nach dem anderen zu trinken, den er schlecht verträgt. Sie spielten Dart, erst zu zweit, später mit Bahnarbeitern um Geld, was er sonst nie tut. Hat er gewonnen oder verloren? Der Himmel ist grau, er hört Wind in die Birken fahren, ein Geräusch, das ihn an Meeresbrandung erinnert und einschläfert.

Als er die Augen das nächste Mal aufschlägt, fällt die Sonne hell durch die großflächigen Scheiben, legt eine scharf konturierte Lichtklinge auf den Fußboden und taucht einen Teil des Wohnzimmers in ein feierliches knochenfarbenes Licht. Hat ihn das klingelnde Handy geweckt? Er hat wirklich zu viel getrunken. Er beugt sich vom Sofa, schiebt einige Kissen beiseite, um das Handy zu finden, und bemerkt verwundert die Spur seiner Kleider, die quer durch den Raum verläuft; zwar kann er sich an die Taxifahrt erinnern, aber nicht, wo er sich ausgezogen hat. Das Handy liegt unter dem Couchtisch, er setzt sich auf, bevor er abhebt, räuspert sich, nicht die Spur erstaunt, die Nummer von Schulleiterin Flury auf dem Display zu sehen. Er ahnt, was ihn erwartet, und nimmt sich vor, ruhig und gefasst zu bleiben; soll er um die Anstellung kämpfen oder ohne Widerspruch annehmen, was sie ihm vorschlägt? Das Gespräch dauert keine drei Minuten; Flury ist bemüht, leise zu sprechen, ihrer Stimme einen mitfühlenden und gleichwohl neutralen Tonfall zu geben, während sie Casper mitteilt, die Leitung der Schule halte es für richtig, ihn vorerst für drei Wochen zu suspendieren, »um der Sache den Wind aus den Segeln zu nehmen«. Was Caspers Ansicht nach in der Nacht des Dienstagskonzertes passiert ist, scheint sie nicht zu interessieren, auf jeden Fall fragt sie nicht danach. Hat Flury sich bereits ein Bild gemacht und eine Meinung gefasst? Das Wort ›Kündigung‹ vermeidet sie, sie spricht auch nicht von einer ›disziplinarischen Maßnahme‹. Auf Flurys Aufforderung, jetzt hat ihre Stimme doch einen schrillen Unterton, keinesfalls Kontakt mit Juliette Noirot aufzunehmen, würde Casper gern reagieren, aber er hält sich zurück, schweigt. Nach einem Austausch mit Casper steht Flury offensichtlich nicht der Sinn, zu deutlich lässt sie ihn spüren, dass sie die Vorgesetzte ist, die einen ihrer Lehrer anweist, wie er sich zu verhalten hat. »Die Gerüchteküche brodelt, Casper«, wirft sie ihm vor, »das ist, wie du dir denken kannst, schlecht, sehr schlecht.«

In Flurys Büro ist es immer einen Tick zu warm, eine Wand ist bedeckt mit gerahmten Fotos von Jazzsängerinnen und Jazzmusikerinnen, Billie Holiday, Ella Fitzgerald, Nina Simone, Sarah Vaughan, Carla Bley, Irene Schweizer, Norah Jones, Terri Lyne Carrington, Maria Schneider, Julia Hülsmann und anderen; der einzige männliche Jazzer, den Casper bei seinen Besuchen in Flurys Büro in der Galerie entdeckt hat, ist Keith Jarrett.

»Du hast eine Machtbeziehung mit einer sexuellen Beziehung vermischt, Casper, das können wir nicht dulden.«

»Machtbeziehung? Ich bin ihr Rhythmiklehrer, Julia!«

»Eben!«

Flury versichert ihm, sich zu melden, sobald es Neuigkeiten gibt, und rät ihm, vorerst »auf Tauchstation zu gehen«.

Nachdem sie sich verabschiedet haben, hat Casper Lust, das Handy an die Wand zu schmettern. Was hat er erwartet? Verständnis? Mitgefühl? Er hat einen Fehler begangen, nun muss er die Strafe dafür tragen, das ist nur gerecht. Welche Konsequenzen hat die Nacht für Juliette?

Wie immer, wenn er verkatert ist, hat er Heißhunger auf stark gesalzene Spiegeleier und kross gebratenen Speck; als er das erste Ei in die Pfanne schlägt, beschließt er, das Grab seiner Eltern zu besuchen. Während er isst und Kaffee trinkt, liest er Schlagzeilen mehrerer Nachrichtenportale auf dem Tablet, spürt den bekannten sinnlosen Widerwillen, als er das orangefarbene Gesicht des amerikanischen Präsidenten betrachtet, ohne den dazugehörigen Artikel zu lesen, schiebt das Gerät aber erst von sich, als ihm die News über das Virus in China den Appetit verderben und er auf dem Screen sein müdes Gesicht gespiegelt sieht.

Langsam und vorsichtig, denn sein Kopf schmerzt bei jeder Bewegung und er spürt den Puls im Hals pochen, räumt er den Geschirrspüler aus; als der Signalton eine eingehende SMS anzeigt, lässt er vor Schreck fast einen Teller fallen. Es fällt ihm erstaunlich leicht, das Handy erst in die Hand zu nehmen, als er Geschirr und Besteck verräumt hat:

*Schulmädchen vögeln ist schäbig, Casperlein, sich dabei filmen lassen erbärmlich. Ich würde mich für dich schämen, wenn es mich noch etwas anginge. B*

Er zögert, den angehängten Link anzuklicken, tut es natürlich doch und setzt sich an das Tischchen, das Bettina auf einem Flohmarkt gefunden hat und an dem sie, den weichen roten Bleistift in der Schwebe über den beschriebenen Seiten, gelegentlich Aufsätze ihrer Schüler korrigierte, weil dort der Blick in den Garten einem vorgaukelt, ihr Haus stünde in unverbauter, weil menschenleerer Natur.

Der Film ist zweiunddreißig Sekunden lang, körnig, unscharf, was an den schlechten Lichtverhältnissen im Materialraum liegt. Zu sehen sind die schiefen Türme aufeinandergestapelter Stühle, Kolonnen ordentlich aufgereihter Notenständer, die in dem Licht wirken wie eine klapprige, marschbereite Armee, dann gerät der Tisch ins Bild, auf dem Juliette lag, als er in sie eindrang. Ihre Körper verschmelzen zu einer Form, die nicht genau zu definieren ist und sich ruckartig vor- und zurückbewegt. Sich selbst erkennt er sofort, obwohl sein Gesicht nicht deutlich zu sehen ist; die Krümmung seines Rückens, die

Form seines Nackens, seines Kopfes, ja, er erkennt sich. Auch Bettina und Daniel werden ihn auf den ersten Blick als den Mann identifizieren, der zwischen den Beinen der Frau steht, die auf dem Tisch liegt. Hat Bettina den Film ihrem Sohn zugestellt? Juliette würde er auch erkennen, wenn er nicht wüsste, dass sie es ist, weil sie nach einer Weile den Kopf zur Seite wendet und direkt in die Kamera schaut. Das milchigtrübe Licht, das durch die zwei Fenster fällt, schwebt nebulös über der Szene, als sei es Teil des Settings. Erstaunlicherweise fällt ihm nicht sofort auf, dass gnädigerweise der Ton fehlt: Im Moment der Ekstase will er weder sich selbst noch Juliette zuhören müssen. Der Umriss ihrer verschmolzenen Körper, der keine klaren Konturen hat, an den Rändern ausfranst und mit dem Raum zu verschwimmen scheint, erinnert an ein träges Tier. Genügt der Film als Beweis? Sind sie auch für Außenstehende zweifelsfrei als Juliette Noirot und Casper Arbenz zu identifizieren? Wer hat den Film gedreht? Wieso hat er nicht bemerkt, dass er mit Juliette nicht allein im Zimmer war? Er spürt seinen Magen, das tut er selten, eine harte Faust, die sich öffnet und schließt, und streckt die Beine, bis er mit den Zehen die Scheibe berührt. Viel zu selten hat er sich an Bettinas Tisch gesetzt, sie hat ihn perfekt platziert, der Blick in ihren Garten blendet die Überbauung gnädig aus. Seine sieben Birken schließen sich zum Wäldchen, eine optische Täuschung, die Bettina beim Korrigieren wahrscheinlich die schöne Vorstellung gab, an einem ganz anderen Ort zu sein. Ihn erinnern die schlanken weißen Stämme an Skandinavien, an ihre Schwedenreise, die Ferienhütte mitten in einem Birkenhain, die Wolken von Mücken über dem leeren Spiegel des Sees, die taghellen Sommernächte, den verschlafenen Sex auf einer kleinen Wiese. Das Handy ist warm, durch den Garten hüpfen Amseln. Die Grashalme, die zwischen den Steinplatten sprießen, die er im letzten Sommer als Weg durch den Garten verlegt hat, sind wadenhoch. Unkraut hat ihn, im Gegensatz zu Bettina, nie gestört; er wird die Halme auf gar keinen Fall schneiden. Er nimmt sich vor, den toten Spatz würdig zu beerdigen. Soll er sich den Film auf dem Tablet ansehen, um Details zu erkennen, die er auf dem Handy vielleicht übersehen hat? Ist es Zeit, seinen Facebook-Account aufzurufen und nachzulesen, was man von ihm hält und wie der Vorfall bewertet wird? Die Hunde sind sicherlich bereits losgelassen. Kläffen sie bloß aufgebracht oder beißen sie? Um sich abzulenken, surft er ohne Interesse, aber aufmerksam im Netz, plan- und ziellos, liest über die Aufzucht von Zwergziegen, den Gesichtstumor, der den Bestand des Tasmanischen Teufels stark dezimiert hat, ein Beuteltier, das in sexueller Erregung einen fürchterlichen Gestank verströmt, und Hendrik Ibsens Geburtsort Skien, dessen Name mit dem Nomen verwandt ist, aus dem das norwegische Wort ›Ski‹ entstand; als er begreift, dass er seine Zeit genauso sinnlos verplempert wie die Jugendlichen, die sich kaum von ihren Smartphones lösen können, versucht er, sich auf dem Handy die erste Folge der Krimiserie anzusehen, die Möckel, der Saxofonist der Band Affentheater, im letzten Jahr überschwänglich gelobt hat, gibt aber schon bald auf, weil er das ausdruckslose, ewig gleich mürrische Gesicht der Hauptdarstellerin nicht erträgt. Stattdessen sieht er sich noch einmal den Film an, wieder auf dem Handy, stoppt ihn aber an verschiedenen Stellen, getrieben vom Bedürfnis, das, was er sieht, mit seinen eigenen Erinnerungen an die halbe Stunde mit Juliette zur Deckung zu bringen und zu verstehen, was er getan hat, aber es gelingt ihm nicht. Er wirft das Telefon quer durchs Wohnzimmer aufs Sofa, von dem es wie von einem Trampolin in die Höhe federt, beinahe zu Boden fällt, aber am äußersten Rand der Sitzfläche liegen bleibt.

## 2

Tritt Juliette an den Rand des Teppichs, kann sie aus den hohen Fenstern ihres Probenraumes über die Zufahrt zur Autobahn nach Zürich sehen; der lang gestreckte, bewaldete Hügelrücken ändert sein Erscheinungsbild mit jeder Wetterlage, als wäre er Launen ausgesetzt wie Mensch und Tier und präsentierte sich entsprechend unterschiedlich.

In den ersten Monaten probten sie in einem Kellerraum des ehemaligen Bürogebäudes der stillgelegten Fabrik für Kugellager, aber sie und Patty, die in ihrer Band Paper Crown Piano spielte, bis sie nach Boston zog, um am Berklee College of Music zu studieren, haben den Hausmeister des Werkareals so lange mit Charme bearbeitet, bis sie in den obersten fünften Stock wechseln durften. Wieso es in ihrem Probenraum nach Mandeln riecht, haben sie nicht herausgefunden. Patty konnte den Duft zuordnen, nachdem die ganze Band lange erfolglos herumgerätselt hatte, wonach genau es unerklärlicherweise roch. Juliette liebt den Duft, egal, woher er stammt. Gelegentlich hören sie aus dem Innenhof der Fabrik Musik, langsamen, satten Reggae, keine andere Band, die übt, dafür ist die Musik zu leise. Einer der bildenden Künstler in einem der Ateliers wird Musik hören und von Jamaika träumen. Weil sie das Knistern der Neonröhren gestört hat, haben sie diese herausgeschraubt und Lichterketten kreuz und quer durch den Raum gespannt.

Sie proben meist tagsüber, am liebsten vor Mittag, wenn sie noch nicht wirklich wach sind, sich ihr Bewusstsein in einer Zwischenwelt befindet und sie schläfrig und gleichzeitig hellwach miteinander kommunizieren, was ihr rationaler Verstand sonst selten zulässt. Ihr Saxofonist Saffran ist verhindert, weshalb Juliette Hisham angerufen und ihm angeboten hat, mit ihnen zu jammen und Songideen auszuprobieren, aber er konnte sich nicht dazu durchringen, seine Klavierstunde zu schwänzen. Sie wird Hisham das Angebot nie mehr machen, Streber und Feiglinge haben keinen Platz in ihrem Bandprojekt Paper Crown.

Bassistin Kirsten spielt heute das erste Mal mit ihrem bundlosen Fender, ihre warmen, fließenden Tonbögen füllen nicht nur den Raum, sondern auch Juliettes Bauchhöhle, als würde eine wohltuende Flüssigkeit in sie gepumpt. Keyboarder Moog trägt einen Hoodie über seiner Basecap und eine verspiegelte Sonnenbrille, darum ist sein Gesicht nicht zu sehen, während er einen Klangteppich aufbaut, dem bereits der Beat anzuhören ist, den Schlagzeuger Päde spielen könnte. Juliette weiß, wer Moog zu diesem finsteren und in sich gekehrten Look inspirierte: Sie hat sich auf Youtube-Clips der Band Yussef Kamaal angesehen und war begeistert vom Stil des Pianisten Kamaal Williams.

Sie fühlt sich träge, nicht auf die faule, sondern auf die entspannte Art: bereit, loszulassen und in die Musik zu fallen, um Teil von ihr zu werden. Bloß, was soll sie singen? Worte spielen keine Rolle, noch nicht, Klänge und Töne allerdings schon, sie braucht eine Melodie, eine

Linie, der sie folgen und an der sie entlanggehen kann. "4'33" von John Cage enthält statt Noten nur die Anweisung "Tacet", keinen Ton zu spielen, an die Musiker, hat Arbenz ihnen vor einer Rhythmikstunde erzählt. Vier Minuten und dreiunddreißig Sekunden Schweigen, Innehalten, Stille. Die beste Musik vergisst, dass sie gespielt, dass sie gesungen wird. Auch das eine seiner Weisheiten. Im Internet hat sie gelesen, dass es Cage nicht bloß um die Stille ging, sondern auch darum, was man in dieser Stille hört. Den Film hat keiner ihrer Bandmates erwähnt, aber sie weiß, dass alle ihn gesehen haben; die meisten werden schon Dienstagnacht erfahren haben, was im Materialraum passierte. Stehen sie auf ihrer Seite? Wird sich jemand für Arbenz' Version der Geschichte interessieren? Sie ist die Studentin, er ist der Lehrer, das sind die Fakten, die sich nicht aus der Welt reden lassen. Als wahr gilt, was darüber geredet, geschrieben und erzählt wird. In den Fingerspitzen klopft der Puls, auch das kennt sie vor Auftritten, es wird sich legen, sobald sie singt, dann strömt jenes Selbstbewusstsein durch ihren Körper, das sie liebt wie einen Kokainkick und von dem sie glaubt, dass es ihren wahren Charakter ausmacht. Wird sie sich je an Scheu und Lampenfieber gewöhnen, die Angst, vor Publikum aufzutreten, ob vor Freunden oder Fremden spielt keinen Unterschied, um sich und ihre verborgenen Gefühle zu offenbaren? Damit sie jeweils den Schritt ins Leere wagt, hat sie sich die Vorstellung zurechtgelegt, ihr Vater gebe ihr einen zärtlichen Stoß in den Rücken: ›Trau dich, Juliette!‹ Sie massiert die Stelle zwischen den Augenbrauen, ein Trick gegen Nervosität, den ihr ihre Gesangslehrerin Anna gezeigt hat.

Kirsten tritt wölfisch grinsend auf sie zu, den Hals ihres Basses wie den Lauf eines Gewehrs auf sie gerichtet. Juliette atmet ruhig ein, ruhig aus, aufrecht und stolz, sie trägt jetzt die unsichtbare Krone, die Krone aus Papier, eine junge Frau, die weiß, was sie tut, was sie will, eine Frau, die ihren Mund öffnet, um kundzutun, was sie umtreibt und wer sie ist. Sie singt, singt laut und selbstsicher, ganz bei sich.

## 3

Ein Mädchen sitzt am Fenster auf der anderen Seite des Mittelganges, sonst ist der Waggon, soweit Casper sieht, leer. Sitzt er still, ist der Kater auszuhalten, bewegt er den Kopf zu schnell, zerfällt die Welt in tausend Stücke, und ihm wird schwindlig.

»Haben Sie keinen Hund?«

Das Mädchen ist auf den Gangplatz gerutscht und sieht ihn an; an einem ihrer Schneidezähne ist ein Stückchen abgebrochen, auf ihrer Stirn klebt ein Pflaster. Casper schüttelt den Kopf und lächelt. Das Mädchen ist acht oder neun Jahre alt, in dem Alter, in dem er seinen Sohn Daniel am liebsten mochte.

»Alte Männer haben Hunde.«

»Nicht alle.«

»Sind Sie alt?«

»Uralt. Und du?«

Das Mädchen schaut ihn mit weit aufgerissenen Augen verblüfft an und schüttelt nach einer Schrecksekunde begeistert den Kopf. Am Griff ihres Schulranzens, der vor ihr auf dem Boden steht, hängen mehrere kleine Teddybären und ein Band, zusammengedreht aus verschiedenfarbigen Schnüren.

»Meine Lieblingstante hat gesagt, dass man in Paris Hunde mieten kann. Stimmt das?«

»Das kann ich dir nicht sagen.«

»Paris ist die Hauptstadt von Frankreich, wussten Sie das?«

Er nickt. In Paris haben sie Bettinas Lieblingsfilm *An American in Paris* gesehen, die französische Fassung, weshalb sie nicht mal die Hälfte verstanden. Trotzdem blieben sie bis zum Ende im Saal sitzen, Hand in Hand wie bei ihrem ersten gemeinsamen Kinobesuch viele Jahre davor. Sie waren mit dem Zug angereist und hatten in einem Hotel gewohnt, in dem es nach Anis roch. Aus dem Fenster hatten sie auf die Fassade eines Mietshauses gesehen und Menschen bei ihren Alltagsverrichtungen beobachtet, junge Frauen, alte Männer, Kinder, verhüllte Frauen, einen Mann mit Turban, eine Frau, die in Unterwäsche in der Küche auf dem Kopf stand. Sie sahen Paare, die sich küssten, und ein Paar, das sich stritt und mit Geschirr bewarf.

»Ein Hund braucht mehr als die Hälfte seines Hirns nur fürs Riechen. Das haben Sie bestimmt nicht gewusst. Oder?«

»Nein, das hab ich nicht gewusst. Mehr als die Hälfte? Stimmt das?«

»Hab ich gelesen.«

»Na dann.«

»In einem Buch! So dick!«

Das Mädchen zeigt die Dicke des Buches mit beiden Händen an, macht dabei ein ernsthaftes Gesicht und beobachtet, wie er reagiert.

»Ich mag lieber dünne Bücher«, sagt er.

»Mein Vater sagt, Hunde stinken.«

»Nicht alle.«

»Es gibt auch Menschen, die stinken. Nicht?«

»Unfall?«, fragt er und zeigt auf das Pflaster.

»Bin von der Schaukel gefallen. Ich war sogar im Spital! Aber nur kurz. Zum Glück. Der Arzt war nett. Ich würde nie einen Hund mieten. Sie?«

Casper schüttelt den Kopf. Das Mädchen trägt eine Kette aus gelben und blauen Brausetabletten um den Hals, von denen manche angeknabbert sind. Ist sie jünger, als er vermutet?

»Möchten Sie eines?«

»Danke, lieber nicht.«

»Sind sowieso vom letzten Monat. Träumt man auch, wenn man alt ist?«

»Und wie«, sagt er nach kurzem Zögern, »und du? Träumst du oft?«

»Manchmal«, gibt sie spitz zurück, fasst an die Bruchstelle des Zahns und verzieht das Gesicht.

»Haben Sie keine Frau?«

»Doch.«

»Allein sein ist blöd. Meistens. Wie würde Ihr Hund denn heißen?«

»Ich hab doch gar keinen.«

»Wenn! Sie müssen ihm doch einen Namen geben!«

»Ich kenne keine Hundenamen.«

»Gabriel. Mein Hund heißt Gabriel. Ich meine, wenn ich einen hätte.«

»Gabriel ist kein Hundename.«

»Für meinen Hund schon. Fahren Sie auch bis Frauenfeld?«

»Bis Weinfelden«, sagt er.

Sie nickt mit ernster Miene, und sie sehen schweigend aus dem Fenster. Sie fahren am Trafohäuschen vorbei, auf dessen Höhe letztes Jahr ein Velofahrer so schwer stürzte, dass er an seinen Verletzungen starb.

»Ich hab Angst vor der Schule.«

»Hatte ich auch«, sagt er und überlegt, ob er ihr beruhigend die Hand auf den Arm legen soll, tut es dann aber doch nicht.

»Die ganze Zeit?«, fragt sie ängstlich und sieht ihn an.

»Natürlich nicht die ganze Zeit. Die Angst vergeht, glaub mir. Ganz bestimmt.«

»Das hab ich noch keinem erzählt«, sagt sie leise.

»Ich sag's nicht weiter.«

»Nur Balduin.«

»Wer ist Balduin?«

»Mein Meerschweinchen. Also das ältere. Das andere gehört meinem Bruder. Aber ich hätte lieber einen Hund. So! Genug geredet.«

Sie lacht, rutscht auf den Fensterplatz zurück und winkt ihm mit der Hand, als würde er nicht im selben Zug sitzen, sondern auf der Straße stehen und sie würde an ihm vorbeifahren.

In Frauenfeld steigt das Mädchen aus, ohne ihn weiter zu beachten, erst auf dem Bahnsteig sieht es ihn kurz an, allerdings so, als hätte es ihn nie zuvor gesehen. Das Mädchen hinkt, eine Behinderung, die es nicht etwa zu kaschieren sucht, sondern regelrecht ausstellt; spielt sie das Hinken etwa bloß? Kurz bevor die Türen des Zuges zentralverriegelt werden, hetzt ein Mann in Anzug die Treppe der Unterführung hoch, schafft es gerade eben noch in den Zug und lässt sich Casper gegenüber auf die Sitzbank fallen.

»Der Scheißbahnhof hat nicht mal eine Toilette!«

Der Mann, er wird um die vierzig sein, trägt Hemd und Krawatte und sein Anzug ist einer von denen, die spannen und mindestens eine Nummer zu klein wirken; es nieselt, trotzdem steckt in seinen gegelten, kurz geschnittenen Haaren eine Sonnenbrille. Schnaubend vor Entrüstung sucht er Caspers Blick, um sich mit ihm zu verbünden, aber Casper senkt erst die Augen und schaut dann aus dem Fenster des anfahrenden Zuges.

Aus der Wohnung, in die er und Bettina zogen, vier Monate, nachdem sie sich kennengelernt hatten, sahen sie in einen Innenhof. Unter Linden, die ihre Küche verdunkelten, waren Wäscheleinen aufgespannt, auch stand dort ein Tischtennistisch mit Betonplatte, auf dem sie in den sieben Jahren, die sie in dem Haus in Uster wohnten, nicht eine einzige Partie austrugen, obwohl sie es sich immer wieder vornahmen. Die winzigen Balkone des gegenüberliegenden Hauses erinnerten Casper an Nester ausgeflogener Vögel.

Der Mann legt eine graue Laptoptasche auf den Sitz neben sich und hält ein Smartphone in die Höhe, das genau in diesem Moment anfängt zu zirpen. Der Mann lässt die Hand sinken und nimmt den Anruf entgegen.

»Im Zug, wo sonst! Auf dem Weg, genau. In etwa vierzig Minuten. Hab ich doch schon gesagt. Ciao.«

Er lässt das Telefon in die Seitentasche seines Jacketts gleiten, räuspert sich, nimmt einen schwarzen Füller aus der Brusttasche, dick wie eine Zigarre, schraubt ihn auf und gleich wieder zu.

»Ich fahr sonst nie Zug. Sie?«

»Ab und zu.«

»Ich hatte einen Unfall. Nichts Schlimmes. Aber jetzt

ist er eben in der Garage. Blechschaden. Kostet ein Vermögen. Der Trottel ist aus dem Parkplatz, ohne in den Rückspiegel zu schauen. Haben Sie ein Auto?«

Casper nickt irritiert, weil der Mann seinen Blick mit kampfbereitem Blitzen in den Augen erwidert.

»Mein Vater, also ich finde, er sollte den Ausweis abgeben. Sieht keine fünfzig Meter mit seiner Brille. Ohne ist er blind. Aber er besteht auf seinem Auto. Na ja. Tragen Sie Brille?«

»Sehe ich so aus?«, entgegnet Casper schärfer als beabsichtigt, hat aber nicht im Sinn, seinen aggressiven Tonfall mit einer beschwichtigenden Geste abzumildern.

Der Mann schaut ihn irritiert an und klopft nachdenklich mit dem Füller gegen die Schneidezähne. Die Ledersohlen seiner braunen Schuhe sind mit hellem Lehm verschmiert; soll er ihn fragen, wo er gewesen ist? Er spürt das Herz in seiner Brust pochen, als klopfte es von innen an und begehrte, freigelassen zu werden, um sich frei zu entfalten und zu zeigen, wie viel Kraft es immer noch besitzt.

»Früher hatten Bahnhöfe Toiletten, stimmt's?«, sagt der Mann und steckt den Füller in die Brusttasche zurück.

Casper nickt, dabei betrachtet sich der Mann in der Scheibe, ohne ihn zu beachten, und fährt sich durch die Haare, worauf ihm die Sonnenbrille vom Kopf rutscht und auf den Sitz fällt.

»Die werden sie heute eh nicht brauchen.«

»Das hat meine Frau auch gesagt. Wer weiß. Das Wetter macht, was es will. So sagt man doch, oder?«

»Das Wetter macht, was es will, so hat man früher gesagt, genau.«

Der Mann nickt zufrieden, nimmt die Tasche, zieht einen Laptop heraus, klappt ihn auf und tippt auf eine Taste. Der Bildschirm wird hell, und auf das Gesicht des Mannes legt sich kaltes blaues Licht, in dem er älter aussieht, als er vermutlich ist. Plötzlich rinnt ein dünner Blutfaden aus seiner Nase.

»Sie bluten!«

Der Mann sieht ihn erschrocken an, fasst gleichzeitig mit beiden Händen an die Nase und betrachtet dann das Blut an seinen Fingern.

»Passiert mir andauernd. Wer weiß, was das bedeutet. Nasenbluten.«

»Hatte ich das letzte Mal als Kind.«

»Meiner Frau wird jedes Mal schlecht.«

»Ich kann auch kein Blut sehen.«

»Ich eigentlich auch nicht. Aber was soll ich machen? Ist ja meins. Geht bald vorbei.«

Der Mann lacht freudlos, neigt den Kopf nach hinten und drückt sich ein Taschentuch auf die Nase, das nach kurzer Zeit aussieht wie eine kleine japanische Fahne.

## 4

Die Alte, die an der Bushaltestelle sitzt, eine Orange in der Hand, und wie ein Kind mit den Beinen strampelt, trägt eine Maske, blaue Strickstrumpfhosen, riecht nach feuchter Wolle und redet mit sich selbst, ohne Juliette zu beachten, das vom Trinken aufgedunsene Gesicht gelb im intensiven Kunstlicht des neben dem Wartehäuschen stehenden Automaten voller Schokoriegel, Chipstüten und Energiedrinks. Der Rucksack, der vor der Alten am Boden steht, ist prall gefüllt. Juliette hört das Scheibenwischerflappen der vorbeifahrenden Autos, das Zischeln ihrer Reifen. Das Tageslicht ist diffus, als wollte es sich nicht für einen Farbton entscheiden, der Abhang, der hinter dem Unterstand ansteigt, sieht aus wie gezeichnet. Weshalb fällt ihr ausgerechnet jetzt ein, was ihr Vater mitgenommen hat, als er bei ihnen auszog? Das gerahmte Schwarz-Weiß-Foto von Juliette Gréco, den getöpferten Aschenbecher aus den Ferien auf Sardinien, die Stehlampe mit dem Schirm aus meergrünem Glas, die unbequeme, mit braunem Kunstleder bespannte Liege aus Chromstahl, seine CDs und DVDs, den weiß gestrichenen Stuhl, auf dem er nach Feierabend die *Libération* las, seine Schuhe und Kleider, die drei Alben mit den Familienfotos.

Juliette hat sich vorgenommen, den Film heute auf gar keinen Fall noch einmal anzusehen, kann sich aber nicht zurückhalten, wenigstens ihr Handy einzuschalten. Vor einiger Zeit hat sie aufgehört, Kopfhörer aufzusetzen, sobald sie das Haus verlässt, und konstant Musik zu hören, nachdem Arbenz in einer Rhythmikstunde den Satz »Wenn alles still ist, geschieht am meisten« von Søren Kierkegaard zitiert hatte und ihnen riet, für eine Weile nur noch in speziellen Momenten gezielt ausgewählte Songs zu hören, um den Kopf wieder freizubekommen für neue Melodien und andere Rhythmen und Songstrukturen, statt im nie versiegenden ewigen Musikbrei unterzugehen. Immerhin schafft sie es, sich nicht bei Youtube einzuloggen und nur das Wikipedia-Portal zu öffnen. Wie oft hat sie den Eintrag über Arbenz gelesen? Was verspricht sie sich von den Daten und Fakten?

Casper Arbenz

Schweizer Jazz-Schlagzeuger.

**Casper Arbenz** (* 4. November 1965 in Weinfelden) ist ein in Winterthur lebender Schweizer Schlagzeuger.

**Leben und Wirken**

Casper Arbenz gründete im Alter von fünfzehn zusammen mit Freunden die Rockband The Flakes und begann Schlagzeug zu spielen. Nach der Schule absolvierte er eine Berufsausbildung zum Tiefdruckretuscheur. Mit siebzehn trat er als Percussionist der Zürcher Jazzrockband Rosenblut bei, deren Mitglieder alle mindestens zehn Jahre älter waren als er, und spielte in der Folge mit vielen namhaften Musikern der Zürcher Szene. Nach Abschluss der Ausbildung studierte er an der Swiss Jazz School in Bern u. a. bei Billy Brooks. 1986 gründete er die Band Desert Wind, aus der 1991 Desert Sun wurde, die sich im Jahr 2000 auflöste. Von 1996 bis 1998 lebte Casper Arbenz in Boston und besuchte das Berklee College of Music, wo er unter anderem von John Blackwell und Mike Mangini unterrichtet wurde.

2003 war er Gründungsmitglied der Jazzband Torso, die bis heute in wechselnden Besetzungen tourt; daneben ist er in vielen Projekten tätig und unterrichtet seit 2011 an einer Jazzschule und gibt Privatunterricht. Er hat mit Musikern wie Charly Mariano, Ian Carr, Klaus Doldinger, Volker Kriegel, Fred Frith, Christy Doran, Bruno Amstad, Jasper van't Hof, Edgar Knecht, Bugge Wesseltoft und vielen anderen gespielt.

**Werke (Auswahl, nur feste Bands)**

Desert Wind: *Looking for Water* (Verve Records 1985)
Desert Wind: *Siblings* (Verve Records 1988)
Desert Sun: *Looking for Shelter* (Unit Records 1991)
Desert Sun: *The Room of the Signorina* (Unit Records 1996)
Desert Sun: *From Dog To Dog* (Brambus 2000)
Torso: *Paperkings & Paperbeggars* (Neuklang 2003)
Torso: *The Happy One* (Neuklang 2005)
Torso: *The Rain-Orchestra* (Neuklang 2008)
Torso: *Glasforest* (Neuklang 2012)
Torso: *Jawaka* (Brambus 2015)
Torso: *Queen of Flies* (ECM 2018)
Torso: *Livelobster* (Brambus 2020)

**Equipment**
Casper Arbenz benutzt ein Ludwig-Drumset, Drumsticks von Vic Firth, Paiste-Becken und Felle von Evans.

Die zwei Fotos, die den Lexikoneintrag begleiten, sind überbelichtet und offensichtlich Amateuraufnahmen. Auf beiden Bildern sitzt Arbenz am Schlagzeug, auf einem ist er jung, ungefähr in Juliettes Alter, seine Haare sind dunkel und schulterlang, er trägt eine Lederjacke mit Fransen; die zweite Aufnahme ist aktuell, jedenfalls sind seine Haare kurz und grau und er trägt den langen, spitzen Kinnbart, der ihm an der Jazzschule den Übernamen »Musketier« eingetragen hat. Weiß er davon? Hätte sie sich in den jungen Drummer Casper Arbenz verlieben können? Warum hat er sich auf sie eingelassen, eine Studentin? Die Alte im Unterstand kichert und wirft die Orange ohne hinzusehen von einer Hand in die andere, als führe sie einen Zaubertrick vor. Juliettes Lider fühlen sich geschwollen an, sie hat sich im Bad ihrer WG an Ayses Mascara bedient, ohne sich um die feuchten Watteklumpen zu scheren, die neben dem Pedal des Abfalleimers lagen. Als der Bus endlich an der Haltestelle hält, steigt Juliette sofort ein und setzt sich in die hinterste Reihe, die zum Glück leer ist. Die Alte lässt die Orange in die Tasche ihrer Jacke gleiten, beugt sich weit nach vorn, sagt etwas, das Juliette nicht hört, und fängt an, den Oberkörper manisch vor- und zurückzubewegen. Der Fahrer wartet, da die Alte aber keine Anstalten macht, aufzustehen und einzusteigen, fährt er schließlich los, ruckartig und schnell, bestimmt ist er wütend. Auf dem Sitz neben Juliette liegt ein zerdrückter Kronkorken, Regen prasselt über das Dach des Busses.

Sie kann sich nicht dagegen wehren, den Film noch einmal anzusehen. Was würden die Bilder auslösen, wenn sie sich einreden könnte, weder den Mann noch die Frau zu kennen? Fände sie den Film, hätte er nichts mit ihr zu tun, anregend oder abstoßend oder ließe er sie gleichgültig? Könnte sie ein Opfer, einen Täter zu erkennen? Wird einer jungen Frau Gewalt angetan? Ist nicht die einvernehmliche Handlung sexueller Natur zwischen zwei Erwachsenen zu sehen? Muss sie Arbenz anzeigen, um unschuldig dazustehen? Den toten Vogel, der im Gang des Busses liegt, ein Spatz, wie sie vermutet, obwohl sie nichts von Tieren versteht, bemerkt sie erst nach etlichen Fahrminuten, weil er in einer Kurve unter eine Sitzreihe rollt. Fluchend überholt der Fahrer einen Radfahrer, der einen aufgespannten Schirm in der Hand hält und schwankt.

Am Ende der Probe haben sie fünf Mal direkt hintereinander »Edith and The Kingpin« gespielt, jedes Mal in einer leicht anderen Version, angeregt durch Joni Mitchells Original von der LP *The Hissing Of Summer Lawns,* das Moog auf seinem Tablet abspielte. Nach dem, was während des Dienstagskonzertes passiert ist, fällt es ihr schwer, die Verse

*The band sounds like typewriters*
*The big man he's not listening*
*His eyes hold Edith*
*His left hand holds his right*
*What does that hand desire*
*That he grips it so tight*

zu singen, ohne sie als Kommentar auf das zu beziehen, was zwischen ihr und Arbenz vorgefallen ist. ›Was wünscht sich diese Hand.‹ Nach der Probe warf Severin ihr vor, den Text wegzunuscheln, als schämte sie sich, statt ihn zu singen, als stünde sie hinter ihm. Die letzte Version, die sie gespielt haben, hat sich zu einem schleppenden Reggae entwickelt, zu dem sie improvisierte und die Zeilen »The man with the diamond ring is purring« und »A plane in the rain is humming« variierte.

»Gestern hat er einen Dachs totgefahren.«

Den zwei Reihen vor ihr am Fenster sitzenden Mann hat sie schlicht nicht wahrgenommen, grau und schmal, wie er ist.

»Absichtlich?«

Etwas anderes fällt ihr nicht ein, beide Hände zwischen den Knien; das Grunzen, das der Mann von sich gibt, klingt böse. Sein rechtes Lid zuckt, ein Tick. Sich vorzustellen, wieso ein toter Vogel in einem Bus liegt, löst ein warmes Flattern in ihrem Zwerchfell aus, das sie zum Lachen reizt. Durch die offene Tür geflogen und danach in eine Scheibe geknallt? Von einem Hund hereingetragen? Jagen Hunde Vögel? Fahren Katzen Bus? Ihre Mutter konnte gestern nicht aufhören, von Vasco Rossis Stimme und seinen Texten zu schwärmen; Juliette versteht, dass Rossis Musik ihrem Vater auf die Nerven ging; hat sie sich jemals gegen ihn gestellt und Partei für ihre Mutter ergriffen? Vor ihnen biegt eine Ambulanz in eine Einbahnstraße, ihr blaues Licht springt durch das Innere des Busses und verändert die Stimmung unter den wenigen Passagieren: es ist, als sinke jede und jeder tiefer in den Sitz, der eigenen Verletzlichkeit und Sterblichkeit urplötzlich bewusst. Das Mietshaus, vor dem die Ambulanz angehalten hat, ist eingerüstet, das Warnlicht färbt die Plastikplanen, die es verhüllen, in kurzen Intervallen geheimnisvoll ein. Juliette steht auf, drückt den Halteknopf und steigt an der nächsten Haltestelle aus, ohne sich um das Gebrabbel des Mannes mit dem Augentick zu kümmern, zwei Stationen zu früh und mindestens zwanzig Fußminuten von der WG-Wohnung entfernt.

»Ich tret immer die Fersen runter!«, ruft er ihr hinterher, bevor sich die Tür mit leisem Zischen schließt.

Hat sie ihn falsch verstanden? Der Regen, dicht und verblüffend warm, fühlt sich an wie ein Mantel, den jemand sorgsam um sie legt, um sie zu schützen. ›Es wird einfach nicht richtig hell hier.‹ Der Satz, mit dem ihre Mutter sie an einem Februarabend an der Wohnungstür verabschiedete, fällt ihr ein, dazu das traurige, abwesende Gesicht, das sie schnitt, ohne sie anzusehen.

## 5

Er stellt sich unter das weit vorragende Vordach des Krematoriums, da es wie aus Eimern schüttet. Nah gefühlt hat er sich seinen Eltern auf dem Friedhof nie; ihre Namen auf dem Grabstein, den er mit seinem Bruder ausgesucht hat, lösen keine Trauer in ihm aus, die hat er hinter sich. Er denkt selten an seine Mutter, an seinen Vater nur, wenn er sich vorstellt, wie dieser etwas missbilligt, das er getan hat. Wenn auf dem Friedhof etwas Wehmut in Casper auslöst, dann das Rauschen der Zypressen, das Knirschen der Kieselsteine unter seinen Schuhen oder die versteinerten Gesichter der Besucher einer Beerdigung oder Abdankung, das Weinen einer Witwe. Auch das Ticken der Rasensprenger und das Summen der Friedhofsgärtner, die sich um die Bepflanzung der Gräber, um Büsche und Bäume und Wiesen kümmern, lässt ihn jeweils für einen Moment innehalten, weil er zu spüren glaubt, dass ein Schatten über ihn fällt und er ahnt, seinen Eltern nahe zu sein. In seinem letzten Lebensjahr hat sein Vater Caspers Fragen nur noch mit einem je nach Tageslaune aggressiven oder resignierten Grunzen beantwortet. Und trotzdem hat Casper nicht aufgehört, ihm Fragen zu stellen, weniger, weil er sich wirklich für eine Antwort interessierte, sondern weil ihn das Grunzen seines Vaters faszinierte und das Gesicht, das er dabei machte, eine Mischung aus tiefster Verachtung und namenloser Angst.

Häufig besucht er das Grab nicht, alle vier oder fünf Monate, aber wenn er es besucht, bringt er Blumen mit, die er auf der Grabplatte niederlegt, zündet Grablichter an und spricht ein Gebet, obwohl er gar nicht an Gott glaubt. Gelegentlich bleibt er bei seinen Friedhofsbesuchen unter dem Vordach stehen, geht gar nicht zu dem Grab hinüber und betrachtet es nur aus der Ferne. Meine Eltern sind nicht hier, denkt er dann, hier auf dieser Wiese, unter diesem Grabstein, doch wo sind sie dann? Der Kies ist mit festgetretenen Zigarettenstummeln bedeckt, unter diesem Dach warten Trauernde auf den Beginn von Trauerfeiern. Vor einigen Monaten hat er in der Toilette des Krematoriums mitangehört, wie ein Vater seinen Jungen ausschimpfte, weil er zwischen den Grabreihen herumgehüpft war; der weinende Junge schnappte verzweifelt nach Luft, als erstickte er, doch sein Vater schimpfte ihn unbeirrt weiter aus und verpasste ihm schließlich eine Ohrfeige. Statt sich einzumischen, blieb Casper in seiner Kabine und wartete mit angehaltenem Atem darauf, dass die beiden die Toilette verließen. Das Entsetzen, das er danach im Spiegel über dem Waschbecken in seinen Augen entdeckte, erschreckte ihn: Das also ist aus ihm geworden, ein Feigling, der sich nicht einmal für ein Kind einsetzen kann.

Ein Paar in seinem Alter geht eng umschlungen an ihm vorbei, ohne ihn zu bemerken. Der Mann hält den Schirm, die Frau einen Strauß roter Rosen, beide weinen. Die Frau ist größer als der Mann, sie geht etwas schneller, Casper erkennt Ungeduld in ihren Bewegungen, sie will die Sache hinter sich bringen. Die rechte Schulter des Mannes ist nass, er gibt sich Mühe, seine Frau vor dem Regen zu schützen, auf seiner Stirn klebt eine Haarsträhne. Doppelte Reifenspuren führen durch den Kies, am Rand des Gräberfeldes ist eine neue Grube ausgehoben; im Regen leuchten die Kränze, die abgelegt wurden, unnatürlich grün. Er war sechs, als ihm sein älterer Bruder Velofahren ohne Stützräder beibrachte. Weshalb denkt er ausgerechnet jetzt an den Moment, an dem Reto den Sattel losließ, um ihn auf seine erste Fahrt ohne Hilfe zu schicken? Er fühlt den Fahrtwind von damals im Gesicht, hört Retos stolze Stimme, der hinter ihm herläuft und vor Freude in die Hände klatscht.

In der Aussegnungshalle fängt eine Frau an zu singen, hoch, gefühlvoll und sicher, hört aber auf, bevor er erkennen kann, in welcher Sprache sie singt. Bestimmt prüft sie nur die Akustik des Raumes. Wie ausgeprägt die Blumen bei der Trauerfeier der Eltern rochen! Das Sonnenlicht, das durch die Glasfenster fiel und Farbkleckse auf den Steinboden warf, enthob ihn für einen glückseligen Moment der Situation und versöhnte ihn mit Gott und seinem Diener, der vor ihnen stand und über die Eltern sprach, als hätte er sie gekannt. Vor seinen Stiefelspitzen rinnt Regen in den Kies, im Wald hinter der Friedhofsmauer möhnt eine Motorsäge, er hört Männerstimmen und Axthiebe, regelmäßig wie ein Metronom. Auf einmal bereut er es, dass er sein Handy zu Hause gelassen hat; wenn er nicht weiß, wie in den sozialen Medien reagiert, was ihm vorgeworfen wird, kann er sich nicht wehren. Er steht im Feuer, im Gegenwind, aber steht er auch im Schilf? An die Bewegung, mit der man durch Inhalte scrollt, hat er sich nicht wirklich gewöhnt. In Gesellschaft wendet er sich nicht nur ab, wenn er am Handy telefoniert, sondern auch, wenn er sich durch Newsportale wischt oder Textnachrichten liest. Die mitleidigen Blicke, die Jüngere ihm zuwerfen, weil er Nachrichten umständlich mit einem Zeigefinger statt mit beiden Daumen tippt, sind ihm mittlerweile egal. Manchmal wünscht er sich eines der allerersten Mobiltelefone zurück, wie er sie noch aus Filmen kennt, groß wie eine Schuhschachtel, um fassungslose Blicke zu provozieren. Überwinden, zum Elterngrab hinüberzugehen, kann er sich heute nicht; er will das Ende des Unwetters abwarten und danach vor der Bandprobe irgendwo ein Bier trinken.

Eben auf den bekiesten Hauptweg eingebogen, der quer durch die kleine Parkanlage führt, kommt ihm eine Frau entgegen, eine Obdachlose, wie er aufgrund ihres verwahrlosten Äußeren annimmt, die in seinem Alter sein dürfte. Sie trägt einen langen Mantel, zerschlissene Cargohosen mit vollbepackten Taschen und Wollhandschuhe; beide Ohrenklappen ihrer Pelzmütze sind hochgebunden, ihre Stiefel mit Lumpen umwickelt. Die Vorderräder des Einkaufswagens, den sie vor sich herschiebt, randvoll mit Tüten und Taschen, eiern.

»Da ist er ja«, sagt sie und versperrt ihm den Weg.

Überrumpelt starrt er sie, da ihm keine Erwiderung einfällt, schweigend an. Sie hat einen Stängel Süßholz im Mund, lang wie ein Bleistift, das Ende zum fasrigen Pinselchen zerkaut. Die graue Wolldecke, die auf den Taschen und Tüten liegt, ist sorgfältig zusammengefaltet und mit einer Plastikplane vor dem Regen geschützt; an einem Gürtel baumelt ein eng gerollter Schlafsack am Karren.

»Hast du gemacht, was du gemacht hast?«

Überrascht schüttelt er den Kopf. Die Stimme der Frau, rein und klar, klingt wie ein Trompetchen, das zum Angriff bläst. Will sie ihn auf den Arm nehmen? Was hat sie zu verkünden?

»Keine Ahnung, was Sie meinen.«

Sie kichert, als sei ihr etwas Komisches eingefallen; ihre Augen sind von einem unnatürlichen Blau, Stirn und Kinn mit roten Pusteln bedeckt.

»Lügst du oder lügt sie?«

Wird er lügen? Wird Juliette lügen? Im Blick der Obdachlosen glüht ein Feuer, das er lange nirgends erkannt hat. Hat sie den Film gesehen? Auf wessen Seite steht sie? Denn dass es den meisten darum geht, Partei zu ergreifen und zu verurteilen, hat er längst begriffen.

»Was heißt lügen?«, fragt er lahm.

Warum geht er nicht einfach weiter und lässt die Frau stehen? Er ist ihr keine Antwort schuldig, er ist niemandem eine Antwort schuldig, nicht einmal Bettina, nur Juliette und sich.

»Ist passiert, was du erzählst, oder ist passiert, was sie erzählt?«

»Was erzählen wir denn?«, fragt er.

»Eben!«

Ihr Lachen ist spitzbübisch. Ist er wütend auf Juliette? Auf sich selbst? Hat er sich vergeben? Wird sein Sohn ihm vergeben? Und Bettina?

»Der Feind der Wahrheit ist nicht die Lüge«, sagt sie.

»Sondern?«

»Das ist die große Frage!«

Welche Farce! Die Frau riecht nach Kampfer und Kohl.

Der Griff ihres Einkaufswagens ist mit farbiger Wolle umwickelt, in die die Umrisse ihrer kleinen, bestimmt harten Hände eingeprägt sind, das Kofferradio, das an einem Seil am Karren baumelt, knistert.

»Das Radio«, sagt er und zeigt auf das Gerät.

»Was ist damit?«

»Es läuft. So geht die Batterie ...«

»Das soll sie, Mann, das soll sie«, unterbricht sie ihn.

»Aber es knistert doch nur!«

»Du musst es akzeptieren.«

»Was?«

»Dass du allein bist.«

»Und wenn ich das nicht will?«

»Wen interessiert, was du willst?«

»Mich.«

»Und sonst? Eben! Keinen.«

»Keinen«, wiederholt er.

»Welche Freiheit! Keinen!«

Die Frau lacht, nimmt das Süßholz aus dem Mund und spuckt auf den Boden, wobei sie ihn nicht aus den Augen lässt. Wieso entdeckt er das Pelztier, unwesentlich größer als seine Hand, erst jetzt? Es kauert auf einer Tasche, die aus allen Nähten platzt, und reckt schnüffelnd seine glänzende schwarze Nase in die Höhe.

»Ist das ein ...«

»Ein Hamster«, fällt sie ihm ins Wort, »Gagarin.«

Die Freude, sie zu fragen, wieso ein Hamster wie ein sowjetischer Kosmonaut heißt, macht er der Frau nicht.

»Wie alt bist du noch mal?«

»Fünfundfünfzig«, antwortet er, ohne nachzudenken.

»Dann dauert es noch eine Weile.«

»Und Sie? Wie alt sind Sie?«

»Wo ich mich aufhalte, vergeht die Zeit schneller als dort, wo du bist.«

»Das kann ich mir vorstellen.«

»Nein, kannst du nicht. Angst vor dem Altwerden ist sinnlos, wie du vielleicht weißt. Altwerden überlebt man sowieso nicht.«

»Ich hab keine Angst.«

»Doch. Hast du.«

Casper schüttelt den Kopf. Das Radio, unbeirrt knisternd, schaukelt hin und her. Für einen Augenblick fürchtet er, die Frau wolle ihm über die Wange streichen, doch sie sieht ihn ungerührt an, nickt, lässt die Hand fallen, packt den Griff ihres Karrens und geht weiter.

# 6

Ayses Milchreis ist noch warm, und Juliette schöpft sich eine Portion aus der Kompottschale in den Unterteller, der nicht in der Spülmaschine ist, bestreut sie mit Zimt und setzt sich im Dunkeln an den Küchentisch. Sie hat heiß geduscht und sich erneut an den Watteklumpen am Boden und die Schmutzränder in Badewanne und Waschbecken gestört, aber nichts dagegen unternommen: Sie ist erst nächste Woche an der Reihe mit Putzen und Aufräumen.

Gedankenverloren schiebt sie sich Löffel um Löffel der köstlichen Pampe in den Mund, dann hört sie Schritte auf dem Flur näher kommen, schafft es aber nicht, die Augen zuzumachen, bevor die Lampe über dem Tisch angeht; als sie sie wieder öffnet, ist sie sekundenlang blind, dann wird das Fenster zum Hof zum Spiegel, in dem sie sich selbst am Tisch sitzen sieht. Ayse lehnt an der Spüle und sieht sie besorgt an.

»Das mit dem Film tut mir leid, Julie. Weißt du, wer ihn aufgenommen hat?«

Juliette schüttelt wortlos den Kopf, leckt den Löffel sauber und schiebt das Untertellerchen verschämt beiseite, weil sie sich, ohne zu fragen, bei Ayses Milchreis bedient hat.

»Schmeckt super, wie immer. Danke. Dafür putz ich das Bad, obwohl ich gar nicht dran bin.«

»Nicht nötig. Ich mach's, wenn ich zurück bin. Ich muss los. Übrigens hat der Film jetzt Ton. Schon gehört? Ändert aber auch nichts. Oder?«

Ayse beugt sich über Juliette, nimmt sie in den Arm, drückt sie, gibt ihr einen Kuss auf die Wange und geht ohne ein weiteres Wort aus der Küche. Juliette kann sich nicht rühren, die Wendung ›Wie vom Donner gerührt‹ fällt ihr ein, die sie im Deutschunterricht am Gymnasium behandelten, dann wirft sie den Löffel durch die Küche in den Spültrog, erstaunt und befriedigt, wie genau das blecherne Scheppern ihre Gefühle ausdrückt. Reglos bleibt sie im Dunkeln sitzen und achtet auf die Geräusche im Haus, in der Wohnung, im Innenhof und auf der Straße. Stumm wartet sie, angenehm abwesend und unbeteiligt, aber natürlich weiß sie, dass sie nur darauf wartet, nachzugeben und sich den Film erneut anzuschauen, um zu prüfen, ob der Ton etwas verrät, was sie übersehen hat, etwas, das ihr zeigt, wie sie sich Dienstagnacht verhalten, vielleicht sogar, was sie *gefühlt* hat. Als könnte sie etwas über sich erfahren, was ihr bislang verborgen geblieben ist. Bevor sie den Film anklickt, scrollt sie durch Fotos, Dutzende von Fotos, Selfies, Aufnahmen von Ayse, ihrem Vater, ihrer Mutter, Sebastian, Severin und ihrem Bruder, Bilder von Partys, Proben, Auftritten, Bilder von Reisen, Ausflügen, Ferien, Aufnahmen aus dem Burgund. Schließlich, sie sitzt weiterhin im Dunkeln, sieht sie sich den Film erneut an, der Ton ist erschreckend klar, und sie dreht die Lautstärke zurück. Arbenz klingt abstoßend, aber könnte das Stöhnen nicht von jedem Mann stammen, von jedem *älteren* Mann? Ihre Stimme dagegen erkennt sie sofort, obwohl sie ihr fremd ist. Klingt ihr Tonfall echt oder gekünstelt, verrät er Leidenschaft oder dass sie nur Theater spielt? Was würde sie von der Frau halten, wäre nicht sie selbst diese Frau? Der Film löst nicht die Bestätigung aus, die sie sich erhofft hat, sie sei zu etwas gezwungen worden, das sie nicht wollte. Was sie sieht und hört, ist eine junge Frau, die den Moment offensichtlich genießt. Ist Arbenz wirklich eindeutig zu erkennen? Das Schlimmste, weshalb kann sie sich das erst jetzt eingestehen, während sie den Clip zum x-ten Mal sieht, das Schlimmste ist die Lust, die ihr Gesicht zeigt. Beim Sex gesehen hat sie sich schon öfter, auf Handyfotos und -filmen, diesmal ist es anders, es stört sie, dass ihr die Lust, die sie empfindet, anzusehen ist. Schadet der Film gar nicht Arbenz, sondern ihr? Wen versetzt er in die unangenehme Lage, um Gnade und Vergebung bitten zu müssen? Die Bilder machen sie unsicher und wütend, sie verschieben Positionen, ordnen Kräfte neu, nicht zu ihren Gunsten, wie sie fürchtet. Darf man sich in der Freizeit als Studentin mit einem Lehrer einlassen, der an derselben Jazzschule unterrichtet und bei dem man Rhythmikstunden belegt? Sie ist für sich selbst verantwortlich, sie ist volljährig! Könnte der Raum, in dem sie gefilmt worden sind, nicht irgendein Raum in irgendeinem Gebäude sein? Ist zu erkennen, dass sie sich im Zimmer neben dem Konzertsaal der Jazzschule befinden? Würde es die Sachlage ändern, hätten sie in einem Raum Sex gehabt, der nicht zur Schule gehört? Was geschieht, wenn sie versichert, dass sie zu nichts gezwungen wurde und der Sex einvernehmlich geschah? Gilt sie dann nicht als Schlampe, die sich mit Lehrern einlässt, vielleicht, um sich Vorteile zu verschaffen? Wie kann ein Film zeigen, was tatsächlich passiert ist? Niemand sieht, was sie oder Arbenz empfunden hat. Weiß sie, was sie in dieser halben Stunde in dem Materialraum gefühlt hat und könnte sie es beschreiben? Wieso sollte sie, wen geht es etwas an? Der Film wird für das stehen, was passiert ist, wird die Erzählung darüber schreiben, das ist ihr bewusst. Der Film wird als Wahrheit gelten. Als Beweis dafür, was vorgefallen ist. Löschen lässt er sich nicht, nie mehr, auch das weiß sie, doch möglicherweise kann sie ihn mit ihrer Erzählung in eine Richtung lenken, die ihr hilft, vielleicht kann sie ihn umschreiben, indem sie ihn aus ihrer Sicht erzählt und zu einem anderen, einem neuen Film macht, zu ihrem Film! Bestimmt wird auch Arbenz versuchen, den Film zu seinen Gunsten zu interpretieren.

Sie ist versucht, den Film zu löschen, weiß aber, wie lächerlich das wäre. Der Film ist nicht mehr aus der Welt zu schaffen. Wer hat ihn gemacht, ins Netz gestellt? Jemand, der ihr schaden oder helfen will? Wieso hat sie nicht gehört, wie jemand den Raum betrat und sie beobachtete? Wie viele ihrer Freundinnen und Mitstudentinnen den Film wohl bereits gesehen haben? Gerne würde sie sich hinlegen, ist aber zu müde, um aufzustehen und in ihr Zimmer zu gehen. Staub und Schmutz auf der Fensterscheibe wirken wie ein Filter, der die Wohnungslichter angrenzender Häuser in Farbkleckse verwandelt; vor mehr als eineinhalb Jahren sind sie in diese Wohnung gezogen, aber die Scheiben haben sie noch nie geputzt. Den Abfall trennen sie höchstens alle drei Wochen, leere Flaschen deponieren sie mit Vorliebe in fremden Kellern oder Eingängen anderer Häuser, denn die nächste Glassammelstelle ist nur mit einem Auto bequem zu erreichen.

Im Innenhof ist deutlich das Surren eines Fahrraddynamos zu hören, ein Geräusch, das sie aus allen anderen Geräuschen heraushören kann, seit sie als Kind zwischen dem Bauernhof ihrer französischen Großeltern in Lucenay-l'Evêque, in dem ihr Vater aufwuchs, und dem Haus mit den blauen Läden ihrer Tante und ihres Onkels in Usseau, in dem sie in den Burgundferien jeweils wohnten, hin und her radelte, oft in der Abenddämmerung. Bestimmt kehrt Severin aus dem Glückskind zurück, wo er nach Bandproben gern versackt; erstaunlicherweise ist Severin neben ihr der einzige Radfahrer im Haus. Vor ihrer Großmutter Florence hat sie sich gefürchtet, weil sie ihr die Haare zu einem Knoten zusammenband, der so straff am Hinterkopf saß, dass es ihr die Augen mandelförmig nach hinten zog, weshalb sie Kopfschmerzen bekam und wie eine launische, asiatische Prinzessin aussah. Die Weisheit ihrer Großmutter, ›Es gibt keine schönere Freude als die Vorfreude‹, findet sie falsch; sie will sich nicht auf etwas freuen, das erst noch geschehen muss, sie will sich an etwas freuen, das gerade jetzt passiert. Ihr Rat ›Das Leben ist kürzer als ein Sarg, also nutze es!‹ sorgt in jeder Runde für Gelächter. Im Winter hat ihre Großmutter auf dem Schulweg heiße Kartoffeln in die Taschen ihrer Jacke gesteckt, um sich wenigstens die Hände zu wärmen; Juliette hat den Trick ausprobiert, ohne jemandem davon zu erzählen und den Kartoffelgeruch geliebt, den sie an ihren Fingern noch Stunden später wahrnahm.

Severin sichert sein Rennrad, Geschenk eines Onkels, den er vergöttert, mit mehreren Schlössern ab, deswegen dauert es, bis sie Schritte auf der Treppe und den Schlüssel in der Wohnungstür hört. Gleich darauf geht das Licht über dem Tisch an und Severin betritt die Küche. Emotionen kann er unmöglich verheimlichen, er ist, auch diese Wendung haben sie im Deutschunterricht behandelt, ›ein offenes Buch‹. Er lässt die Tasche mit seinem Lieblingscymbal, das er nie im Probenraum lässt, vorsichtig zu Boden gleiten, dreht den Kaltwasserhahn auf und schaufelt sich Wasser ins Gesicht.

»Arbenz ist am Arsch«, sagt er, ohne sie anzusehen, »hoffentlich ist dir das klar!«

»Auf dem Film bin ich auch drauf, schon vergessen?«

»Hast du den Shitstorm nicht gesehen? Er ist erledigt.«

»Was?«

»Twitter, Instagram, Telegram, Facebook. Sie machen ihn fertig. Ich hoffe, du machst jetzt keinen Scheiß, Julie.«

»Was soll das heißen?«

»Er ist mein *Lieblings*lehrer!«

»Was hat das denn damit zu tun?«

»Wieso ausgerechnet in der Schule? Wie blöd seid ihr eigentlich?«

Sie nimmt ihr Smartphone, zögert jedoch, sich in ihren Twitter-Account einzuloggen. Severin schüttelt den Kopf und ergreift den Tragegriff seiner Cymbaltasche.

»Du kannst nur hoffen«, sagt er, »dass der Wind nicht dreht und es dich trifft!«

Jetzt sieht er sie doch an, endlich, allerdings flüchtig, als ertrage er ihren Anblick nicht zu lange. Er schlägt die Augen nieder und geht rasch aus der Küche. Juliette legt ihre Hände vor sich in den Lichtkegel der Lampe und sieht, sie zittern, zittern wie die blassen abgearbeiteten Hände ihrer Großmutter, die ihr selbst dann noch Angst einjagten, als sie zu schwach waren, um ihr die Haare zurückzubinden.

# 7

Als die Serviertochter das Bier vor ihm auf den Tisch stellt, erinnert er sich, dass er vor langer Zeit regelmäßig im Schänzli verkehrte. Es hat sich nicht die Spur verändert, immer noch sitzt man wie in einem Eisenbahnwaggon, sind die Tische in dem schlauchartigen Raum mit der gewölbten Decke zu beiden Seiten des schmalen Mittelganges hintereinander angeordnet. Eine der ersten Bands, in der er gespielt hat, Sanctuary, eine Jazzrockgruppe, die um jeden Preis klingen wollte wie ihr britisches Vorbild Colosseum, probte in der Nähe; nach endlosen wie beglückenden Jamsessions tranken sie sich im Schänzli wieder Boden unter die Füße und kehrten langsam in die Wirklichkeit zurück. Hat ihn sein Unterbewusstsein hierhergeführt? Wozu? Er hatte eine hitzige Affäre mit der Serviertochter des Lokals, obwohl er damals gerade seit kurzem mit Bettina zusammen war; was sagt es über seinen Charakter aus, dass ihm die Unsicherheit, was aus ihrer Beziehung werden würde, als Ausrede für die Affäre genügte?

»Nicht einmal das kriegen sie mehr hin«, sagt ein Mann, der am Tisch auf der anderen Seite des Mittelganges einen Kafi Luz in die Höhe hält und missbilligend den Kopf schüttelt.

»Durch einen Kafi Luz muss man Zeitung lesen können. So dünn muss er sein. Das hier ist Pfusch.«

Unter dem Tisch des Mannes liegt ein Metallkamm, dem die meisten Zähne fehlen; er rührt den Kaffee um, und Casper betrachtet die Zuckerkörner, die in der bernsteinfarbenen Flüssigkeit emporsteigen und langsam niedersinken.

»Wie im Bus hier drin, was?«, sagt der Mann und prostet ihm zu.

Casper hebt das Glas und nickt. Der Mann ist deutlich älter als er, seine Kleidung abgetragen und schäbig.

»Und wohin fahren wir?«

»Ins Loch natürlich«, sagt der Mann, »ins Loch!«

»In die Wärme!«

»In die Wärme? Wieso in die Wärme?«

»Na, in der Hölle ist es doch warm, oder nicht?«, sagt Casper.

»Wer redet denn von der Hölle?«

»Ins Loch, haben Sie gesagt.«

»Seitdem meine Frau gestorben ist, geht's nur noch abwärts mit mir«, sagt der Mann, »ich sinke jeden Tag tiefer. Jeden.«

»Und was machen Sie, wenn Sie den Grund erreicht haben?«

»Wenn man den Grund erreicht, gibt's ja wohl nur eine Richtung, in der es weitergeht, würde ich mal sagen.«

»Nämlich?«, fragt Casper.

»Nach oben natürlich. Das weiß doch jeder. Jeder, der schwimmen kann.«

»Ich kann nicht schwimmen.«

»Jeder kann schwimmen!«

»Ich nicht.«

»Doch, Sie auch! Wetten?«

»Wie's im Loch unten aussieht, weiß ich trotzdem.«

»Wenn Sie sich da mal nicht täuschen«, sagt der Mann, trinkt sein Glas leer, stellt es auf den Tisch, steht auf, murmelt einen Abschiedsgruß und geht schwankend aus dem Schänzli. Die Luft, die durch die offene Tür um Caspers Beine streicht, ist kalt. Er muss sich beeilen, um nicht den Probenbeginn zu verpassen, aber für ein zweites Bier reicht es, sagt er sich und winkt der Serviertochter.

Eine gute Stunde jammen sie, wortlos, aber mit häufigen Blickkontakten und näher beisammenstehend als bei den Gigs. Casper ist froh, dass Declan Bass spielt und nicht Michael, Declan, der Ire, mit dem er sich nahezu ohne Signale versteht und mit dem er Rhythmusteppiche legt, auf denen sich E-Piano, Trompete und Tenorsaxofon auf Pfade wagen, von denen keiner weiß, wohin sie führen, weshalb man sich auf ihnen leicht verliert. Affentheater ist ein loses Bandprojekt, in dem Casper sich aufgehoben fühlt, da sie nicht den Erfolg suchen, sondern die Herausforderung und die Grenze. Die Stücke, improvisierend erarbeitet, besitzen offene Strukturen, basieren jedoch auf Abmachungen, auf die sie bei Bedarf zurückgreifen können.

In der Pause rauchen sie einen Joint, und Casper erfährt, dass alle in der Band den Film gesehen haben; keiner stellt Fragen, macht ihm Vorwürfe. Bänz erzählt von einer Privatschülerin, mit der er eine Affäre hatte, ohne dass seine Frau davon erfuhr, Möckel von einem Schüler, in den er vor wenigen Monaten verliebt gewesen ist, ohne dass es zu etwas gekommen wäre. Casper hat nicht das Bedürfnis, über Juliette oder die Trennung von Bettina zu reden, und drängt die anderen dazu weiterzumachen. Sie proben ihr Repertoire für den Gig im Birds Nest in Schaffhausen, der am nächsten Tag ansteht. Er vergisst die Probleme, die ihn belasten, es ist, als träte er aus sich heraus, und doch ist er bei sich. Auf der Nadelspitze des Augenblicks, unangreifbar, am Leben, blutjung, voller Elan, auf der Schneide der Gegenwart.

Nach drei Stunden brechen sie die Probe nicht ab, eher ist es, als verlaufe sich der Take, den sie spielen, wie eine am Strand ausrollende Welle. Es dauert fast eine halbe Minute, bis sie in der Wirklichkeit ankommen, sich ansehen und in befreites Gelächter ausbrechen. Sie rauchen noch einen Joint, auch das ein Ritual, das sich eingebürgert hat; die Zeiten, in denen sie nach einer Probe in Bars abhingen und versackten, sind vorbei. Selbst nach Konzerten verabschieden sie sich oft, sobald das Equipment im Bandbus verstaut ist, der von Bänz gefahren wird. Sie treffen sich, um Musik zu machen, nicht um bis in den Morgen zu feiern oder zu palavern. Sie schmieden keine Pläne, sie verwirklichen sie – eine der Gnaden der Erfahrung und des Alters.

Casper steckt die Ludwig-14"x5"-Classic-Maple-Snaredrum, die Hi-Hat, die vier Paiste-Cymbals und das Fußpedal für die Basstrommel in ihre gefütterten Verpackungen und trägt sie zu seinem senfgelben Volvo 245; die Basstrommel, das Hängetom, das Floortom und den Hocker lässt er im Übungsraum stehen – sie gehören zu seinem Probenschlagzeug. Den Gig im Birds Nest wird er mit seinem Lieblingsschlagzeug spielen, das in seinem Haus steht. Den Volvo hat er vor über dreißig Jahren von einem Mann gekauft, der bei seinem Großvater Johannes in der Ostschweiz als Schreiner gearbeitet und Kaninchen gezüchtet hat, die er mit dem Kombi an Wettbewerbe in der ganzen Schweiz fuhr. Noch heute glaubt Casper gelegentlich, den Geruch der Kaninchen in der Nase zu haben, dabei weiß er gar nicht, wie Kaninchen riechen. Bis vor Kurzem hat er für den Oldtimer, den er hegt und pflegt, Komplimente bekommen, auch in der Jazzszene, doch seit einiger Zeit gibt man ihm zu verstehen, dass man ihn für einen Umweltsünder hält, weil er ein großes Auto fährt, das viel Benzin säuft. Das Fahren des Volvos gibt ihm das beglückende Gefühl, kompetent zu sein, da er exakt weiß, was er tun muss, um den schweren Wagen zu kontrollieren: Das Steuer hat etwas Spiel, die Bremse verlangt viel Druck, und die Gänge lassen sich nur dann reibungslos einlegen, wenn man den Wagen und sein Getriebe kennt. Natürlich liebt er den Kombi auch, weil er ihn an seinen Großvater erinnert.

Er hat eben den Motor gestartet, die Melodie ihres neuen Songs »Big Hat No Cattle« im Kopf, da klingelt sein Handy. Er stellt den Blinker und sieht in den Rückspiegel, um auf die Straße zu fahren, entschließt sich dann aber doch, den Anruf entgegenzunehmen, und schaltet den Motor aus. Die Nummer ist unterdrückt, die Straßenlampe am Ende der Straße flackert, im fahlgelben Lichtzelt ist deutlich zu erkennen, dass es nieselt. Er hebt ab, ohne seinen Namen zu nennen, und will auflegen, weil der Anrufer schweigt, als er ein Schluckgeräusch hört.

»Kinderficker.«

Die Männerstimme klingt jung und unsicher, und Casper versucht, sich ein Gesicht dazu vorzustellen, Augen, Nase, Mund, auch das Zimmer versucht er vor sich zu sehen, in dem sich der Anrufer befindet. Wieder trinkt der Mann, schluckt.

»Ich schneid dir den Schwanz ab.«

Casper kann sich beherrschen, etwas zu erwidern, schafft es aber nicht, aufzulegen. Klingt der Mann verzweifelt oder doch eher wütend? Hat Juliette einen Freund, den sie nicht erwähnte, einen Bruder? Für ihren Vater ist die Stimme eindeutig zu jung. Das Flackern der Straßenlampe wird schneller, schließlich erlischt sie und bleibt dunkel, fünf, sechs Sekunden lang; als sie erneut angeht, wirft sie eine Lichtlache auf das blaue Auto, das unter ihr parkt, in welcher die Karosserie grün wirkt.

»Und so einer ist Lehrer. Sauhund, dreckiger!«

Casper will auflegen, zufrieden mit sich, weil er nichts gesagt und sich nicht verteidigt hat, lauscht aber, fasziniert vom Schluckgeräusch, das ihn an einen glucksenden Bach erinnert.

»Du bist geliefert«, sagt der Mann und unterbricht die Verbindung.

Die Wanne der Straßenlampe, von Regenschleiern umsprüht, schaukelt im Wind, der auch den Bäumen abzulesen ist, die die Fahrbahn säumen. Zu hören ist der Regen leider nicht, er liebt das Getrommel der Tropfen auf dem Blechdach, weil er immer einen Rhythmus darin erkennt, den er aufnehmen und auf dem Steuerrad mitklopfen kann. Schaltet er nicht die Scheibenwischer ein, wird er bald nichts mehr sehen können; der Schleier, den der Regen auf die Frontscheibe legt, erinnert ihn an einen verregneten Sommernachmittag, den er mit Bettina in der Strandbar in Kalabrien verbracht hat; sie saßen auf der überdeckten Veranda, die nackten Füße im festgestampften, plötzlich kalten Sand, sahen aufs brodelnde Meer hinaus, hörten Fabrizio De André aus der Bar, tranken Moretti-Bier und redeten über Lebensträume. Wenn Bettina und er sich stritten, gab es jedes Mal den Moment, in dem er sich das Lachen verkneifen musste. Ihr wutverzerrtes Gesicht, ihre Stimme, die sich überschlug, und ihre theatralischen Handbewegungen reizten ihn loszuprusten. ›Wag es bloss nicht, zu lachen, wenn wir uns streiten, du Clown!‹ Natürlich hat er trotzdem gelacht, was sie weiter anstachelte, ihren Streitereien aber auch den Stachel zog und der erste Schritt zur Versöhnung bedeutete. Soll er sie anrufen, sich noch einmal entschuldigen und sie bitten, ihm noch eine Chance zu geben?

Warm liegt das Handy als Aufforderung in seinem Schoß, endlich die E-Mails zu lesen und sein Facebook-Konto zu öffnen. Sechs Mails an einem Tag erhält er selten, er ignoriert den wachsenden Widerwillen, sich mit ihnen zu beschäftigen, und öffnet sie. Die Absender der ersten drei Mails sind ihm unbekannt; da sie nichts als Beschimpfungen und Drohungen enthalten, sind sie wohl von Fake-Adressen versandt worden. Er ist eine Drecksau, ein Päderast, Kinderficker, Schweinehund, man will ihm die Scheiße aus dem Leib prügeln, will ihn kastrieren, erhängen, aus dem Land jagen. Er ist impotent, krank, verwirrt. Die vierte Mail stammt vom Vater seiner Schülerin Kim Gloor, der ihm nach einem Dienstagskonzert, bei dem Casper zusammen mit seiner Band Torso gespielt hat, unbedingt sagen wollte, wie begeistert seine Tochter von seinem Unterricht ist und wie sehr sie ihn als Lehrer schätzt. Die Mail ist kurz und unmissverständlich.

*So kann man sich in einem Menschen täuschen. In die Nähe meiner Kim kommen Sie ganz bestimmt nie mehr. Enttäuscht: Markus Gloor.*

In der fünften Mail liest Donat Kistler ihm die Leviten, der andere Schlagzeuglehrer der Schule, drückt seine Abscheu aus und verspricht ihm, alles dafür zu tun, dass er nicht mehr unterrichten wird. Die Mail seines Sohnes Daniel trifft ihn am stärksten, er bringt es nicht übers Herz, sie wie die anderen sofort unbeantwortet zu löschen, stattdessen starrt er sie an, bis die Buchstaben verschwimmen. Sie haben sich nie häufig geschrieben, nur kurze Mails, um Ort, Tages- und Uhrzeit ihrer seltenen Treffen zu bestätigen, oder gutes Gelingen für anstehende Prüfungen oder Konzerte zu wünschen. Sein Sohn ist ein spröder und wortkarger Mensch, dem es schwerfällt, Gefühle oder Emotionen zu formulieren.

*Pap: Du verdienst es, entlassen zu werden! Wie peinlich, diesen Satz ausgerechnet dem eigenen Vater schreiben zu müssen! Früher hast du dich für mich geschämt, ich weiß, heute schäme ich mich für dich. Erbärmlich! Jämmerlich! Kläglich! Die Liste ähnlicher Wörter ist endlos. Kannst du dir wenigstens vorstellen, was du Ma antust? Oder ist das zu viel verlangt? Du bist rücksichtslos! Schade. D*

Ihn fröstelt, unvermittelt fällt ihn das kalte Gefühl an, verlassen zu sein, verloren, einsam, ein Schauder zieht sein Rückgrat hoch, sein Hinterkopf kribbelt, langsam fährt ein Auto an ihm vorbei, zieht eine Regenfahne hinter sich her. Sechs Ausrufezeichen! Ist er rücksichtslos? Woher will sein Sohn wissen, was für ein Mensch Casper ist? Wie selbstherrlich und arrogant von Daniel, über ihn zu richten und ihn zu verurteilen. Schämt er sich, weil er eine Frau begehrt hat, die deutlich jünger ist als er? Schämt sich Juliette, weil sie einen deutlich älteren Mann begehrt hat? Jeder kann sich schämen, es bedeutet nicht viel, nützt wenig. Empfindet er am Ende gar keine Scham, sondern Selbstmitleid? Eine Zeit, in der er sich für seinen Sohn schämte, hat es tatsächlich gegeben, Jahre ist es her, als Daniel sich mit vierzehn von einem Tag auf den anderen weigerte, weiterhin den Klavierunterricht zu besuchen, und ihm eiskalt ins Gesicht sagte: ›Musik ist nur für Loser‹!, und als Bettina und er ein Jahr später anlässlich eines Gespräches mit dem Rektor des Gymnasiums informiert wurden, Daniel sei ein Streber und Petzer, der das Gefüge der Klasse störe. Beide schämten sie sich damals für ihren Sohn, der Geheimnisse verriet, um Vorteile für sich herauszuschinden. Und jetzt schämt Daniel sich also für ihn! Kann Casper sich vorstellen, was er Bettina angetan hat? Ist er fähig zu Empathie, die wahrhaftig und nicht bloß behauptet ist? Wem nützen Entschuldigungen und Beteuerungen, Erklärungen und Ausflüchte? Bettina? Seinem Sohn? Oder doch nur ihm selbst? Er hat Bettina verletzt, ja, aber so weit, dass ihm dies gleichgültig wäre, ist er nicht. Es tut ihm leid, dass er sie verletzt hat. Dass er mit Juliette geschlafen hat, tut ihm allerdings nicht leid, er hat es genossen. Bereut er es wenigstens? Höchstens wegen der Auswirkungen, die es für Bettina, Juliette und für ihn hat. Aber reicht diese Reue, um freigesprochen und begnadigt zu werden?

In ihrem Bekanntenkreis hat es einige Scheidungen gegeben, problemlos und friedlich verlief fast keine; Männer und Frauen, die sich ewige Liebe versprochen haben, verwandelten sich über Nacht in raffgierige Krieger, die ihre Anwälte aufeinanderhetzten. Erbittert wurde um Teppiche und Fernsehsessel, Gemälde und Stereoanlagen gekämpft. Kinder wurden zu Figuren eines Spiels, die, geregelt durch Sorgerechtsvereinbarungen, verstört zwischen Haushalten hin und her pendelten, gegen Mütter aufgehetzt oder aber als Druckmittel gegen Väter missbraucht wurden, die sie emotional oder finanziell vernachlässigten. Männer, mit denen sie befreundet sind, schafften ihr Geld auf Konten im Ausland, Frauen pochten auf Alimente, die ihren ehemaligen Partnern ein würdiges Leben für Jahrzehnte unmöglich machten. Mütter verwehrten ihren Kindern trotz richterlicher Anordnung das Wochenende bei ihren Vätern, wurden boshaft, zynisch und verlogen, Väter lieferten ihre Sprösslinge bei ihren Großeltern ab, während sie mit ihren neuen Freundinnen im Tessin ihre Freiheit genossen, wurden laut, ungerecht und kleinlich. Verwandelt Bettina sich in eine rachsüchtige Furie, wird er zum herumbrüllenden Rechthaber? Droht auch ihnen dieser Krieg, den keiner gewinnen kann?

Das Licht im Umkreis der Straßenlampe hat jetzt einen grünen Stich, die Bäume wirken rebellisch aufgeplustert, als machten sie sich größer, um Eindruck zu schinden. Er startet den Motor, schlägt das Steuer bis zum Anschlag ein, damit er es aus der Parklücke schafft, legt den ersten Gang ein, was Geschick und Kraft verlangt, setzt den Blinker und fährt los, plötzlich todmüde und deprimiert, trotz der gelungenen Probe und der Freiheit, die er am Schlagzeug empfand.

Am Ende der Straße tauchen zwei Hunde auf, ein heller Spitz, der von einem dunklen, wolfsähnlichen und viel größeren Schäferhund verfolgt wird, der den Spitz bedrängt und nach kurzem Gerangel, das ohne Bellen oder Jaulen geschieht, entschlossen besteigt. Dem Gewicht des Rüden kann die Hündin nur standhalten, indem sie mit den Vorderpfoten einknickt und das Gleichgewicht mit kleinen, ausgleichenden Schritten vor und zurück hält. Der Anblick der rammelnden Hunde strahlt etwas bedrohlich Gewalttätiges aus, weil deutlich zu sehen ist, dass es gegen den Willen der Hündin geschieht. Casper drückt mehrmals auf die Hupe, was den Schäferhund aber nicht stört; zwar sieht er sich nach dem Auto um, das auf sie zurollt, seine Augen leuchten gespenstisch im Scheinwerferlicht, trotzdem stößt er seinen Penis weiterhin in die Hündin und lässt erst von ihr ab, als Casper vom Gas geht, um die beiden nicht zu überfahren. Mit einem Satz springt der Rüde von der Hündin, jagt von der Straße und verschwindet in den Büschen, während der Spitz sich erst nach langem Zögern dazu bequemt, an den Straßenrand zu trotten, ohne Casper auch nur eines Blickes zu würdigen.

Das Bild der Hunde vor Augen, beschleunigt Casper und hört bald das machtvolle Rauschen der nahen Autobahn, das nur in den Stunden vor Tagesanbruch versiegt, sieht den Widerschein der Stadt als milchige Lichtglocke am Nachthimmel stehen und wünscht sich ein anderes Ziel als das Haus, das er bis vorgestern mit seiner Frau teilte.

## *Dienstag, 10. März*

## Die eine Seite

*Wir waren schon kurz vor neun in der Aula, weil Ayse einen der Typen kennt, die in dieser Nacht an der Bar arbeiteten und uns eine Runde Shots ausgab. Hisham, den wir nicht einfach stehen lassen konnten, immerhin hatte er das Take Away bezahlt, nervte. Zwei, drei Bier reichen, und er wird klebrig, kann den Mund nicht mehr halten und hat seine Finger überall. Also verschwanden Ayse und ich auf der Toilette, warfen eine Molly ein und rauchten danach vor der Schule, um zu sehen, wer alles zum Konzert kommt; als wir in die Aula zurückkamen, stand Hisham vor der Bühne, vielleicht kannte er die Musiker der Band, die ambitioniert, aber verkrampft seelenlosen Jazzrock der siebziger Jahre spielten. Burhan spendierte Ayse und mir noch einen Shot, dann entdeckte Ayse eine Freundin in der tanzenden Menge, die die Prüfung für die Schauspielschule zwar geschafft, die Schule aber bereits wieder abgebrochen hat, und ich stand allein an der Bar. Mir war schwindlig, und ich dachte darüber nach, nach Hause zu gehen und mir auf Netflix eine Serie anzusehen, war aber zu träge. Gegen Ende des Sets der ersten Band kam Severin zu mir, ich nahm ihn in den Arm, weil ich sah, wie aufgeregt er war und dass er etwas dagegen genommen hatte: Seine Pupillen waren riesig, starr und leer, und er musste sich offensichtlich anstrengen, um mich fixieren zu können.*

*»Danke, dass du gekommen bist, Julie. Das bedeutet mir extrem viel.«*

*Ich drückte seinen Arm, hatte aber keine Lust, etwas darauf zu sagen; ich bin schon auf mehreren Konzerten seiner Stablemates gewesen, habe ihm aber immer noch nicht gesagt, dass ich sie langweilig finde.*

*»Sagst du mir nachher, wie es dir gefallen hat? Wir spielen nur neues Zeugs, darum bin ich ein bisschen … ein bisschen …«*

*Ohne eine Antwort abzuwarten, küsste er mich auf beide Wangen, drückte mich an sich und ging hinter die Bühne. Bei den Dienstagskonzerten der Jazzschule dürfen Aufbau und Soundcheck einer Band nicht länger als fünfzehn Minuten dauern, das ist eine Regel, an die sich alle halten, die wieder auftreten wollen. Ich vertrieb mir die Wartezeit, indem ich wahllos und ohne hinzusehen Fotos mit dem Smartphone schoss, Bilder, die nichts darüber aussagten, wo ich mich befand, wie ich fasziniert feststellte. Ich postete sie auf Instagram und steckte das Handy weg. Ich erschrak, als mein Blick in den Spiegel hinter der Bar fiel: Die blasse, unscheinbare Frau, die mich mit aufgerissenen Augen anstarrte, hatte nichts damit zu tun, wie ich mich fühlte. Ich bestellte einen weiteren Shot bei Burhan, der die neun Franken einstrich, die ich auf die Theke legte, ohne mich auch nur anzusehen. Ich straffte die Schultern, warf den Kopf nach hinten, steckte mir eine Zigarette in den Mund und sah mir im Spiegel dabei zu, wie mein Gesicht sich in das Gesicht verwandelte, das mir entspricht und das mir steht: Das Gesicht einer Frau, die weiß, wer sie ist und was sie will. Dann ging ich ans Ende der Bar, um Aula und Eingangstür im Blick zu haben.*

*Kurz nach 22 Uhr sah ich Arbenz; er stand mit einem Basslehrer, der zu den unangenehmen Gaffern unter den Lehrern gehört, am anderen Ende der Bar, verwickelt in ein Gespräch, das ihn ganz offensichtlich langweilte. Er trug die Lederjacke, ohne die ich ihn in der Schule nicht ein einziges Mal gesehen habe, schwarze Jeans mit unmodischem Schlag und die Bikerstiefel. Er war unrasiert und sah verlebt und verbraucht, aber verwegen und abenteuerlich aus: ein Mann, kein Junge wie Sebastian, Severin oder Hisham. Und er sah müde aus, wie einer, der die ganze Zeit viel zu schweres Gepäck mit sich herumschleppt, aber zu stolz ist, es abzusetzen. Ich hob die Hand und fuhr mir am Hinterkopf über die Haare, schon setzte er sich in Bewegung und ließ den Basslehrer stehen, als hätte er nur auf ein Zeichen von mir gewartet; ich nahm die Zigarette aus dem Mund, zerbrach sie zwischen Zeige- und Mittelfinger, wie ich es in einem Film gesehen hatte, ließ sie ohne hinzusehen auf die Bar fallen und hob den Blick, um ihm dabei zuzusehen, wie er zielstrebig auf mich zukam.*

*»Flirtest du mit mir?«*

*»Flirten? Wäre das nicht peinlich, Herr Lehrer?«*

*Er schüttelte breit grinsend den Kopf, und ich wollte ihn mit drei Wangenküssen begrüßen, aber nach dem zweiten drehte er plötzlich den Kopf zur Seite und wir küssten uns auf den Mund. Um den Kuss abzubrechen, drängte ich mich an ihn und hielt ihn fest; der Schweiß brach mir aus, ich spürte, wie er mir zwischen den Schulterblättern den Rücken hinab in meine Arschspalte rann und stellte mir vor, er sei eine Flüssigkeit, ein leuchtendes Gift, das alle im Raum sehen konnten. Arbenz hielt mich fest, als fiele er sonst um, es war, als drückte er mir die Luft aus dem Leib, nicht gierig, sondern ruhig und überlegt, und ich sagte: »Lass los, die sehen uns doch alle zu«, aber da ich in die Brust seiner Lederjacke redete, konnte er mich nicht verstehen, und ich löste mich mit einem Ruck von ihm.*

*»Nicht schlecht, die Band«, log ich, und er nickte, ohne etwas zu erwidern.*

*»Ich würd gern eine rauchen, kommst du mit?«*

*Ich nahm ihn am Arm, steuerte ihn aus der Aula, durch den langen Gang, dort ernteten wir erstaunte, spöttische Blicke, und weiter durch den Hinterausgang auf die Rampe, auf der wir in Unterrichtspausen rauchen, die zum Glück leer war. Wir gingen ans Ende der Rampe und stellten uns an die Glasscheibe, vor der oft die Angestellten des Ateliers im zweiten Stock rauchen, die nie mit uns reden, uns aber beobachten, als würden Jazzmusikerinnen anders rauchen als Schneiderinnen. Ich hatte die Zigarette noch nicht einmal im Mund, schon stand die Flamme seines Feuerzeuges zwischen uns, das nach Benzin roch. Um uns abzulenken, redeten wir über belangloses Zeug, wir wussten beide, dass wir dort weitermachen wollten, wo wir vor Kurzem im Stadtpark aufgehört hatten, um die Spannung abzubauen, die jetzt so stark war, dass ich das Gefühl hatte, die Luft würde knistern. Ich warf die Zigarette in die Nacht, bevor ich sie zu Ende geraucht hatte, nahm ihn am Arm und wollte ihn an mich ziehen, aber in diesem Moment flog die Tür auf und eine Gruppe trat auf die Rampe hinaus, in der ich nur einen kannte, Gregor, der Piano studiert und den ich begrüßte. Ich lehnte mich an Arbenz und sagte leise:*

*»Lass uns rein, o.k.?«*

*Auf der Treppe sprang ich eine Stufe höher als Arbenz, hob meinen Arsch in die Höhe und rieb mich an seinem Unterleib, bis ich spürte, dass sein Schwanz hart wurde. Ich drehte mich um und wir küssten uns, küssten uns richtig, stolperten die Stufen hoch, über den obersten Treppenabsatz und durch die offene Glastür in den Gang zur Aula, ohne mit der Knutscherei aufzuhören. Irgendwann sah ich, dass wir vor einer Tür standen, Arbenz drückte die Klinke, schob die Tür mit dem Ellbogen auf, schloss die Hand um mein Handgelenk und packte mich, locker und spielerisch und trotzdem wie eine Handschelle, an der er mich dahin führte, wo er mich haben wollte – zu einem Tisch. Er hob mich hoch, schob mir das Kleid hoch und zog mir das Höschen aus. Die Schnalle seines geflochtenen Ledergürtels tat mir weh, wenn er sein Becken vor- und zurückbewegte, darum öffnete ich den Gürtel und seine Jeans, riss sie nach unten und zog ihn auf mich. Im Licht, das durch die Fenster drang, wirkte Arbenz' Haut weiß, nein silbern und geisterhaft. Der Gedanke ›Du fickst jetzt dann gleich mit einem Geist!‹ jagte mir Angst ein, gleichzeitig erregte er mich. Ich hielt mir die Hände vor den Mund, während er mich leckte, schob seinen Kopf aber bald zurück, weil er die Zunge zu schnell bewegte und viel zu stark drückte und weil ich ihn unbedingt in mir spüren wollte.*

## *Dienstag, 10. März*

# Die andere Seite

*Ich kam gegen halb zehn in der Aula der Jazzschule an, als die erste Band, ihren Namen weiß ich nicht mehr, um ehrlich zu sein, ihr Set bereits gespielt hatte. Eigentlich wollte ich mir das Dienstagskonzert schenken, Bettina hatte ihr berühmtes Chorizo-Risotto gekocht, und ich hätte mich lieber mit ihr auf dem Sofa gefläzt und eine zweite Flasche Bordeaux aufgemacht, müde von einem langen Unterrichtstag, aber der Schlagzeuger der zweiten Band Stablemates, Severin Rohr, ein Schüler von mir, hatte mich in den letzten Tagen geradezu angefleht, seinen Gig nicht zu verpassen, weil ihm meine Meinung wichtig sei. Wie ernst es Bettina mit ihrem Vorschlag war, mich zu begleiten, weiß ich nicht, ich habe es ihr jedenfalls ausgeredet – nein, nicht, weil ich mir vorstellte, Juliette könnte auch dort sein, oder vielleicht doch? Während ich an der Bar der Aula mein erstes Bier trank und mich mit Gaudenz, einem Basslehrer, und einigen Schülern unterhielt, beendeten Stablemates ihren Soundcheck und begannen kurz darauf ihr Set, ohne das erstaunlich zahlreiche Publikum auch nur mit einem Wort oder Nicken zu begrüßen. Severin gehört zu jenen übereifrigen Schülern, die ich nicht besonders mag. Er ist fleißig und von einem Ehrgeiz, der mich misstrauisch macht, weil er, dass weiß ich aus Erfahrung, oft genug mangelndes Talent überspielt. Genau wie Severin als Schüler ist, klingen die Stablemates: Übermotiviert, beflissen, bemüht und damit verkrampft. Die Band hat keinen Groove, keine Seele. Ich nahm mir vor, früh genug abzuhauen, um der unangenehmen Begegnung mit Severin aus dem Weg zu gehen. Ich lüge nicht gern, wenn Schüler wissen wollen, was ich von ihrer Band halte, finde es aber gleichzeitig falsch und arrogant, einem Musiker nach einem Gig den Wind aus den Segeln zu nehmen, indem ich ihn kritisiere. Ich weiß, wovon ich rede.*

*Um 22 Uhr 11 sah ich Juliette an diesem Abend das erste Mal, das kann ich so genau sagen, weil ich auf die Wanduhr der Bar geschaut habe, während ich das dritte Bier bestellte und danach den Kopf nach links wandte, als hätte mich jemand gerufen: Juliette stand allein am Ende des Tresens, ein Shotgläschen in der Hand, eine Zigarette zwischen den Lippen, die nicht brannte. Weshalb schaute sie so feindselig und rechthaberisch? Gehört Unnahbarkeit zu ihrem Repertoire, um Männer für sich zu interessieren und um den Finger zu wickeln? Dass ihr Mund oft einen Spalt offen steht, war mir schon in der Rhythmik aufgefallen: ein Kind, das staunt. Sobald sie die Lippen schließt, wird aus der Verwunderung Entschlossenheit. Als sie mich bemerkte, wurde ihr hartes Prinzessinnengesicht weich und ihr kalter Blick herzlich; sie reckte lächelnd das Kinn empor und nickte, als segne sie etwas ab, und für einen winzigen Augenblick ahnte ich, dass sie zu den jungen Frauen gehört, denen als Mädchen keine Bitte abgeschlagen wurde und denen noch heute jeder Wunsch erfüllt wird. Sie erinnerte mich daran, wie leicht und schnell ich mich in ihrem Alter verliebt hatte. Sie trug einen kurzen schwarzen Strickrock, ein graues* bauchfreies Top und kniehohe schwarze Lederstiefel. Pariser Chic, ging mir durch den Kopf, elle ne marche pas, elle danse, und dass alles an ihr ›Beschütze mich‹ schrie; dass ich dazu weder bereit noch in der Lage war, fiel mir erst später ein. Aber da ging ich bereits gehorsam zu ihr hinüber, gelotst von ihrer aufflatternden Hand und ihrem Blick, der mich nicht losließ.

Bevor ich sie erreichte, nahm sie die Zigarette aus dem Mund, zerbrach sie und ließ sie achtlos auf den Tresen fallen. Sie schlug die Augen nieder, kokett auf eine Art, die ich nur als ironisch verstehen konnte.

»Flirtest du mit mir?«

»Hab ich das nötig, Herr Arbenz?«

Sie begrüßte mich mit zwei Wangenküsschen, links, rechts, dann gab sie mir einen Kuss auf den Mund und schmiegte sich an mich. Ich hielt sie fest, atmete ihren Duft ein und versuchte mir einzureden, es sei mir gleichgültig, was die anderen dachten, die uns sahen und bestimmt beobachteten. Wie viel Macht ich Juliette damit gab, war mir klar, und es war mir egal. Nach einer Weile sagte sie etwas, aber da sie ihr Gesicht gegen meine Brust drückte, verstand ich sie nicht. Statt nachzufragen, hielt ich sie weiterhin fest, als hinge mein Leben davon ab. War ich betrunken? Nein. Juliette roch nach einem für ihr Alter erstaunlich schweren Parfüm, Wodka und Curry.

»Nicht schlecht, die Band«, sagte sie, nachdem sie sich von mir gelöst hatte.

Ich nickte vage, weil mir bewusst wurde, dass ich die Musik von Severins Band nicht wirklich wahrgenommen hatte; im Moment spielten sie einen bassbetonten harten Funk, vor der Bühne wurde ausgelassen getanzt.

*»Ich muss eine rauchen, begleitest du mich?«*

*Ihre Stimme klang unsicherer, als ihr Gesichtsausdruck und ihre Körperhaltung vermuten ließen; unter der Aulatür nahm sie mich sanft am Arm und steuerte mich Richtung Hinterausgang, der auf eine Lieferrampe führt, auf der nicht nur Schülerinnen und Schüler der Jazzschule Rauchpausen machen, sondern auch Angestellte eingemieteter Firmen; obwohl die Schulleitung drei Aschenbecher montieren ließ, ist die Rampe jeden Abend mit Kippen übersät, ihr Betonboden voller Flecken und Schlieren.*

*Erstaunlicherweise war niemand auf der Rampe. Wir stellten uns an ihr Ende, das an eine Baubrache grenzt und wo eine Plexiglasscheibe Schutz vor Wind und Wetter bietet, Juliette steckte sich eine Zigarette in den Mund, und ich gab ihr Feuer. Worüber wir redeten, während sie rauchte, weiß ich nicht mehr, aber ich kann mich erinnern, dass ich mich bald fragte, was ich hier verloren hatte, und mir wieder wünschte, zu Hause geblieben zu sein. Den Rauch ihres letzten Zuges ließ Juliette durch die Nasenlöcher strömen, wobei sie mich mit gerunzelter Stirn ansah, als machte sie sich Sorgen, dann schnippte sie die Zigarette auf den betonierten Vorplatz, wo sie funkensprühend durch die Dunkelheit hüpfte und erlosch. Juliette räusperte sich, legte mir die Hand auf den Arm, doch in dem Moment, in dem sie etwas sagen wollte, wurde die Hintertür aufgestoßen und eine Gruppe Schülerinnen und Schüler, die ich nicht kannte, trat lachend und rauchend auf die Rampe hinaus, und sie zog ihre Hand zurück und rief einem jungen Mann aus der Gruppe einen Gruß zu. Juliette duckte sich nicht unter den neugierigen Blicken und dem Getuschel der anderen, sie wurde größer, aufrechter, als wüchse sie. Mir war die Situation peinlich, ich dachte an das Gerede, das möglicherweise bald die Runde machte, an die Gerüchte: Arbenz und die Noirot haben etwas miteinander! Juliette lehnte sich an mich, als sei sie betrunken und flüsterte:*

*»Lass uns rein, o.k.?«*

*Die anderen schienen sich nicht um uns zu kümmern, als wir an ihnen vorbei ins Gebäude gingen, aber ich spürte ihre Blicke in unseren Rücken, spürte ihre Aufmerksamkeit, die Gier nach Klatsch und Tratsch. Auf der Treppe sprang Juliette auf die Stufe über mir und drängte sich mit reibendem Hintern an mich, beide Arme in die Höhe gestreckt wie die Parodie einer Stripteasetänzerin. Statt eine Stufe tiefer zu treten, drängte ich meinen Unterkörper an sie, legte beide Arme um sie und bekam eine Erektion, die sie bestimmt spürte. Dass wir allein auf der Treppe waren, beruhigte mich einigermaßen, gleichzeitig dachte ich fieberhaft darüber nach, wie es jetzt weitergehen könnte. Juliette nahm mir die Entscheidung ab, indem sie mich auf den Treppenabsatz zog, sich umdrehte, stürmisch an mich drängte und küsste. Ich versuchte mich, halbherzig, wie ich zugebe, aus der Umarmung zu lösen, aber da ihr Kuss fordernd wurde und sie mir die Lippen mit ihrer Zunge öffnete, gab ich nach, schloss die Augen und ließ mich mittreiben. Wir taumelten quer über den Treppenabsatz und durch die offen stehende Glastür in den Gang zur Aula, ohne voneinander zu lassen. Liebe macht blind, heißt es, das macht Geilheit auch. Wir waren blind für die anderen, blind und taub, kümmerten uns nicht darum, ob wir gesehen wurden oder nicht. Was passiert wäre, wenn sich die Tür zum Materialraum am Ende des Korridores befunden hätte, in dem es von Schülerinnen und Schülern und Lehrerinnen und Lehrern wimmelte, weiß ich nicht. Wir standen jedenfalls plötzlich davor, ich drückte die Klinke nach unten und wir stolperten in den dunklen, menschenleeren Raum wie zwei Komiker, die ein Paar spielen, das es nicht erwarten kann, Sex zu haben. Ich kam mir tatsächlich vor wie in einem Spiel, ich war Akteur in einer Situation, die ich von außen missbilligend beobachtete, konnte aber gleichzeitig unmöglich aus meiner Rolle schlüpfen und beiseitetreten, um dem Wahnsinn ein Ende zu setzen. Ich war kein Zuschauer, ich war ein Handelnder. Wir stolperten durch Reihen zusammengeklappter Notenständer, vorbei an aufeinandergestapelten Stühlen, bis wir gegen einen Tisch stießen, auf den Juliette sich setzte. Ihr Ohrläppchen fühlte sich an wie ein winziges Stück Kohle, das ich eben mit den Zähnen aus dem Feuer geholt hatte, aus der roten Glut. Auch Juliettes Knochen glühten, Kitsch, ich weiß, wahr ist es trotzdem. Die Glätte ihrer Haut hatte mir schon bei der ersten Berührung im Stadtpark mein eigenes Alter vor Augen geführt, aber da es ihr egal zu sein schien, ließ ich mich nicht beirren, schob ihr den Rock hoch und half ihr, ihr Höschen abzustreifen. Das milchige Licht, das durch die Fenster fiel, gab der Szene etwas Unechtes, Künstliches. Ich war jetzt weit über den Punkt hinaus, an dem ich mich noch hätte beherrschen und zurückhalten können. Ihre Bewegungen waren fahrig und fiebrig, seit wir ins Schulhaus zurückgekehrt waren, hatten wir kein Wort gesagt.*

*Dann hatten wir Sex miteinander.*

*Freitag, 13. März*

Ella Mai: My Way
Die Antwoord: Cookie Thumper
Lady Leshurr: Queens Speech Vol. 4
Norah Jones: Come Away With Me
Sevdaliza: Shahmaran
Tracy Chapman: Where You Live

OM: Rautionaha
Erik Truffaz: Lune Rouge
Les McCann: Talk To The People
Larry Coryell: Fairyland

# 1

Juliette erwacht um elf, bleibt aber bis nach Mittag im Bett, Smartphone und Tablet neben sich. Vor dem Einschlafen hat sie ihre Accounts alle paar Minuten gecheckt und die Beschimpfungen, Anfeindungen und Verleumdungen gelesen. Hass wird geschürt, Schuld zugeteilt. Casper Arbenz, so das Verdikt der überwältigenden Mehrheit, ist ein Drecksack, ein Lüstling, ein krankes, perverses Schwein. Er gehört fristlos entlassen, in den Knast gesperrt, man sollte ihm die Fresse polieren, Eier, Schwanz und Zunge abschneiden, er darf nie wieder unterrichten und nie wieder auftreten, die CDs, auf denen er mitspielt, gehören boykottiert, aus dem Verkehr gezogen. Den Film hat sie sich nicht mehr angesehen, sie hat es versucht, aber nicht geschafft.

Sie sehnt sich danach, wie früher von ihrer Mutter umsorgt zu werden, wenn sie als Kind mit einer Grippe im Bett lag und durchs Fenster die Stimmen der anderen Kinder auf dem Spielplatz hörte, bis sie von der Pausenglocke zurück in die Schule gerufen wurden und Juliette wieder in Ruhe krank sein durfte; in jenen Fiebermomenten genoss sie es, alleine zu sein, weil sie natürlich wusste, ihre Krankenisolation würde nicht von langer Dauer sein. Ihre Mutter bewegt sich zwar in den sozialen Medien, doch das muss nicht unbedingt bedeuten, dass sie den Film gesehen und die Hasskommentare gegen

Arbenz gelesen hat. Wie ihr Vater reagieren würde, weiß Juliette nicht genau: Bis jetzt ist er jedem ihrer männlichen Freunde überkritisch und mit Misstrauen begegnet. Würde er akzeptieren, dass sie sich mit einem Mann eingelassen hat, der älter als er und außerdem einer ihrer Lehrer ist? Wenn sie zu intensiv an ihren Vater denkt, bricht sie womöglich in Tränen aus, das will sie nicht.

Wie Ayse das Haus verließ und zur Arbeit ging, hat sie verpasst, dafür hat sie Hisham gehört, der vorsichtig die Wohnungstür ins Schloss zog: Freitagmorgens besucht er einen Deutschkurs bei einer Privatlehrerin in Zürich. Bald darauf ist Severin durch den Flur geschlichen, vor ihrer Tür stehen geblieben und hat gelauscht, jedoch nicht angeklopft. Will er nicht mehr mit ihr reden? Aus der Küche roch es nach gebratenem Speck, sie ist aus dem Bett gestiegen und hat ihr Fenster aufgerissen.

Nach der Scheidung ihrer Eltern verbrachten Juliette und ihr Bruder nur noch drei Sommerferien bei Tante Fabienne und Onkel Yves in Usseau. Fabienne bekam mit Ende vierzig Krebs und starb wenige Wochen nach der Diagnose in ihrem Ehebett; im Haus mit den blauen Läden roch es nach Krankheit und Verwesung, und Juliette saß, gelähmt vor Befangenheit und Angst, stumm bei ihrer Tante. Woher sollte sie als fünfzehnjähriger Teenager wissen, wie man sich mit einer Sterbenden unterhält, was sie sich erwünscht, erhofft, ersehnt? Juliette ahnte, dass der Tod in der Nähe war und sozusagen bereits im Zimmer wartete, traute sich jedoch nicht, tiefergehend über diese Nähe nachzudenken. Die gesunde Fabienne war entweder glücklich oder unglücklich gewesen; einen Gemütszustand dazwischen hatte sie, einem Kind nicht unähnlich, nicht gekannt. Glück genoss sie vorbehaltlos und ohne Misstrauen, im Unglück badete sie, als genieße sie es ebenfalls, überzeugt davon, es sei bald ausgestanden. ›Die Liebe, mon enfant, ist eine Himmelsmacht‹, sagte sie im Sterbebett zu Juliette, ›du musst allerdings den Richtigen finden, einen wie Yves‹! Die Liebe eine Himmelsmacht? Fabiennes Esel stand stundenlang unter dem Fenster, stieß heiser alle Luft aus sich heraus, saugte neue ein, ein Blasebalg, der fürchterlich litt, so zumindest klang sein Wehgeschrei, während er unverwandt in die dunklen Wälder des Morvan sah und darauf wartete, dass seine Herrin starb.

Juliette gleitet an der Oberfläche des Schlafes dahin, ihre Erinnerungen schweben als schillernde Blasen vor ihr her und wollen sie in die Tiefe locken; der Hund ihres Onkels bellt gegen die Hitze an, ihre Tante sitzt kerngesund in der kühlen Küche, fädelt Bohnen ab und stößt sie mit ihrem unbeschwerten Summen tiefer und tiefer in den Schlaf, der Onkel schlägt nach den Bremsen, die ihn und den Esel ärgern, morgen will er ihr das Melken beibringen, aber das hat er schon oft versprochen, und dann ist wieder etwas Wichtiges dazwischengekommen, eine Kuh, die kalbt, eine Weide, die vor dem drohenden Unwetter gemäht werden muss, und es blieb ihm nichts anderes übrig, als sie erneut zu vertrösten: ›Morgen, ma chérie, morgen bring ich es dir bei, versprochen‹ …

Es ist nach dreizehn Uhr, als sie erwacht, mit geschwollenen Augen, als hätte sie geweint; in der Wohnung ist es still, sie ist wohl allein. Arme und Beine sind schwer wie bei einer alten, ausgebrannten Frau. Was hat sie getan? Etwas verbrochen, jemanden verletzt? Sie bringt es nicht über sich, an Arbenz zu denken, nicht einmal sein Gesicht sieht sie vor sich, nicht seine Hände, nicht seine kräftigen, kaum behaarten Arme. Er ist ausgelöscht, *sie* hat ihn ausgelöscht.

Am Himmel vor dem offenen Fenster strahlt ein intensives, künstliches Licht, das sie in einer anderen Situation schön fände – jetzt scheint es ihr unheimlich, sogar bedrohlich. Ihr fällt ein, dass sie geträumt hat, ein Tier zu sein, dem man die Krallen gezogen, die Tatzen gebrochen hat. Sie stand in einem undurchdringlichen Wald und knurrte. Wie lächerlich, denkt sie, wie klischiert man doch träumt, während sie die Traumbilder Revue passieren lässt. Hat sie, das Tier, gar nicht geknurrt, sondern vor Wonne gebrummt? Auch dieses Wort hatten sie mit ihrem Deutschlehrer unter die Lupe genommen, bevor er den Fehler machte, das Rilke-Gedicht mit ihnen zu lesen. Wonne! Sie sieht das Synonymfeld vor sich, das er damals an die Wandtafel schrieb, als stünde es an ihrer Zimmerwand:

*Begeisterung. Behagen. Freude. Glück.*
*Hochgefühl. Seligkeit. Wohlbehagen.*
*Frohmut. Entzücken. Erfüllung.*

Seltsam, wie oft sie in den Jahren an den leidenschaftlichen, sturen Mann gedacht hat. Ob er an einer anderen Schule weiterunterrichtet hat? Sie zögert, sich in ihre Accounts einzuloggen, denn ihr ist bewusst, was sie sich aussetzt: Klatsch und Tratsch, Vermutungen, Verleumdungen, Wut und Hass. Der Himmel ist grau, das Licht ohne Geheimnis. Ist die selige Zeit unschuldigen Vergnügens nun endgültig vorbei, eine neue Phase ihres Lebens eingeläutet?

Das Klingeln des Handys reißt sie aus ihren Gedanken; es ist das erste Mal, dass Pierre, der vielleicht dreißigjährige Patron des Iss & Trink, sie anruft. Das drohende Unheil verschlägt ihr den Atem und sie überlegt, den Anruf wegzudrücken oder zu ignorieren und wie vereinbart zur Schicht um siebzehn Uhr zu erscheinen, aber selbstverständlich hebt sie doch ab. Pierres Stimme klingt betont forsch; er hält sich knapp und teilt ihr ohne Umschweife mit, dass sie bis auf Weiteres beurlaubt ist. Ihre Frage nach dem Grund für ihre Freistellung beantwortet er mit heiserem Lachen, und als sie zu einer Erklärung ansetzen will, fällt er ihr mit der Plattitüde ›Das wird schon‹! ins Wort und unterbricht die Verbindung. Pierre hat den Film demnach gesehen. Sie drückt das Handy ans Ohr, als mache das ungeschehen, was er ihr mitgeteilt hat. Sie braucht das Geld, das sie als Kellnerin verdient, braucht vor allem auch das Gefühl, dass man schätzt, wie sie arbeitet, dass man *sie* schätzt. Mit siebzehn hat sie als Model für verschiedene Kaufhauskataloge gejobbt, wovon weder ihr Vater noch ihre Mutter je erfahren haben; mittlerweile besitzt sie keinen der Kataloge mehr, in denen sie abgebildet ist. Selten denkt sie an die Shootings, die gespannte und aufgedrehte Atmosphäre im Studio, die Hitze der Scheinwerfer, an die Warterei, die Blicke der Fotografen und die neugierigen Passanten, wenn sie draußen posierte. Das Servieren im Iss & Trink erinnert sie an das Modeln, sie genießt die Blicke und das hohe Trinkgeld der Männer, übergeht die schnippischen Bemerkungen ihrer Frauen. Sie arbeitet erst seit knapp einem Jahr im Iss & Trink, ist aber so beliebt, dass sie weitaus mehr Trinkgeld macht als die anderen, was auch daran liegt, dass Andy, der die Sitzpläne macht und mit dem sie eine Affäre hatte, ihr die lukrativsten Tische zuschanzt. Sie hat sich von Anfang an geschickt angestellt und schnell gelernt, wie lange Teller unter der Wärmelampe stehen dürfen, damit man sie ohne Handtuch anfassen kann, wie man fehlerfrei Bestellungen in den Computer tippt, Bons aufspießt, Weinflaschen fachgerecht entkorkt, von links auf- und von rechts abträgt, Weingläser, die aus der Spülmaschine kommen, besser nicht ohne Geschirrtuch anfasst, Tische mit zwei Lagen Tischtüchern kreuzweise deckt und Gläser und Besteck nachpoliert. Sie hat gelernt, anzügliche Bemerkungen zu ignorieren, neidische und offen feindselige Blicke von Frauen mit einem verlogenen Lächeln zu quittieren und nicht über das protzige Gehabe von Männern in Maßanzügen zu lächeln, die sich die Krawatte über die Schulter legen, um sie nicht zu beschmutzen, und mit ihren Blackberries telefonieren, dass jeder Tisch mithören muss. Sie hat gelernt, ein Gesicht aufzusetzen, das Interesse und Anteilnahme, sogar offene Bewunderung heuchelt, und die guten Trinkgelder demütig lächelnd einzustreichen.

Als sie ihren Vater im Oktober in Frankreich besuchte, hat sie samstags über Mittag im Restaurant seines Hotels La Belle Etoile ausgeholfen und es genossen, die Teller mit den Tagesmenus von ihm in Empfang zu nehmen, an die elf Tische zu tragen und mit den um diese Jahreszeit ausschließlich einheimischen Gästen französisch zu reden und sie von der Nachspeise zu überzeugen. Sie muss die Stimme ihres Vaters hören, um wenigstens für ein paar Minuten auf andere Gedanken zu kommen. Obwohl seine Handynummer und die Nummer des La Belle Etoile lang und schwierig sind, hat Juliette sie nicht als Direktwahl abgespeichert. Sie kennt sie auswendig und findet den symbolträchtigen Effort richtig, die langen Zahlenreihen jedes Mal aufs Neue umständlich eintippen zu müssen. Ihr Vater meldet sich bei keinem der Anschlüsse, vielleicht macht er einen Großeinkauf in Dijon oder Chalon-sur-Saône. Auf der Voicemail des Handys klingt seine Stimme gelöst und jugendlich, auf dem Anrufbeantworter des Hotels nüchtern, angestrengt, beinahe streng. Sie weiß, wie schwer es ihm fällt, gewisse Gäste mit ihren Ansprüchen und Wünschen ernst zu nehmen, er lacht gern und ist gezwungen, eine Rolle zu spielen, wenn er hinter der Réception steht oder von Tisch zu Tisch geht, um sich mit seinen Gästen zu unterhalten. Drei Mal hört sie sich seine Stimme auf der Voicemail an, ohne etwas aufs Band zu sprechen.

## 2

Nach fünf Runden, die er verkrampft wie ein Anfänger fährt, spürt er, dass er allmählich in der Gegenwart ankommt, seine Situation, seine Sorgen und Ängste vergisst, weder daran denkt, was passiert ist, noch daran, was passieren könnte, sondern sich einzig und allein auf das konzentriert, was er im Augenblick tut: Er steuert einen tomatenroten Turbo-Kart mit 9 PS über den anspruchsvollen Rundkurs der Kartbahn Sulgen. Das Wetter ist gut, das Licht hell, aber nicht grell; er rast über die Schatten der Bäume und Büsche, die auf dem Beton tanzen, sieht Banden vorbeiwischen. Schon vor Monaten hat er aufgehört, seine Rundenzeiten zu kontrollieren; ob er eine Runde gut gefahren ist, hängt nicht von der Zeit ab, sondern davon, ob er flüssig, elegant und wie von einer Schnur gezogen durch die Kurven gleitet und als Pfeil über die Gerade schießt, den er selbst auf die Reise geschickt hat. Ein Raser ist er nicht, trotzdem wissen in der Jazzszene nur Declan und Möckel von seiner Leidenschaft für Go-Karts. In gewissen Dingen ist die Szene, so aufgeklärt und liberal sie sich gibt, gnadenlos streng und intolerant. Es ist nicht ratsam, auf der Seite zu stehen, die die Szene als *die falsche* brandmarkt. Ein Saxofonist, mit dem er gelegentlich spielt, erlaubt sich, dezidiert gegen einen EU-Beitritt der Schweiz einzutreten, und wird deswegen häufig angemacht und von einigen Musikern konsequent geschnitten.

Casper hat sich angewöhnt, vor Gigs zwei Stunden Go-Kart zu fahren, weil es ihn, so paradox das klingen mag, entspannt, fokussiert und erdet. Andere Fahrer, die nicht verstanden haben, wie wichtig Rhythmus- und Taktgefühl am Steuer eines Karts sind, haben kaum eine Chance gegen ihn, obwohl er es selten darauf anlegt, gegen andere zu fahren. Er fährt *für* sich, nicht *gegen* andere.

Der stechende Benzingeruch, der in der Luft hängt, behagt ihm, an den hohen, sägenden Lärm der Motoren hat er sich mittlerweile gewöhnt. Während der letzten Runde, die er fährt, geht er die schwierigen Breaks der Titel durch, die sie heute Abend im Birds Nest in Schaffhausen spielen werden, auch das gehört zum Ritual vor einem Gig. Danach zieht er sich um und setzt sich wie üblich ins Lokal der Kartbahn, trinkt Kaffee, isst einen Mandelgipfel und sieht anderen Fahrern zu, die Runden drehen und an ihrer Technik arbeiten. Er hat einen chemischen Geschmack auf der Zunge, wie immer, wenn er eine Schlaftablette genommen hat. Sieht er aus wie ein beinahe sechzigjähriger Mann in der Krise? Er empfindet weder Trauer noch Angst, sondern kalte Leere. Er steht am Abgrund. Er hat einen Fehler begangen. Wieso hat er Bettina nicht gefragt, wann sie ihre Affären hatte? Auch auf die Namen der Männer hatte er großzügig verzichtet, zumindest vorerst, die Frage nach dem Zeitpunkt ihrer zwei Seitensprünge aber nagt an seinem Selbstbewusstsein. Liegen sie Jahre zurück, Monate, oder sind sie erst vor Kurzem passiert? Kennt er die Männer? Gehören sie zu ihren Bekannten, zu seinen Freunden? Wie fies und geschickt von ihr, ihm mit ihrem Bekenntnis das Gift des Argwohns zu injizieren und ihn dann allein zu lassen!

Darf er sie anflehen, zu ihm zurückzukehren? Auf seine Würde pfeift er. Wann hat er das letzte Mal die Kuppe seines Zeigefingers in die Mulde an ihrem Kinn gelegt und zugesehen, wie sie vor Wonne die Augen zudrückt und lächelnd die Schultern nach oben zieht? Könnte ich doch ihre Träume sehen, hat er die ersten Jahre gedacht, dabei aber gewusst, wie fatal und gefährlich das für ihre Liebe wäre. Er ist müde, aber das sind andere auch. Der Fahrer eines Karts ist in Schwierigkeiten, er hat übersteuert, der Wagen dreht sich um die eigene Achse, sein Motor stirbt ab, aber die anderen Fahrer haben aufgepasst und weichen ihm aus. ›Ich habe mich voll und ganz für dich entschieden, hast du das auch?‹ Diese Frage hat sie ihm nach der ersten Affäre gestellt, von der sie Wind bekam, das ist Jahre her. Die Frau, die sich nach dem Gig mit seiner Band Torso in Köln an der Bar des Jazzclubs neben ihn setzte und in ein Gespräch verwickelte, wohnte in der Südstadt, trug das Tattoo einer Vogelfeder auf dem Spann des linken Fußes und legte »Also sprach Zarathustra« von Eumir Deodato auf, bevor sie die Schlafzimmertür zumachte, um ihre Tochter nicht zu wecken. Bettina hat ihm damals die Hand in den Nacken gelegt, kalt wie in Eis gebadet, sie wie eine Zwinge zugedrückt und ihm ins Ohr gesagt, dass sie über die Liebesnacht in Köln Bescheid weiß. Er hat den Wunsch, seine Frau anzurufen, traut sich aber nicht. ›Fass mich ja nicht an!‹ Wenn sie sich streiten, erträgt Bettina seine Berührungen nicht, sie schlägt seine Hand beiseite, duckt sich unter seinen Armen weg und geht wortlos aus dem Zimmer, um ihm zu entkommen.

Beim Einzählen des vierten Songs »Counting Scarecrows« verliert er beinahe den Faden, ausgelöst durch eine junge Frau, die vor der Bühne steht und Juliette aufs Haar gleicht, er verstolpert den Einstieg, spielt so fahrig und unpräzise, dass Declan ihm während Speiches Trompetensolo zuschreit, er solle sich ›verdammt noch mal am Riemen reißen‹! Declan ist geladen, weil Bänz, der Kopf von Affentheater, ihn in der Garderobe überredet hat, das T-Shirt mit der Aufschrift »Still Hate Thatcher« auszuziehen. Erst in der Passage, in der sie in einen forciert federnden Swing übergehen, den Casper auf seinem uralten Lieblingsbecken spielt, gelingt es ihm, Juliette und die Situation, in der er sich befindet, zu vergessen. Den Rest des Sets spielt er sicher und gelöst. Den Zustand der luziden Klarheit, in der er sich befindet, kennt er natürlich von anderen Auftritten: Er ist bei sich und doch nicht allein, spürt eine vibrierende Energie in sich, fühlt sich frei von Moral, befreit von den Meinungen und Urteilen anderer, am Leben.

Vor dem drittletzten Stück pinkelt Declan während Bänz' Pianosolo im dunklen Bühnenhintergrund in eine leere Wasserflasche, weil er wie bei jedem Konzert ein Bier nach dem anderen trinkt und die Toilette zu weit entfernt ist. Die Pausen und Leerräume, die Speiche, Möckel und Bänz in ihren Soli setzen, erschaffen besonders in den Passagen ihrer Stücke, die streng durchkomponiert sind, die Illusion improvisierter Spontaneität; die Soli klingen fragil wie Fragen statt selbstsicher wie Behauptungen. Bänz spielt, als sei er fortwährend auf der Suche nach dem nächsten Ton und setze jede Melodie erst im Augenblick zusammen, Speiches Ton ist warm und voll, dennoch klingt sein Spiel tastend und zerbrechlich, und Möckel entfacht ein Feuer mit seinem Saxofon, das nichts niederbrennt, sondern für behagliche Hitze sorgt. Auf dem Weg von der Garderobe zur Bühne hat Speiche Casper erzählt, in Südafrika fertige man aus Vogelknochen Blasinstrumente, überzeugt, das Gedächtnis der Ahnen kehre zurück zu dem, der auf einem Vogelknochen Musik spiele.

Am Schluss, sie spielen Chet Bakers Nummer »Looking Good Tonight« und danach Miles Davis' »Four«, ist es Casper, als schwebte die Band über den Bühnenbrettern. Er ist sich jeder Faser seines Körpers bewusst, spürt jeden Muskel, ist wieder jung. Er fürchtet, sobald sie aufhören zu spielen, geht die Welt aus den Fugen, und staunt über die andächtige Stille, die sich ausbreitet, als sie die letzten Töne wie eine Skulptur aus Nichts im Raum stehen lassen. Nach einem Moment verblüffter Zurückhaltung bricht ein Sturm der Begeisterung los. Die junge Frau, die ihn an Juliette erinnert hat, pfeift begeistert. Casper sieht glückliche Gesichter, gelöste Mienen, fiebrige Augen. Menschen lachen, johlen, pfeifen, Menschen umarmen und küssen einander. Ihre Musik hat sie an Orte geführt, an die sie sich selten wagen.

Bei der letzten Verbeugung fällt sein Blick erneut auf die Frau, doch es gelingt ihm, den Arm um Declans schweißnassen Nacken gelegt, sich nicht in den Abgrund reißen zu lassen.

In der Garderobe albern sie, wie immer nach einem Konzert, ausgelassen herum, Schuljungen, die sich schubsen, auf den Rücken klopfen, in den Schwitzkasten nehmen, gegen die Oberarme boxen, knuffen und umarmen. Ihre aufgedrehte Euphorie erinnert ihn an die Teenagerzeit, als er bei Proben seiner Rockband regelrecht vibrierte vor lauter Freude über die Tatsache, sich in jenem Zwischenreich zu befinden, in dem das selbstbestimmte Leben des erwachsenen Mannes zum Greifen nah vor ihm lag, er aber die Verantwortung, die es mit sich brachte, noch nicht zu tragen brauchte. Früher hat es länger gedauert, sich zu beruhigen; in einem gewissen Alter wird sogar Begeisterung anstrengend.

»Zum Glück haben sie mich an keiner Jazzschule genommen«, schreit Speiche, »es ist gefährlich, in Jazz unterrichtet zu werden!«

»Also, mich hat man unterrichtet, und ich kann's immer noch nicht«, ruft Möckel, »darum spiel ich ja mit euch Affen zusammen!«

»Beim nächsten Gig wird es für euch Schaumbläser eh schwierig«, sagt Declan, »wie wollt ihr Sax und Trompete mit Maske spielen?«

»Redest du von dem Virus aus China?«, fragt Möckel.

»Das ist in vier Wochen weg«, sagt Speiche, »wetten?«

Sie trinken Weißwein aus Pappbechern und stoßen das Fenster auf, das auf einen Hinterhof hinausgeht, eng wie ein Brunnenschacht, in dem es nach Müll stinkt. Casper schwitzt und ist gelöst, spürt jedoch bereits die drohenden Schatten, trinkt den Becher in einem Zug leer und füllt ihn erneut.

»Slowly, man, slowly! Ich fahr nicht mit dir mit, wenn du besoffen bist!«

»Sagt ausgerechnet der Ire in der Band!«

»Wir sind keine Band«, sagt Bänz, »gibst du mir die Telefonnummer des Mädels?«

Natürlich hat Casper geahnt, dass die anderen von dem Film wissen oder ihn vielleicht sogar gesehen haben, trotzdem fühlt er sich überrumpelt und nicht fähig, darüber zu reden.

»Lass ihn«, sagt Declan.

»Ist uns doch allen schon mal passiert«, sagt Speiche und will Casper die Hand auf die Schulter legen, doch der tritt ans Fenster und sieht in den dunklen Hinterhof hinaus.

»Ihr sollt ihn in Ruhe lassen!«

»Weißt du, wer euch gefilmt hat?«, fragt Speiche.

Casper schüttelt den Kopf; die Nachtluft ist erfrischend kalt, allerdings stört der Müllgeruch wie ein falscher Ton in einem Song. Der Deckel des Containers schimmert in einem harten weißen Licht, dessen Quelle er nicht sehen kann; vielleicht steht eine Balkontür offen.

## 3

Ihr linkes Bein ist eingeschlafen, so lange sitzt sie schon im Schneidersitz auf ihrem Bett. Sie hat Kopfschmerzen, in ihr summt eine Unruhe, die sie stört, weil sie sie nur nutzen kann, um sich in Erinnerungen zu flüchten. Sie sieht sich neben Onkel Yves im Stall zwischen den Kühen kauern, das Geräusch der Milch, die aus den prallen Eutern in den Metallkessel schießt, und der schwere, warme Geruch der Tiere lösten jeweils ein Gefühl in ihr aus, das sie auch heute noch nicht einordnen kann: Fasziniert und angewidert wurde ihr verlässlich jedes Mal übel. Als ihre Tante Fabienne im Sterben lag, war sie so oft wie möglich im Stall bei ihrem Onkel Yves geblieben, obwohl ihr seine verheulten Augen und das Schluchzen, gegen das er sich offenbar nicht wehren konnte, nicht weniger Angst einjagten als Fabiennes spitz gewordenes Gesicht, ihr Geruch und ihr verschämtes Stöhnen. In den Frühlingsferien vor der Krebsdiagnose hatte die Tante ihr beigebracht, wie man ihre mahagonifarbene Stute Fleur mit der Kardätsche striegelt, ihr krankes Knie mit Heiltinktur einreibt, Kieselsteinchen aus den Hufen klaubt, Sattel und Zaumzeug mit Leinöl reinigt, Hafer in den Futterstein streut, Pferdeäpfel in die Schubkarre schaufelt und zu den Rosenbeeten fährt. Fabienne hatte ihr eingeschärft, Fleur auf keinen Fall Rasenschnitt zu verfüttern, weil das zu lebensgefährlichen Koliken führe. Da

Fleur im linken Vorderknie an einem Knorpelschaden litt, ritt Fabienne sie nur auf ungemähten Wiesen oder weichem Waldboden. Sobald Juliette den Stall betrat, drehte die Stute den Kopf und sah ruhig zu, wie sie auf ihre Box zukam, wischte mit dem Schweif über die Ziegelmauer, schnoberte und reckte ihr leise wiehernd die weiche Schnute entgegen.

Liebst du Fabienne noch, hätte sie Onkel Yves gerne gefragt, hatte sich jedoch nicht getraut; ihre Tante sah in den Zimmerecken Männer, die ihr an den Leib wollten, sie verdächtige Yves und den Arzt, hinter ihrem Schmuck her zu sein, verlangte nach dem Gendarmen und trieb Pfarrer Renard mit Verwünschungen aus dem Haus. Was sah die todgeweihte Tante, in welcher Zwischenwelt befand sie sich? Was hörte, was roch sie, welche Erinnerungsbilder trieben durch ihr Bewusstsein? Gerührt denkt Juliette an die Zehen der Tante, die wie bei einem Mädchen über den Rand ihrer Ledersandaletten mit den hammerförmigen Absätzchen ragten, und die sie hin- und herbewegte, wenn sie gewisse Worte aussprach. Juliette hat es nie bereut, sich vor der Beerdigung in Lucenay-l'Evêque gedrückt zu haben. Im Dämmerlicht des Kuhstalls heulte ihr Onkel auf den Knien zwischen seinen Kühen, blind und taub für alles, was sich außerhalb seines Schmerzes befand. Hinter diesem Stall hatte Juliette, lange bevor die Tante Krebs bekam, mit dem Nachbarsjungen einen Milchzahn gegen ein Stoffschaf getauscht, das von seinen schwitzigen Jungenhänden grau geworden war. Kurz nach dem Tausch beobachtete sie, wie er höhnisch gackernd mit Steinen nach Hühnern zielte; er wirft, dachte sie, wie ein Mädchen, trotzdem trifft er nicht. Ich würde jedes Huhn treffen, mit jedem Stein! Was der Junge, an dessen Namen sie sich nicht erinnern kann, wohl mit ihrem Zahn angestellt hat? Im Garten vergraben? Gegen eine Schleuder eingetauscht? In den Ternin geworfen, weil Juliette sich weigerte, ihn zu küssen?

Mit geschlossenen Augen geht sie die Lyrics von Joni Mitchells »Edith and The Kingpin« durch, kann sich aber nicht dazu durchringen, die Melodie wenigstens zu summen. Ist der Song zu groß für sie, zu erwachsen? Fehlen ihr Reife und Erfahrung, um ihn zu ihrem Song zu machen und nicht bloß zu interpretieren? Wird sie je wieder frei und offen singen können? Verleiht ihr erst das, was sie mit Arbenz erlebt hat und was die anderen daraus machen, die Stimme, die ausdrückt, wer sie wirklich ist?

Aus der Küche ist lautes Klappern zu hören, Severin hantiert mit Töpfen herum, als wäre er wütend, auch seine Stimme klingt aufgebracht; dass er keinen Besuch hat, sondern sich am Handy streitet, begreift sie erst nach einer Weile. Freitagnacht arbeitet Ayse in einer Imbissbude am Bahnhof, um sich den Schauspielunterricht leisten zu können. Juliette hat nicht das Bedürfnis, sich mit Severin zu unterhalten. Er hält Arbenz für den besten Lehrer, der an der Jazzschule unterrichtet, bestimmt steht er auf seiner Seite. Hat sie ihre gute Position in der WG verspielt, muss sie umziehen und die Schule wechseln? Oder wird Arbenz entlassen? Das Stoffschaf hat sie damals hinter dem Onkelhaus mit den blauen Läden am Rand des Bois de Séria vergraben; abgegriffen von den verzweifelten Liebkosungen des Nachbarsjungen widerte es sie an, aber war das ein hinreichender Grund, um es in der weichen Erde im Schatten dicht stehender

Bäume zu beerdigen? Wie widerstandslos sich gewisse Erlebnisse aus der Vergangenheit ans Licht holen lassen, während andere für immer verborgen und verdrängt bleiben. Wie wird sie sich in einigen Jahren an das Erlebnis mit Arbenz erinnern? Offenbar hat Severin sein Gespräch beendet, er flucht, knallt eine Schranktür zu; die Nerven verliert er nur, wenn er allein und unbeobachtet ist. Er trommelt mit den Fingern auf den Tisch oder die Arbeitsfläche, und als Juliette merkt, dass sie im Takt seines Beats mit dem Kopf nickt, hört sie sofort auf damit. Ihr Unterleib fühlt sich an wie ein kleiner, zu hart gepumpter Ball.

Das Klingeln der Glocke ihrer Wohnungstür hält sie für Severins Handy, bis sie seine Schritte auf dem Flur hört; die Wohnungstür wird geöffnet, sie erkennt die Stimme ihres Bruders Claudio, gleich darauf wird an ihre Zimmertür geklopft, und sie springt vom Bett, laut stöhnend, weil ihr das Blut schmerzhaft kribbelnd in die eingeschlafenen Beine zurückströmt. Claudio reißt die Tür auf, seinen Gesichtsausdruck kennt sie, wenn er wütend ist: steinern, abweisend, beleidigt. Juliette wirft einen Blick auf ihr Handy, es ist kurz nach 23 Uhr. Claudios Atem riecht nach Bier und Zigaretten, er knallt die Tür hinter sich zu, tritt ans Fenster und macht es auf, als müsste er einen unangenehmen Geruch vertreiben.

»Ist etwas mit Maman?«

Er dreht sich um, starrt sie ungläubig an und schüttelt den Kopf; sein Blick ist verschwommen. Steht er unter Medikamenten?

»Hat dich der Dreckskerl gefickt oder nicht?«

»Geht's auch eine Spur leiser? Schrei hier nicht rum!«

»Ja oder nein? Er ist dein Lehrer!«

»Er hat sich in mich verliebt.«

»Du bist seine Schülerin!«

»Und? Gott, bist du spießig!«

Ihr Bruder schüttelt den Kopf, spuckt aus dem Fenster und macht es zu. Als Jugendlicher gab es für ihn nichts Schlimmeres, als wenn einer seiner Freunde sich in sie, seine jüngere Schwester, verliebte. Während der letzten Sommerferien mit ihrer Mutter verprügelte er am Strand in Narbonne Plage einen Holländer, mit dem sie geflirtet hatte.

»Du musst ihn anzeigen.«

»Ich muss gar nichts.«

»Dann zeig ich ihn an!«

Ihr Lachen ist ihr selber unangenehm; sie setzt sich aufs Bett, um nicht länger in seiner Nähe zu sein.

»Weißt du eigentlich, was du Maman antust?«

»Es geht weder um sie noch um dich!«

»Sondern um dich, logisch. Wie immer. Aber dein Scheiß hat auch für uns Konsequenzen!«

»Claudio!«

»Zeig ihn an! Er ist älter als Papà!«

»Vergiss es.«

»Zeig den Dreckskerl an! Er hat dich vergewaltigt, oder?«

Sie weicht dem Blick ihres Bruders aus und lässt sich rücklings aufs Bett sinken. Ist es ratsam, die Tür, die diese Anschuldigung öffnen würde, zuzuschlagen? Ihr Bruder zischt verächtlich und setzt sich dann neben sie aufs Bett.

»Zeig ihn an, Julie! Dann bist du fein raus. Er ist schuld. Nicht du. Er.«

»Das ist er sowieso! Schau dich im Netz um! Die machen ihn fertig. Ihn! Nicht mich.«

»Du bist genauso geliefert! Hast du nicht gesehen, was an eurer Tür steht?«

Ihr Bruder reißt die Zimmertür auf, packt sie am Unterarm, zerrt sie vom Bett hoch und durch den Flur, öffnet die Wohnungstür und zieht sie hinter sich her ins Treppenhaus. Jemand hat mit Rasierschaum das Wort »Schlampe« auf ihre Tür gesprayt. Dicke weiße Schaumflocken, von denen ein stechend scharfer, künstlicher Duft aufsteigt, liegen auf den Steinfliesen. Auf dem Schaum hat sich eine dünne Kruste gebildet, die unter ihren Fingern zerbröselt, als sie den Buchstaben S wegwischt.

»Warst du das?«, fragt sie und bereut die Frage, kaum ist sie gestellt.

»Du bist wirklich das Allerletzte!«

Er wehrt ihre Umarmung ab, dreht sich abrupt um und läuft die Treppe hinunter, ohne sich noch einmal nach ihr umzusehen. Die Haustür fällt ins Schloss, als sie den letzten Buchstaben beseitigt und die transparente Spur bemerkt, die der Rasierschaum hinterlässt, was sie an die glänzende Schleimspur einer großen Schnecke erinnert.

# 4

Die farbige Lichtergirlande, die sich durchs Lokal spannt, schwingt bei jedem Gast hin und her, der die Freudenbar betritt oder verlässt, dann tanzen Farbkleckse über die Flaschenbatterie hinter dem Tresen und die Brillengläser des Mannes, der neben Casper und Declan an der Bar sitzt. Hinter dem Tresen steht eine Flasche Mundwasser im Waschbecken, auf der Mikrowelle stapeln sich angekokelte leere Aluschälchen. Es ist nicht das erste Mal, dass Casper sich nach einem Konzert zu einem Absacker in der Freudenbar überreden lässt, obwohl er das Striplokal am Rand von Wülflingen nicht mag. Declan hat zwei *Jameson* ohne Eis bestellt, irischen Whiskey ›gegen das Heimweh‹.

Die zwei Barkeeperinnen tragen enge Tops, Tangas und High Heels, ihre Brüste sind operiert; die Arme der Rothaarigen sind von den Achseln bis zu den Handgelenken tätowiert, der rechte Unterarm der anderen Frau, sie ist schwarz und deutlich älter, steckt in einem mit Filzstift bemalten Gips. Auf dem großen Bildschirm wird ein Trabrennen übertragen, die Nummern und Namen der laufenden Pferde sind am unteren Bildrand eingeblendet: Chestnut Charlie, Folsom Blue, Sizlin' Coal, Tocororo, Cantlow. Eine Kamera zeigt die Bahn von schräg oben, eine zweite fährt neben den Pferden her. Bei den Zieleinläufen, die in extremer Zeitlupe wiederholt werden, sieht Casper, wie die Jockeys aufrecht in den Steigbügeln stehen und mit ihren Gerten brutal auf die Pferderücken eindreschen.

Die Schwarze, sie steht in der Nähe der rot glühenden Heizspirale, zupft ihren Tanga zurecht, schüttelt ihre prallen Brüste, packt den Kopf des Mannes mit Brille und drückt ihm einen Kuss auf die Stirn.

»Schatzeli, hör auf zu glotzen, ich bin viel zu scharf für dich!«

Unter den tief hängenden Lampen steht ein flacher grauer Schleier, ein Deckel mit klarer Grenzlinie, und einen Herzschlag lang befällt Casper das irritierende Gefühl, er säße am Grund eines Schwimmbeckens und betrachtete den Wasserspiegel. Die Rothaarige, sie wird kaum zwanzig sein, knickt mit einem Bein ein und hält sich mit schmerzverzerrtem Gesicht den Bauch, worauf die Schwarze sie sanft am Arm nimmt, ihr etwas ins Ohr flüstert und sie in Richtung Gang schiebt, der wohl zur Garderobe der Tänzerinnen führt.

»Weißt du, was Chinesen einem Menschen wünschen, den sie hassen?«, fragt Declan und prostet ihm zu.

»Ich bin kein Chinese.«

»Und ich hasse dich nicht, stimmt! Trotzdem! Mögest du in aufregenden Zeiten leben. Das wünschen sie ihm. Du wünschst dir doch ruhigere Zeiten. No? Du hast sie also wirklich gevögelt!«

»Und wenn?«

»Sie ist deine Schülerin!«

»Und du bist bei der Moralpolizei, oder was?«

»Wie nennt man einen Chinesen, der Ausgrabungen macht, Casper?«

»Keine Ahnung! Was soll das?«

»Einen Archäologen, du Rassist!«

»Sehr witzig, Declan.«

»Ist es das erste Mal?«

»Das erste Mal?«

»Dass du mit einer Schü…«

»Ist es, ja«, fällt Casper Declan ins Wort.

»Bist du in sie verliebt?«

»Spinnst du? Es ist einfach passiert.«

»Das ist wirklich die dümmste Ausrede, die einem einfallen kann. Es ist einfach passiert! Fuck you, man!«

»Ist aber so.«

»Willst du Mitleid, oder was? Im Sinne von ›Ich bin ein Mann, an dem man mehr gesündigt, als er sündigte‹?«

»Schwachsinn!«

»Das ist kein Schwachsinn, das ist Shakespeare. King Lear. Natürlich willst du Mitleid. Nicht nur junge Frauen können das Schluchzen des alten weißen Mannes nicht mehr hören.«

»Schluchzen des weißen Mannes! Meine Güte! Ich will kein Mitleid. Aber wie wär's mit Mitgefühl?«

»Mitgefühl! Erzähl mir jetzt bloß nicht, dass du betrunken warst. Und sie sowieso.«

»Lass es bleiben, o.k.?«

»Wie heißt sie überhaupt?«

»Das geht dich nichts an.«

»Hast du den ersten Schritt gemacht?«

»Was ist denn der erste Schritt, was glaubst du?«

»Weißt du, warum Falkner dem Falken eine Haube aufsetzen? Damit der Vogel nicht mehr sieht als er selbst. Was sagt Bettina dazu?«

»Sie will die Scheidung.«

»Ich konnte Bettina noch nie ausstehen. Sie hat euer Haus eingerichtet, right? Bei euch soll man sich nicht wohlfühlen, das ist dir hoffentlich klar, man soll neidisch werden, soll euer trautes Heim bewundern.«

»Du bist ein Arschloch, Declan.«

»Ich bin ehrlich. Das ist nicht das Gleiche.«

»Sie kann dich übrigens auch nicht ausstehen.«

»Wow! A perfect match! Verlierst du die Stelle?«

»Ich bin suspendiert.«

Declan schüttelt lachend den Kopf; die Frage, weshalb ein betrunkener Bassist aus Irland angenehmer sein soll als irgendein Betrunkener, ist müßig. Mit Declan gibt es an jedem Abend den Zeitpunkt, an dem er Casper auf die Nerven geht. Ist Declan angetrunken, klingt sein Lachen wie Husten, ist er betrunken, lacht er laut und schrill wie ein verzogener Teenager. Alkohol schickt ihn auf eine Reise, in deren Verlauf er zuerst redselig und lustig, danach wehleidig und rührselig wird, bis er sich, am Ziel des Vollrausches angelangt, in einen selbstmitleidigen, aggressiven Idioten verwandelt. Casper hat oft genug mit Declan getrunken, um zu wissen, wann es genug ist; davon sind sie jetzt noch weit entfernt.

»Suspendiert! Die Schulen bleiben zu, Casper, wir sind alle suspendiert. Vorerst bis zum 19. April. Liest du keine News, Mann? Das Scheißvirus aus China legt die Welt still. Mark my words.«

»Der Ire, der an die Apokalypse glaubt!«

»Obergockel Donald hat mit lautem Kikeriki den nationalen Notstand ausgerufen, Italien, Tschechien und Dänemark haben ihre Grenzen dichtgemacht. Ich glaub tatsächlich an die Apokalypse, yes, du nicht? Für Gigs sind übrigens ab sofort höchstens fünfzig Leute erlaubt. Wir hatten Riesenschwein heute Abend!«

»Mehr haben wir eh selten!«

»Sehr witzig, Casper! Es gibt nicht nur deine persönlichen Problemchen, Mann! Prof fickt Studentin, who cares …«

»Studierende heißt das heute. Das werd ich nie wieder los!«

»Das Dilemma des armen Patriarchen! Mach dich nicht lächerlich!«

»Egal, ob es falsch ist oder nicht.«

»Du hast mit einer Schülerin gefickt! Natürlich ist das falsch!«

»Siehst du! Der bin ich jetzt. Der Lehrer, der eine Schülerin gevögelt hat. Und sie? Sie war doch auch dabei?«

»Verletzte Eitelkeit stinkt und klingt wie ein Drummer, der den Takt nicht halten kann.«

»Ich bin weder verletzt noch eitel, Declan! Ich bin am Arsch, erledigt! Ich will Gerechtigkeit, kein Mitleid!«

»Gerechtigkeit? Eine Nummer kleiner geht nicht? Schon mal von Rumi gehört, Casper?«

»Bassist?«

»Ha-ha! Dichter und Denker. ›Jenseits von Richtig und Falsch liegt ein Ort. Dort treffen wir uns.‹ Stammt von ihm. Rumi. Check him out.«

»Jenseits von Richtig und Falsch! Schön wär's, Declan! Sei doch nicht so naiv! Heute zählen nicht Fakten, heute zählen Meinungen! Heute gibt's entweder Schwarz oder Weiß. Nichts dazwischen. Mach bloß nicht den Fehler, Twitter oder Facebook und wie der ganze Scheißdreck heißt zu unterschätzen! Digitale Vergangenheit lässt sich nicht löschen!«

»Dass in Zeiten sozialer Medien die Nacherzählung eines Ereignisses wichtiger ist als das Ereignis selbst, weiß ich auch. Ein Schuldspruch in der öffentlichen Meinung ist heute schlimmer als der Schuldspruch eines Gerichtes.«

»Hältst du mich für schuldig?«

»Ich halte dich für geil und also blöd, so einen Unsinn zu machen! Eine Schülerin vögeln!«

»Also hältst du mich für unschuldig?«

»Das hab ich nicht gesagt.«

»Ganz schön moralisch, der Katholik aus Irland.«

»Es geht hier nicht um meine Moral, you dickhead!«

»Sondern?«

»Um die Moral der Öffentlichkeit natürlich! Und die ist strenger als die des Papstes, glaub mir. Wenn nichts mehr stimmt, stimmt alles. Wenn du etwas an der richtigen Stelle oft genug erzählst, wird es wahr.«

»Willst du sagen, ich lüge?«

»Um lügen zu können, muss man die Wahrheit kennen!«

»Ich kenn die Wahrheit!«

»Aber nur deine, Casper, nur deine! Tatsachen sind heute nichts mehr wert, *die* Wahrheit gibt es nicht mehr. Und selbst das, was dokumentiert ist, auf Film oder Tonband, wird abgestritten und als Lüge bezeichnet, als Fake. Mister Trump hat das Lügen salonfähig gemacht. Schon mal was von Cripping up gehört?«

Casper nickt. Er hat das Internet nach dem Begriff durchsucht und sich für Stunden festgelesen, angezogen wie eine Fliege von einem Haufen Mist.

»Den Schneeflöckchen reicht es nicht, die fertig und mundtot zu machen, die nicht denken wie sie, jetzt darf kein Schauspieler einen Behinderten spielen, wenn er nicht selbst behindert ist, sonst kriegt er einen Shitstorm ab, der sich gewaschen hat. *Forrest Gump* mit Tom Hanks wäre heute gar nicht mehr möglich.«

»*Rain Main* mit Dustin Hoffman«, ergänzt Casper, »oder *My Left Foot* mit Daniel Day-Lewis.«

»Darf eine Schauspielerin eine Traurige spielen, wenn sie nicht traurig ist, sondern es nur spielt? Kant, Hegel, Luther und Voltaire haben sich abfällig über Juden, Frauen und Schwarze geäußert. Gehören sie und ihr Werk jetzt für ewig in den Müll? Sind sie tatsächlich Rassisten? Stell dir Kunsthäuser und Galerien vor, wenn die Säuberungskommandos der Schneeflocken sie aufgesucht haben. Für die gibt es nur falsch oder richtig, schwarz oder weiß. Digital Natives, entweder verlogen oder feige. Die sind Lautsprecher, Casper, keine Instrumente. Die fühlen sich wegen jedem Furz diskriminiert! Ich hab es immer als Antriebskraft genutzt, wenn mich einer herabgesetzt hat!«

»Und die Prügelstrafe willst du auch wieder einführen, du Spinner?«

»In Amerika machen die Universitäten doch längst nichts anderes mehr, als den Empfindlichkeiten der Studis nachzugeben und sie zu bedienen, statt zu bilden. Der reine Horror! Der freie Austausch von Gedanken ist dort bereits Geschichte. Und wir sind auf dem besten Weg in die gleiche Diktatur. Über Partys, Billigflüge in hippe Städte und Netflix-Serien geht denen nichts, nicht einmal der Klimawandel! Stimmt, ich bin enttäuscht von dieser Generation uniform gekleideter, tätowierter Narzissten. Du nicht?«

»Enttäuscht sind sie von uns auch, Declan! Völlig zu Recht.«

»Auf die Enttäuschten! Und auf die Grautöne!«

Declan hebt das Glas und trinkt seinen Whiskey in einem Schluck leer. Neuerdings lässt er sich einen Schnurrbart wachsen, wie Casper jetzt erst bemerkt, ein spärliches Bürstchen.

»Mein Vater Colum hat mir nur einen einzigen Rat gegeben: Dein Biss muss genauso scharf sein wie dein Bellen, sonst bell nicht!«

»Willst du mir sagen, ich soll kämpfen, oder was? Ich bin der Lehrer, sie ist die Schülerin. So einfach ist das!«

»Der Mensch ist ein biologisches Wesen, darauf angelegt, gegeneinander in Konkurrenz zu treten. Sie wird ganz bestimmt kämpfen!«

»Gegen mich?«

»Auch. Meine Schwester Caitlin saß in Haft, weil sie etwas mit einem Schüler hatte. Er war sechzehn. Seine Eltern zerrten meine Schwester vor Gericht.«

»Juliette ist neunzehn!«

»Was studiert sie? Schlagzeug?«

»Gesang.«

»Dann ist sie also nicht wirklich deine Schülerin.«

»Nur in Rhythmik.«

»Wie singt sie?«

»Besser als du!«

»Singt sie, ohne es auf ein Kompliment abgesehen zu haben? Liebt sie die Aufmerksamkeit und das Lob oder liebt sie das Singen, die Musik? Das frag ich mich bei jedem meiner verdammten Schüler! Du nicht? ›Generation beleidigt‹, die jede Tatsache als Fake zurückweist, die dem eigenen Weltbild widerspricht!«

»Du klingst ganz schön verbittert, Declan.«

»Die fühlen sich doch schon ausgegrenzt, wenn du sie fragst, woher sie kommen! Na, woher wohl? Durch die Tür da!«

»Die Frage würde mich auch nerven, wenn ich schwarz wäre. Dich etwa nicht?«

»Nur, wenn sie bösartig und nicht aus Interesse gestellt wird. Was heute natürlich wirklich passiert, da geb ich dir recht. Ein Arsch von der AfD meint die Frage anders als du oder ich, stimmt. Aber wenn es auf die Intention des Fragenden nicht mehr ankommt, sondern nur darauf, wie der Adressat die Frage versteht, wird Kommunikation unmöglich. Du kannst doch keine sprachliche Anerkennung einfordern, wenn du sie dem Fragenden verweigerst!«

»Redest du immer so schlau, wenn du betrunken bist?«

»Ich bin nicht betrunken, Casper. Noch nicht! ›Generation beleidigt‹ ist jedenfalls ohne Humor und Leidenschaft, ohne Sinn für Provokation und Widerspruch und hat keinen Mut zur Dissonanz. Selbstverliebt sind sie auch! Furchtbar. Du musst nur auf die Texte ihrer Musik achten: ›Um mich zu kriegen, musst du dir alle Mühe geben, Baby!‹ Bei uns hieß das noch: ›Ich mach alles, um dich zu kriegen, Baby!‹ Musik ist für die nur gut, wenn sie Erfolg hat und in den Charts steht.«

»In den Charts bist du heute mit hundert verkauften CDs, Declan.«

»Und doch haben wir es nie geschafft …«

»Du bist ja tatsächlich verbittert, Declan! Ein alter Mann!«

»Alter Mann, genau! Manchmal hör ich das Rattern von Faxgeräten, weißt du noch?«

»Das war kein Rattern, Declan, das war ein Sirren!«

»Sirren! Schönes Wort. Aber unseres ist noch schöner: Buzz. Buzzing! Meine Schwester Caitlin und ich sind übrigens Irish Twins.«

»Das heißt?«

»Sie ist neun Monate und drei Tage älter als ich. Katholiken verhüten nicht, hast du das nicht gewusst?«

»Warum hast du dann nur ein Kind?«

»Weil ich aus der Kirche ausgetreten bin. Hast du Geschwister?«

»Einen Bruder. Reto.«

»Einen! Du Glückspilz! Wir waren sieben! Eamon hat mich gezwungen, seine Kackwürste anzusehen, wenn er sie gelungen fand. Die langen hat er Murphys Bricks genannt, wie die Backsteine. Unser Dad war Maurer.«

»Und was macht dein Bruder heute?«

»Eamon ist 2005 in Boston erstochen worden. Weißt du, wo?«

»In einer Toilette?«

»Vor einer Metzgerei. Im Schaufenster lagen, na ja …«

»Ich hab's verstanden, Declan«, unterbricht Casper ihn.

Der Mann neben ihnen an der Bar kann nicht still sitzen, die Gegenwart der Frauen hinter dem Tresen lässt ihm offenbar keine Ruhe.

»Weiß Bettina von den anderen Frauen?«

Was geht es Declan an, was Bettina weiß und was nicht? Der Bildschirm über ihnen verleiht Declans Stirn mit den tiefen Geheimratsecken einen metallenen Glanz. Färbt er sich die Haare?

»Wie steht es zwischen Gaby und dir?«

»Besser«, antwortet Declan knapp.

»Weiß sie von den anderen Frauen?«

Declan sieht ihn an, öffnet den Mund, als wollte er antworten, dreht den Kopf zur Seite und schweigt mit mahlendem Kiefer. Nach einer Weile sieht er Casper an.

»Ein Freund von mir kann seinen Ehering nicht mehr ausziehen«, sagt er und deutet auf den goldenen Ring an Caspers linkem Ringfinger.

»Wieso sollte er?«

»Weil er seit neun Jahren geschieden ist. Dafür hat er das Hochzeitskleid seiner Ex verbrannt. Im Garten. Soll gebrannt haben wie Zunder.«

»Ganz schön dramatisch, dein Freund.«

»Erst wollte er sich den Ringfinger abschneiden und seiner Ex schicken. Das wäre dramatisch.«

»Ire?«

Declan lächelt vielsagend, gibt aber keine Antwort, sondern bestellt noch einmal zwei Jameson.

»Es heißt doch, Goliath ist vornüber gestürzt, nachdem Davids Stein ihn getroffen hat, richtig?«

Casper nickt schweigend. Die Schwarze beißt in einen roten Apfel, legt ihn aber auf die Kasse, als ein Rosenverkäufer die Bar betritt, leise, mit gesenktem Kopf, als schämte er sich; er ist nicht größer als ein Kind.

»Bullshit. Trifft dich ein Stein auf der Stirn, fällst du nach hinten und auf den Rücken.«

»Wenn du recht hast, hat Goliath David in die Augen geschaut, bevor dieser ihm den Kopf abschlug.«

»Kluger Mann, Casper, kluger Mann! Falls er noch bei Bewusstsein war.«

Die Schwarze tritt hinter der Bar hervor und baut sich, beide Hände in den Hüften aufgestützt, vor dem Rosenverkäufer auf, den Kopf stolz im Nacken:

»Du hast Hausverbot, Kakerlake, raus!«

Der Rosenverkäufer neigt demütig den Kopf, deutet eine Verbeugung an und geht. Der harngelbe Whiskey mit dem rauchigen Geschmack stößt Casper plötzlich ab.

»Wieso erzählst du mir das mit David und Goliath, Declan?«

»Weil man jede Geschichte unterschiedlich erzählen kann. Darum. Die Arten, die überleben, sind weder die stärksten noch die intelligentesten, sondern diejenigen, die sich Veränderungen am besten anpassen.«

»Ist das schon wieder von diesem Rumi?«, fragt Casper.

»Nietzsche, Friedrich. Genau das können wir nicht, wir alten Böcke. Uns Veränderungen anpassen.«

»Da hat einer, der nicht aufhören kann, über Jüngere zu schimpfen, und die alten Zeiten verklärt, ausnahmsweise recht.«

Die Schwarze tritt wieder hinter die Bar, nimmt den Apfel von der Kasse, beißt hinein und lässt ihn dann mit angewidertem Gesicht in den Abfalleimer fallen.

»Du glotzt ja immer noch!«

Sie nimmt dem Mann mit der Brille das Glas weg und streicht ihm mit der Hand über die Wange.

»Lass mich in Frieden!«, sagt der Mann laut.

Sie kneift ihn grob in die Wange, sieht ihn voller Verachtung an, dreht den Kopf zur Seite und gibt einem bulligen Mann, der am Ende der Bar steht, ein Zeichen.

Der Mann mit Brille zögert, rutscht dann aber wortlos vom Barhocker, legt einen Geldschein auf den Tresen und verlässt die Freudenbar.

»Gestern war ich klug und wollte die Welt verändern. Heute bin ich weise und ändere mich selbst«, sagt Declan feierlich.

»Bod Dylan?«, fragt Casper, »oder Leonard Cohen?«

»Das war jetzt wieder Rumi, my friend«, sagt Declan und bestellt noch zwei Jameson. »Life is hard! But so am I.«

## *Samstag, 14. März*

Black Pumas: Colors
Manchester Orchestra: The Silence
Daisy Gray: Wicked Game
Da Som Nu För Alltid
Neneh Cherry: Blank Project
Jehnny Beth: To Love is To Live
Nadine Shah: Kitchen Sink

Miles Davis: The Complete On The Corner Sessions
Enrico Rava: Tati
Tony Allen and Hugh Masekela: rejoice

# 1

Zügig hebt sich die Dunkelheit, als hätte der Tag es eilig, sich endlich zu zeigen, endlich zu beginnen. Casper bleibt trotzdem liegen. Wofür soll er sich beeilen, wozu soll er überhaupt aufstehen? Der Satz von Nietzsche ›Es gibt keine Tatsachen, nur Interpretationen‹ geht ihm durch den Kopf. Das Tribunal der sozialen Medien tagt, rachsüchtig und ungerecht, wie er findet, weil es sich einseitig entweder auf Juliettes Seite oder auf seine schlägt, gierig nach Verurteilung, süchtig nach einem Opfer, einem Täter. Wer definiert »einvernehmliche Handlung« oder »Einwilligung«? Hat er Juliette um ihre Einwilligung gebeten? Hat sie die Erlaubnis erteilt, dass *etwas* geschieht? Und was heißt *etwas*, angesichts der Dynamik der Diskrepanz zwischen ihrer Position und ihrem Alter? In einer Gesellschaft, in der es zur Regel geworden ist, dass jeder sein Innerstes nach außen kehrt, gilt einer, der sich dem sozialen Zirkus verschließt, als eigenartig und suspekt und bereitet damit den perfekten Nährboden für Spekulationen. Wieso soll er sich der Diktatur der Meinungen und Verurteilungen aussetzen, wieso soll er den hassgesteuerten, vor Verachtung triefenden Dreck lesen? Im Wettstreit der Denunziation in den sozialen Netzwerken wird nicht nur er untergehen, sondern auch Juliette, davon ist er überzeugt. Ist ihr das bewusst? Muss sie ihn anzeigen, um sich selbst zu schützen? Bis vor drei Jahren hat er sich den sozialen Medien mehr oder weniger verweigert; Bands, in denen er mitspielt, hatten schon vorher Websites, Musiker, mit denen er zusammenspielt, bedienten Instagram, Facebook und Twitter. Vor drei Jahren hat er sich nach langem Hin und Her schließlich von Bettina überzeugen lassen, Facebook beizutreten und einen Instagram-Account zu eröffnen, um Einladungen zu Gigs, Erscheinungsdaten von CDs sowie Fotos zu posten. Schon bald hat sie aufgehört, ihm Vorwürfe zu machen, weil er sich kaum um die Konten kümmert und höchstens etwas postet, wenn sie ihn dazu auffordert. Er fühlt sich unwohl auf den Portalen, kann schlecht umgehen mit dem Neid und der Missgunst, die er spürt, wenn er Fotos betrachtet, die von Erfolgen berichten und ihm ein Leben vor Augen führen, das ihm offenbar verwehrt bleibt.

Er beschließt, sich in der ehemaligen Werkstatt seines Großvaters in der Ostschweiz zu verkriechen, die dieser ihm vermacht hat, packt seine alte lederne Reisetasche, Kleider, Unterwäsche, Strümpfe, stellt einen Stapel CDs zusammen, die hoffentlich zu seiner Stimmung passen werden, viel Jazz, etwas Reggae, Electro, kaum Rock, nur Bob Dylan, Joni Mitchell, Neil Young. Er betritt Bettinas Zimmer, in dem sie gelesen, Aufsätze und Grammatikprüfungen korrigiert und stundenlang ungestört mit Daniel und Freundinnen telefoniert hat. Casper ist kein Leser, trotzdem will er einige Romane mitnehmen, nicht nur Musik. Nicht einmal die Bücher, die Bettina als ihre Klassiker bezeichnete, hat er gelesen; angefangen hat er sowohl Kafkas *Das Schloss* als auch Silvia Plaths *Die Glasglocke* und *Hundert Jahre Einsamkeit* von Gabriel

García Márquez, zu Ende gelesen hat er allerdings keines, weil er sich jedes Mal langweilte und den Sinn nicht einsah, sich auf erfundene Welten einzulassen und für Schicksale fiktiver Figuren Empathie zu empfinden, mit ihnen zu leiden. Über seinen Vorwurf, Romanautoren drückten sich vor der Realität, suhlten sich in poetischen Formulierungen und berichteten nichts, was er nicht längst wisse, hat sie sich nicht einmal geärgert; das mitleidige Lächeln, das sie ihm zuwarf, hat ihn damals tief getroffen. In Bettinas Reich riecht es anders als im Rest des Hauses, nicht fremd, jedoch anders, heller und sommerlicher, als stünde ein Aufbruch bevor, ein Neubeginn. Er hat im Fernsehen erfahren, dass der Mensch unfähig ist, sein eigenes Zuhause zu riechen: Sobald er sich in den eigenen Räumen aufhält, genügen zwei Atemzüge, dann verschließen sich die Nasenrezeptoren, er entscheidet, dass ein Geruch keine Gefahr anzeigt und nimmt ihn nicht länger wahr; statt seine Aufmerksamkeit für erwiesenermaßen Ungefährliches zu vergeuden, konzentriert er sich auf potenzielle Bedrohung und Gefahr. Trotzdem kann Casper die Frau riechen, die ihn geheiratet hat. Ihr Duft nach Zimt, Jasmin und gespitzten Bleistiften bringt ihn noch heute aus dem Konzept und zum Träumen. Hat er, trotz seiner Seitensprünge, nie aufgehört, sie zu lieben? Oder ist Liebe pure Illusion, Liebeskummer die größte Bewährungsprobe, die es gibt? Kann er ohne Bettina leben? Seine Abenteuer mit anderen Frauen boten nicht bloß ungestüme Intensität und entfachten das Feuer sexueller Leidenschaft, sie bargen ebenso etwas Zerstörerisches in sich, sorgten für Unruhe und Verwirrung und brachten sein unaufgeregtes, geordnetes Eheleben aus der Balance. Hat er demnach nur aus Bequemlichkeit nie daran gedacht, sich wegen einer anderen Frau von Bettina zu trennen?

Als Daniel dreizehn wurde und Casper ihn aufklären wollte, legte sein Sohn ihm die Hand auf den Arm: ›Mams hat mir schon alles erklärt, gib dir keine Mühe!‹ Seither hegt Casper den begründeten Verdacht, dass Bettina Dinge über Daniel weiß, die ihm verborgen bleiben. Mit fünfzehn hielt Daniel einen Schulvortrag über Atombombenversuche; die Fotos, die er in der Klasse gezeigt hat, hängen gerahmt hinter Bettinas Arbeitstisch. Casper tritt so dicht an die sechs von der NASA veröffentlichten Bilder, dass er die Angaben, die Daniel in seiner Kinderschrift daruntergeschrieben hat, ohne Lesebrille entziffern kann: *Hiroshima: 15 Kilotonnen, 6. August 1945; Eniwok: 10,4 Megatonnen, 1. November 1952; Bikini Atoll: 15 Megatonnen, 1. März 1954; Reggane: 1,6 Kilotonnen, 27. Dezember 1960; Semipalatinsk: 150 Kilotonnen, 4. September 1961; Johnston Island: 11, 3 Kilotonnen, 6. Oktober 1962.* Die unmenschliche Schönheit der Bilder fasziniert ihn noch immer. Wie oft haben sie davorgestanden, Mutter, Vater und Sohn, schweigend, im gemeinsamen Schrecken vereint?

Auf dem Bücherregal liegt, neben Muscheln, Vogelfedern, Steinen und Tannenzapfen, gesammelt auf Spaziergängen, wohl auch gemeinsamen, Bettinas große Haarspange aus Schildpatt, die er ihr vor vielen Jahren in Christiania in Kopenhagen gekauft hat. Er nimmt sie in die Hand, dreht sie hin und her, schließlich steckt er eine ihrer Spitzen in den Mund und saugt daran. Die Spange schmeckt salzig, plötzlich hat er Tränen in den

Augen. Er geht in die Knie, als könnte das helfen, die Fassung wiederzuerlangen, findet es im selben Moment übertrieben theatralisch, erhebt sich wieder und wirft die Spange voller Kraft an die Wand, wo sie zersplittert. Welche Sanktionen ihrerseits wird nach sich ziehen, was er getan hat, was er *verbrochen* hat, wie sie ihm ins Gesicht sagte? Auf ihr Bett will er sich so wenig setzen wie auf ihren Arbeitsstuhl, verlassen will und kann er ihr Zimmer aber noch nicht. ›Setz dich‹, bat seine Mutter ihn, dabei hörte er ihrer dünnen Stimme an, was passiert war: Sein Vater war gestorben, auf dem Fußgängerstreifen an der Kreuzung unweit ihrer Wohnung, angefahren von einem Tanklastzug, der Milch geladen hatte. Sein Vater hatte sich angewöhnt, mit Sonnenbrille und Spazierstock vor diesem Fußgängerstreifen zu stehen und jedem, der sich ihm näherte, vorzumachen, er sei blind und hilflos. Nackt hat Casper seinen Vater nur ein einziges Mal gesehen, er muss dreizehn oder vierzehn gewesen sein, jedenfalls am Rand der Pubertät; sein Vater trat aus dem Badezimmer, ein unheimlicher, verstörender Anblick, der ihm noch heute nachgeht. Der sehnige, braun gebrannte Vaterkörper ohne ein Gramm Fett wirkte hart wie poliertes Tropenholz, wie das Modell auf der Schautafel eines Anatomieatlasses. Jahrelang hat Casper sich für seinen eigenen Körper geschämt, der nie so muskulös, schlank und durchtrainiert wie der seines Vaters war. Nachdem er sich damals folgsam hingesetzt hatte, fragte er seine Mutter, wieso sie sich fünfundvierzig Jahre zuvor in seinen Vater verliebt hatte. ›Ich fand seine Ohren schön!‹ Die Frage, wieso sich sein Vater in seine Mutter verliebt hatte, fiel ihm damals gar nicht ein.

Neun Monate und fünf Tage später starb seine Mutter an einem Schlaganfall, als sie sich im Coop über das Regal mit den Spirituosen beugte. Dass sie angefangen hatte zu trinken, war Casper lange nicht aufgefallen. Die Flaschen, die er nach ihrem Tod aus der Wohnung schaffte, zählte er nicht, überall fand er sie, als hätte sie sich selbst überlisten können, indem sie sie versteckte. Seine Mutter hörte auf zu kochen, was sie immer geliebt hatte, wärmte höchstens Fertiggerichte auf oder aß kalt, wenn überhaupt. Erst wurde sie schlank, dann dünn, danach mager. Am Schluss wog sie weniger als ein Kleinkind, wie er erschreckt feststellte, als er sie, einige Monate vor dem tödlichen Schlaganfall, betrunken auf dem Küchenboden fand, hochhob, ins Ehebett seiner Eltern legte und den Notarzt anrief. Nach ihrem Tod fand er nicht nur leere Schnaps- und Weinflaschen, sondern Dutzende Salzstreuer, die seine Mutter in Restaurants, Cafés und Hotels gestohlen hatte, wie eine in ihrer sauberen Handschrift geführte Diebstahlsliste bewies, die er im Sekretär mit den Bankpapieren fand.

Woran es liegt, dass Bettinas Zimmer gemütlicher ist als seines, weiß er nicht. Auf ihre Gabe, Räume wohnlich einzurichten und zu etwas sehr Persönlichem zu machen, in dem man sich auch als Gast wohlfühlt, ist er immer neidisch gewesen. Sind es die überall auf der Welt gekauften und gesammelten Gegenstände, die sie an verschiedenen Stellen platziert hat, die Farben der aufgehängten Tücher, kunstvoll drapierten Kissen? Declan täuscht sich, Bettina will niemanden beeindrucken, will keinen Neid wecken, sie liebt es, Räume zu verschönern und wohnlich zu machen. Sieht man ihrem Haus bereits an, dass sie ausgezogen ist? Verwandelt es sich bereits in *sein* Haus, das kein Zuhause ist?

Wie immer fühlt er sich vor Bettinas Bücherregal, das eine ganze Wand bedeckt, als müsste er sich vor Scham winden und entschuldigen. Bis zum Schluss warf sie ihm vor, was er alles nicht gelesen habe, und wenn er sich endlich dazu durchrang, etwas zu lesen, was sie ihm ans Herz legte, war sie enttäuscht, wie unbedarft er darüber redete. Das Licht, gefiltert und gedämpft durch die mehlfarbenen Vorhänge, sorgt für eine feierliche Atmosphäre. Die Rolle des Zuschauers im fiktiven Leben mehr oder weniger sympathischer Buchfiguren behagt ihm nicht, er will die Welt nicht beschrieben, sondern erklärt bekommen. Vielleicht helfen ihm die ausgedachten Schicksalsschläge jetzt, sich zu zerstreuen und auf andere Gedanken zu kommen, darum liest man doch? Der Satz, den einer ihrer Schüler auf sein Aufsatzheft geschrieben hat, fällt ihm wieder ein und führt ihn zum Buchstaben H ihrer alphabetisch geordneten Bibliothek: ›Du liest jetzt Hesse, sonst gibt's eins auf die Fresse‹! Er zieht Hermann Hesses *Der Steppenwolf* aus dem Regal, danach Jürg Federspiels *Museum des Hasses, Schande* von J.M. Coetzee, Denis Johnsons *Der Name der Welt, Maschinenträume* von Jayne Anne Phillips und Jack Kerouacs *Unterwegs,* das er als junger Mann angeberisch herumgetragen, aber nie gelesen hat. Die Vorstellung, die Tür von Bettinas Zimmer hinter sich zuzumachen, widerstrebt ihm. Ihre bislang letzte Unterhaltung fand hier statt, Bettina am Fenstersims lehnend, er auf ihrem ergonomisch korrekten, aber absurd unbequemen Stuhl sitzend wie der ertappte Sünder, der er ist. ›Du erträgst doch nicht einmal eine Waschmaschine, die nicht rund und rhythmisch dreht, und ich soll deine Herumvöglerei aushalten?‹ Früher hätte sie sein lahmer Einwand, eine störende, weil unrhythmisch drehende Waschmaschine sei doch kein Scheidungsgrund, zum Lachen gebracht, auch diese Zeiten sind vorbei. ›Du gehörst zu denen, die sich an Mängel gewöhnen‹, hat sie ihm nicht zum ersten Mal vorgeworfen, ›ich will sie beheben.‹ Die Frage, ob sie ihre Ehe für einen Mangel halte, hat sie mit höhnischem Lachen beantwortet. Bei ihrem ersten Date hat sie ihm erzählt, sie empfinde das Ausziehen eines nassen Badeanzugs als das zweitbeste Gefühl der Welt, übertroffen nur von der Magie, als Kind nach Einbruch der Nacht auf dem Rücksitz des Elternautos zu dösen, gegen den Schlaf anzukämpfen und sich gleichzeitig nach dem Bett zu sehnen. Dass er sich als Kind vor der Dunkelheit fürchtete, hat er ihr nie erzählt. Nacht für Nacht lag er gelähmt vor Angst im Bett, achtete auf verdächtige Geräusche und wartete angespannt. Worauf eigentlich? Mit sechzehn verschwand die Angst von einer Nacht auf die andere. Wieso begreift er erst heute, dass er sich gar nicht vor der Dunkelheit, sondern davor gefürchtet hat, sich seinem Unterbewusstsein zu übergeben, Kontrolle abzugeben und loszulassen? Bettina ist nachts häufig aufgestanden, fällt ihm ein, und hat sich, fest überzeugt, er schlafe, Kekse in der Küche geholt, um sie so leise wie möglich im Bett zu knabbern. Dass er davon wusste, hat er ihr ebenfalls nie verraten, soll er es ihr, bevor sie vor den Scheidungsrichter treten zum Beispiel, anvertrauen? Was weiß sie eigentlich von ihm, abgesehen von seinen Seitensprüngen, wovon er annimmt, sie wisse es nicht? Hat er Geheimnisse vor ihr, sieht man von seinen Affären ab? Er deponiert den Bücherstapel auf ihrem leer geräumten Tisch, setzt sich auf Bettinas Bett mit der Tagesdecke in Kreidetönen und liest aus einer der Ghaselen des Diwans von Hafis, den sie in einem Kalligrafiekurs auf Büttenpapier geschrieben und gerahmt an die Wand gehängt hat. Wie soll er den Vers, den sie ihm übersetzt hat, nicht als Omen verstehen?

*Wenn der Feind sein Schwert zückt, werfe ich fort mein Schild und ergreife die Flucht, denn meine Waffe ist allein die Wehklage.*

Er legt sich hin, rücklings, die Hände vor dem Geschlecht gefaltet, bis ihm bewusst wird, er liegt hier wie ein Aufgebahrter, ein Toter, und sich auf die Seite dreht und die Augen schließt, als würde das helfen, den Gedanken zu entkommen.

## 2

Nach dem Duschen macht sie den Fehler, in den Spiegel zu schauen, und fühlt Beschämung: Sie wirkt alt, abgekämpft, erledigt. Ein erloschenes Feuer. Am besten, dass weiß sie von Fotos, sieht sie auf Drogen aus, auf Mollys, E, nicht auf Koks, das verleiht ihr einen irrlichternden, gehetzten und gleichzeitig verhuschten Ausdruck. Elster, Elefant, Menschenaffe, Delfin, Schwertwal. Warum hat sie nie vergessen, welche Tiere sich im Spiegel erkennen, wie sie es in der Schule gelernt hat? Ihre Fingerkuppen sind taub, sie spürt ein Kribbeln in der Brust, als flösse schwach Strom unter ihrer Haut. Sie macht die Augen zu, hält es aber nicht lange aus, sich *nicht* anzusehen, sie will ihr Spiegelbild aushalten und zusehen, wie ihr Blick kalt und hart wird: Ist sie bereit, sich zurückzukämpfen? Soll sie sich fotografieren und das beste Bild posten? Was hat sie Unrechtes getan? Sie hat mit einem Mann geschlafen, der älter ist als sie, der sie unterrichtet, was ist falsch daran?

Sie legt sich aufs Bett, eingewickelt in Hishams behaglichen Morgenmantel, den er nicht zu vermissen scheint, ruft ihren Twitter-Account auf und muss vor Schreck nach Atem schnappen: Es hagelt Beleidigungen gegen sie, Beschimpfungen, Drohungen, Schmähungen, Verleumdungen, Tweets voller Häme, Verachtung, Hass. Zählen, wie oft Ausschnitte des Films gepostet sind, will sie nicht, sie öffnet weder ihren Instagram- noch ihren Facebook-Account. Sie blockiert die Absender auf Twitter, ohne die Einträge zu lesen, es genügt, sie zu überfliegen und an den entscheidenden Wörtern hängen zu bleiben:

*Fotze*
*Schlampe*
*Karrieregeil*
*Nutte*
*Vaterkomplex*
*Verräterin*
*Opfer*
*Papitöchterchen*
*Lehrerfickerin*

Hat der Wind sich gedreht, ist die Stimmung gekippt? Gilt von nun an nicht Arbenz als Täter, sondern sie als Schlampe? Dass sie sich nicht wehren oder verteidigen darf, ist ihr bewusst. Jeder Tweet von ihr wird weiteren Hass provozieren. Sie muss schweigen. Ehrliches Verständnis kann sie sich jetzt, nachdem sie vom Opfer zur Täterin erklärt wurde, nicht mehr erhoffen, rechnen darf sie bestenfalls mit geheuchelter Anteilnahme und überspielter Schadenfreude. Eine Biolehrerin am Gymnasium hat ihnen einen Film über das Schimmern der Honigbienen gezeigt: Um räuberische Hornissen abzuwehren, bewegen alle Bienen den Hinterleib gleichzeitig von unten nach oben, worauf eine Welle durch ihren Stock geht, welche die Hornissen in die Flucht schlägt. Die Bilder jagten ihr und Ayse einen Schauer des Wohlbehagens über den Rücken. Diese Solidarität wird sie nicht erfahren, sie ist zum Abschuss freigegeben, zum Freiwild erklärt.

Ihr Smartphone ist warm, sie stellt sich vor, es an die Wand zu werfen, und schafft es immerhin, keines ihrer Konten zu checken. Hilft es ihr, zu erfahren, dass die Anzahl derer, die sie verachten und verurteilen und ernsthaft glauben, sie zu hassen, innerhalb weniger Minuten größer geworden ist? Soll sie sich bei Arbenz melden, damit sie sich absprechen können? Müssen sie die Sache gemeinsam durchstehen, oder wird es als Schuldeingeständnis verstanden, wenn sie sich sehen?

Vorsichtig öffnet sie die Tür ihres Zimmers; bevor sie auf den Flur tritt, achtet sie auf Geräusche, sie kann sich jetzt weder Ayses noch Hishams oder Severins Fragen oder Mitgefühl aussetzen, sie hat nicht die Kraft, in ihren Gesichtern nach Zustimmung oder Ablehnung zu suchen. Nach einer Weile weiß sie, dass keiner in der Wohnung ist: Die Stille klingt anders, umfassender, die atmosphärische Störung, durch die Gegenwart der anderen verursacht, fehlt. Sie ist allein. Wie erniedrigend, durch den Flur einer Wohnung zu schleichen, für die sie ein Viertel der Miete zahlt! In der Küche riecht es nach Knoblauch, sie öffnet den Kühlschrank und trinkt Orangensaft aus der Flasche, dann sieht sie die Zeitung, die aufgeschlagen auf dem Tisch liegt, als wäre das Chaos aus Tellern, Tassen, Gläsern, vollen Aschenbechern und leeren Weinflaschen kunstvoll um sie herum arrangiert worden. Angezogen von der Schlagzeile

*Schülerin und Lehrer haben Sex während Konzert an ihrer Jazzschule*

setzt sie sich an den Tisch, um den Artikel zu lesen, steht aber nach den ersten Sätzen wieder auf und liest den Rest am Fenster stehend. Sie ist erledigt. Der Artikel gibt ihr genauso viel Schuld wie Arbenz; sie schaut in die Kamera, ist aber nicht zu erkennen, findet sie. Sieht es nicht aus, als würde sie versuchen, sich zu befreien? Die schattenhafte Silhouette von Arbenz' Körper wirkt unförmig, fast entstellt, und der Titel *Die Schöne und das Biest* geht ihr durch den Kopf. Sie starrt das Standfoto aus dem Film an, bis es sich vor ihren Augen in eine schwarz-weiße Fläche ohne Sinn verwandelt. Was hat sie sich bloß dabei gedacht, mit diesem alten Mann Sex zu haben? Was hält sie hier in Winterthur, wieso soll sie sich dem Hass aussetzen? Sie muss nicht aushalten, was nicht auszuhalten ist, weil sie nicht widersprechen darf und es keinen mehr zu interessieren scheint, wie *sie* die Nacht erlebt hat. Sie kann sich Severins Auto ausleihen und ist in vier Stunden im Burgund. Das Paradies ihrer Kindheit ist nicht verloren, sie kann im La Belle Etoile servieren, im Hotel aushelfen. Sie gehört nach Lucenay-l'Evêque! Wieso sonst denkt sie in letzter Zeit immer wieder an ihre französischen Großeltern, an ihre Tante und an ihren Onkel? Dass ihre Großmutter Florence auch eine *gute* Seite besaß, wurde ihr mit zwölf bewusst, als sie heimlich beobachtete, wie sie ihren bettlägerigen Mann Xavier wusch. Das Bild ihrer gekrümmten Finger mit den geschwollenen Knöcheln, die den Waschlappen halten und damit zärtlich über den mageren Körper ihres Großvaters gleiten, hat sie niemals vergessen, ein Bild der Liebe, Hingabe und Aufopferung. Will sie sich für einen anderen Menschen aufopfern, für einen Mann? Bestimmt nicht! Ihre Großmutter hat den

Lappen summend durchs offene Fenster in den Garten ausgewrungen und dann in einem Emailbecken in Seifenwasser eingeweicht. Juliette hat es verpasst, sich mit Florence zu versöhnen, wird ihr das auch mit ihrer Mutter so ergehen? Aus heiterem Himmel fällt ihr etwas ein, woran sie nie mehr gedacht hat: Manchmal verwöhnte Onkel Yves sie und ihren Bruder Claudio mit einer frisch vom Baum gepflückten Birne, die er mit seinem Klappmesser in acht Teile schnitt, um sie wie junge, bedürftige Tiere zu füttern, indem er das blassgelbe Fruchtfleisch des Birnenspalts mit der sonnenwarmen Klinge an ihre Münder führte. Der schrundig verwachsene Stamm des Birnbaumes erinnerte sie als Mädchen an den Fuß eines Elefanten, die Geschmacksmischung der Frucht und des Messers jagte ihr Schauer über den Rücken, worüber sie auch mit ihrem Bruder nicht reden mochte. Wüsste sie die Blicke, die ihr Onkel Yves damals zuwarf, wenn sie die Birnenstücke mit den Lippen entgegennahm, kaute und schluckte, heute zu deuten? Liest sie im Nachhinein zu viel in diese Abende am Ende langer Sommer hinein, an denen die Sonne tief stand, der Wald im Bernsteinlicht zur violetten Masse verschwamm und die Luft schwer und süß war vom Duft der gärenden Birnen, die im Gras unter den Bäumen im Gras lagen, umschwirrt von Wespenschwärmen, und sie an der Bretterwand des Kuhstalles lehnten, erschöpft von der Hitze, glücklich, erfüllt, und dem Onkel den Mund entgegenreckten, um das nächste Stück zu empfangen wie einen Kuss?

Sie zerknüllt die Zeitung und stopft sie in den übervollen Abfallsack, der am Heizungsradiator lehnt; ihr Entschluss, sofort ins Burgund zu fahren, steht fest. Obwohl sie sicher ist, allein in der Wohnung zu sein, bleibt sie vor Severins Zimmer stehen, horcht mit angehaltenem Atem und klopft, obschon sie nichts hört. Steht er vielleicht doch auf der anderen Seite der Tür und hält ebenfalls den Atem an, weil er sie nicht sehen, weil er nicht mit ihr reden will? Angestrengt lauscht sie, mit geschlossenen Augen, überzeugt davon, das schärfe ihre Sinne. Wenn sie sich nicht täuscht, hört sie das Ticken des Weckers, ein altes Ding aus Blech, das sie in der einen Nacht, die sie in Severins Bett verbracht hat, vom Schlafen abhielt. Nach einer Weile ist sie überzeugt, dass Severin tatsächlich nicht da ist, drückt die Klinke nach unten und stößt die Tür auf. Dass er Schlagzeug studiert und Profimusiker werden will, sieht man auf den ersten Blick: Vor dem Fenster stehen eine Hi-Hat und eine Snare, an den Wänden lehnen Becken in verschiedenen Größen, darüber kleben Poster, Fotos und LP-Hüllen von Drummern, die Severin bewundert: Manu Katché, Makaya McCraven, Jack DeJohnette, Jojo Mayer, Tony Williams, Brian Blade, Tony Allen. Juliette kennt sie, Severin hat ihr Takes vorgespielt und die Unterschiede ihres Spiels und ihrer Technik erklärt. Der Tisch ist übersät mit Drumsticks, Notenblättern, leeren Pizzaschachteln und Bierdosen, Magazinen für Schlagzeuger, Socken und T-Shirts. Severin besitzt keinen Schrank, auch vor dem Regal mit seiner LP-Sammlung, die keiner anfassen darf, liegen Kleider und Schuhe. Sie weiß, wo er den Schlüssel seines Honda Accord aufbewahrt, wenn er ihn nicht braucht, der Bastkorb, den er als Junge in einem Freizeitzentrum geflochten hat, steht auf dem Fenstersims. Sie nimmt den Schlüssel, ohne nachzudenken, ob es richtig ist, was sie tut. Sie muss dringend hier weg, Severin wird sie verstehen, schließlich hat er behauptet, alles für sie zu tun, wenn es darauf ankomme! Sie wirft das Nötigste in zwei Rollkoffer und ist schon fast aus der Wohnung, als sie noch einmal in sein Zimmer läuft, um ihm eine Nachricht auf den Tisch zu legen. Eine handschriftliche Erklärung, sagt sie sich, wird ihn milder stimmen als eine SMS. Sie hat ihre Schrift immer geliebt, ihre runden, schwungvollen Buchstaben, die kindlich und doch abgeklärt wirken. Jetzt muss sie den Honda Accord nur noch finden, allzu viele Möglichkeiten, wo er ihn geparkt hat, gibt es nicht.

Auf der Straße joggt eine Frau mit geballten Fäusten an ihr vorbei, das Gesicht unter der Kapuze ihres Pullis verborgen; ihre Blicke kreuzen sich, und Juliette fühlt sich bestätigt. Sie wird es schaffen, schadlos aus dem Schlamassel zu kommen, stärker als zuvor, erwachsen. Arbenz kann sie kreuzweise! Hat sie ihm ihren Körper freiwillig zur Verfügung gestellt? Hat sie sich geholt, worauf sie Lust hatte? Oder hat er das? Falls es nötig ist, um ihren Kopf aus der Schlinge zu ziehen, wird sie ihn anzeigen. Er hat sie gedrängt und, ja, gezwungen, die Lüge klingt wie die Wahrheit. Rücksicht kann sie keine nehmen, sie muss ihren Ruf schützen.

Sie will ihren Vater Vincent überraschen und ihn, wenn überhaupt, erst anrufen, wenn sie in Beaune die Autobahn verlassen hat und durch das Weinbaugebiet in Richtung Autun fährt.

## 3

Sprühregen fällt, kühl, aber sanft, eine Berührung, die ihn frösteln lässt und das Dach seines Volvos mit einer metallisch glänzenden Gänsehaut überzieht. Er ist eingenickt auf Bettinas Bett und fühlt sich schläfrig, der Welt seltsam entrückt. Gehört er von jetzt an zu den Aussortierten, von denen die Arbeitswelt nichts wissen will? Die Musiker, mit denen er zusammenarbeitet, werden sich kaum von ihm abwenden, aber ist er für die Jazzschule als Schlagzeuglehrer untragbar geworden? Werden alte offene Rechnungen beglichen? Seine Frau hat er endgültig vertrieben, sie will die Scheidung, wird nicht zu ihm zurückkehren, Bekannte, vielleicht auch Freunde werden sich abwenden. Als er den Motor anlässt, sieht er, dass ein toter Vogel auf der Motorhaube liegt. ›Nichts ist schlimmer als männliches Selbstmitleid‹, hat eine junge Frau in einem Fernsehfilm vor einigen Tagen zu einem älteren, von den Strapazen des Lebens schwer gezeichneten Mann gesagt. Er schaltet den Motor ab, steigt aus und wischt den toten Vogel, ein Spatz, in die linke hohle Hand, trägt ihn zu seinen sieben Birken und legt ihn sorgsam ins feuchte Gras. Der kleine Körper ist warm, das samtweiche Federkleid knistert, als er mit dem Zeigefinger darüberstreicht.

Leise zieht er die Tür zu, als wollte er unbemerkt losfahren, da fällt ihm ein, was er gedacht hat, als er Juliette

Noirot auf dem Flur zum Zimmer, in dem er Rhythmik unterrichtet, das erste Mal sah: ›Sie hat das Ohrfeigengesicht einer verwöhnten Göre, aber einen geilen Arsch.‹ Im Garten des Wohnblocks, der an ihr Grundstück grenzt, steht neuerdings ein Trampolin, darum herum liegt Plastikspielzeug in bunten Farben, Utensilien eines kinderreichen Stammes, der leider nicht weitergezogen ist. Er biegt auf die Stichstraße ein, an deren Böschung sich blassrote Blüten von Klatschmohn wiegen, da tritt ein junger Mann mit erhobenen Armen aus den Sträuchern und versperrt ihm den Weg. Schäumend vor Empörung drischt er erst mit einer gerollten Zeitung auf die Motorhaube ein, dann lässt er sie fallen und trommelt mit den Fäusten weiter. Casper macht den Motor aus, bleibt vorsichtshalber aber sitzen; der junge Mann starrt ihn hasserfüllt an, rennt um den Wagen herum, reißt die Fahrertür auf, zerrt ihn nach draußen und fängt an, auf ihn einzuprügeln. Casper taumelt erschrocken zurück, es gelingt ihm, sich wegzuducken und auf den Beinen zu bleiben.

»Lass meine Schwester in Ruhe, du Drecksau!«

Die meisten Schläge, die auf ihn einprasseln, spürt Casper nicht; einmal trifft ihn die Faust am rechten Auge, das schmerzerfüllte Quieken, das er von sich gibt, ärgert ihn, so jämmerlich klingt es, gleichzeitig stachelt es ihn an, nicht nur einzustecken, sondern zurückzuschlagen. Er trifft den jungen Mann mit der Faust am Kinn, worauf dieser zurückweicht, zwei, drei Mal nach ihm tritt, ohne zu treffen, dann dreht er sich plötzlich um, läuft weg und verschwindet zwischen den Wohnblocks. Casper lehnt schwer atmend am Wagen und betastet sein brennendes

Auge, das sich geschwollen anfühlt. Es dauert erschreckend lange, bis er wieder zu Atem kommt, es ist Jahrzehnte her, dass er sich das letzte Mal geprügelt hat, vor dem Ronnie Scott in London, mit einem älteren Mann, der überzeugt war, Casper habe mit seiner jüngeren Begleiterin geflirtet. Die Knöchel seiner rechten Faust schmerzen, er öffnet und schließt die Hand, um sicherzustellen, dass sie weder gebrochen noch verstaucht ist. Ein Schlag hat ihn offenbar am rechten Arm getroffen, er hat Mühe, ihn zu heben.

Erst als er am Steuer sitzt und sein bereits leicht zugeschwollenes Auge im Spiegel in der Sonnenblende betrachtet, wird ihm bewusst, dass er während der ganzen Auseinandersetzung kein Wort gesagt hat, nichts. Er drückt sacht mit dem Zeigefinger auf sein Augenlid, blinzelt, öffnet das Auge, drückt es zu und stellt beruhigt fest, dass sein Sehvermögen nicht beeinträchtigt ist. Er startet den Motor, da fällt ihm die Zeitung ein, die der Mann fallen ließ; er steigt aus, bückt sich danach und breitet sie auf der Motorhaube aus. Ihre Geschichte ist zwar auf der Frontseite, aber wenigstens nicht der Aufmacher:

*Schülerin und Lehrer haben Sex während Konzert an ihrer Jazzschule*

Er will die Zeitung zu Boden wischen, knüllt sie dann aber zusammen, wirft sie auf den Beifahrersitz und fährt los.

Die frühere Werkstatt seines Großvaters liegt ein Stück außerhalb von Tägerwilen in einer engen Schlucht; er hat den Wagen in den Schutz der Buchsbaumhecke gestellt, die ihn vor neugierigen Blicken verbirgt. Der Ziegelbau der Werkstatt steht unter mächtigen alten Tannen, deren Äste über das Dach kratzen; gelegentlich knallen Zapfen auf die Ziegel, als würde jemand mit Steinen werfen. Abgesehen vom Rauschen des Baches ist nicht ein Laut zu hören. Casper schließt erst den an die Werkstatt angebauten Bretterschuppen auf und tritt in den dämmrigen Raum, in dem früher die Honigschleuder des Großvaters stand, Wabenrahmen lehnten, Overall und Imkerhut mit Schutznetz am Haken hingen. Im Spaltklotz steckt eine Axt mit langem Stiel, als machte sein Großvater bloß Pause und kehrte jeden Augenblick zurück, um weiteres Feuerholz zu schlagen. Für den Geschmack seines hellen, fruchtigen Waldhonigs, der daher stammte, dass er seine Völker in einem Lärchenwald angesiedelt hatte, wurde sein Großvater weitherum gerühmt. Als Kind hat Casper sich geweigert, etwas anderes auf sein Brot zu streichen.

Gereizt von der einstündigen Fahrt spürt er Ärger in sich brodeln: Schon länger fährt er nur noch ungern Auto in diesem Land mit seinen ewig verstopften Straßen und aggressiven, gewaltbereiten Lenkerinnen und Lenkern. Seit er zum wiederholten Mal von jungen Männern angehupt, verfolgt, ausgebremst, riskant überholt, mit Fäusten bedroht und beinah von der Straße gedrängt wurde, ist er noch vorsichtiger geworden und verzichtet auf Fahrmanöver und Handzeichen, die den Hass dieser oft tätowierten Idioten provozieren könnten. Weshalb soll er sich in Gefahr bringen? Körperlichen Konfrontationen und Prügeleien ist er schon immer aus dem Weg gegangen, ist er deswegen feige? Er hat es nicht nötig, mit dem Säbel zu rasseln. Selbst nach der Prügelei mit dem Bruder von Juliette will er weiterhin daran glauben, Konflikte gewaltfrei lösen zu können, außer auf der Straße, auf der Hitzköpfe unterwegs sind, deren Selbstachtung rasch auf dem Spiel steht und die jederzeit bereit sind, sie mit einer Demonstration ihrer Kraft zurückzugewinnen. Im Rückspiegel hat er erschrocken und fasziniert festgestellt, dass sich die Haut unter dem Auge und an der Innenseite des Nasenrückens bereits pflaumenblau verfärbt; das Lid tut weh, wenn er es berührt, aber er sieht noch genauso gut wie zuvor, das Auge dürfte demnach nicht verletzt sein.

Auf der Höhe von Winterthur geriet er in einen Stau, erst wenige Kilometer vor dem Grenzübertritt Konstanz hat sich der dichte Verkehr wieder aufgelöst. Den Artikel hat er auf der Raststätte bei Frauenfeld gelesen, beobachtet von einer Reisegruppe, die sich vor einem Bus mit getönten Scheiben die Beine vertrat; mehr als die Hälfte der Frauen und Männer trug Masken, die anderen rauchten. Danach hat er die Zeitung in den Abfalleimer bei den Toilettenhäuschen gestopft. Wer mit dem Journalisten geredet hat, weiß er nicht, Juliette ziemlich sicher nicht, dafür kommt sie zu schlecht weg. Die Schuld wird weder ihm, dem Lehrer, noch ihr, seiner Schülerin, zugewiesen. Was sie getan haben, ist, da hält sich der Text nicht zurück, verwerflich, falsch und sittenwidrig, aber kein strafrechtlich relevantes Delikt, da *bisher* keine Anzeige gegen ihn erstattet worden ist. Das grobkörnige Foto, ein Standbild des Films, der im Netz kursiert, wirkt wie der Schnappschuss eines Tatorts. Wenn jemand zu erkennen ist, dann Juliette, sie hat den Kopf zur Seite gedreht und sieht in die Kamera. Von ihm ist nur eine Silhouette zu sehen, da sein Kopf mit dem schwarzen Umriss seines Körpers verschmilzt und sein Gesicht im Dunkeln liegt. Er könnte jeder Mann sein, jeder. Macht es ihn zum schlechten Menschen, weil er Schadenfreude verspürt, kein Mitleid? Ihre Namen sind glücklicherweise nicht genannt worden, die Altersangaben richtig: neunzehn und fünfundfünfzig.

Der lange Bart des Schlüssels knackt, als er ihn ins Schloss der Werkstatt schiebt und vorsichtig, um ihn nicht abzubrechen, gegen den deutlichen Widerstand umdreht. Er stößt die schwere Tür auf, langt aber zuerst in den dunklen Raum, bevor er ihn betritt, um das Licht anzumachen. Der Duft nach Holz, Leder und Maschinenfett trägt ihn unweigerlich in seine Kindheit zurück. Er hat es nicht übers Herz gebracht, die Maschinen des Großvaters abzubauen und wegzuschaffen, um die ehemalige Werkstatt wie geplant zum Tonstudio umzubauen; das obere Stockwerk in der Dachschräge, in dem der Großvater nach dem Tod seiner Frau lebte, hat Casper zu einem Wohnbereich mit Küche und Bad gemacht; da er dort auch übt, steht ein Schlagzeug zwischen Bett und Tisch. Den Traum vom Aufnahmestudio im Erdgeschoss wird er sich jetzt, da er vielleicht ohne festes Einkommen auskommen muss, so rasch wie möglich erfüllen, um Geld zu verdienen. Spinnennetze, zwischen den sieben tief hängenden Deckenlampen aufgespannt, schwingen in der Zugluft hin und her, als er die Werkstatttür hinter sich zumacht. Das Rauschen des Baches ist auch hier zu hören, doch am besten hat ihm als Kind das spitze Prasseln gefallen, mit dem die Späne aus der Schleifmaschine an die Bretterwand spritzten. Er hat nichts angerührt, nichts verändert; unter den Fenstern lehnen ausrangierte Antriebsräder aus Holz, auf der Werkbank sind Blechkanister und Dosen voller Schnur- und Lederreste, Nägel, Bolzen und Schrauben aufgereiht, dazwischen liegen Schleifsteine und andere Werkzeuge eines langen, erfüllten Arbeitslebens. Casper tritt an die Bandsäge, an die sein Großvater trotz wiederholter Warnungen der Versicherung nie ein Schutzgehäuse montiert hat, und streicht über den Lederriemen, der das Sägeblatt antreibt. Das Holz des Schwungrades sieht mürbe aus, die Kurbelwelle, die durch ein verfugtes Loch in der Wand zum Wasserrad am Bach führt, ist mit Staub bedeckt. Natürlich hat sein Großvater ihm die Maschinen, die er zum Teil selbst entwickelt und gebaut hat, bis ins Detail erklärt, aber er hat nie verstanden, wie sie funktionieren, nur, dass sie mit Wasserkraft betrieben werden. In der Klus wird das Wasser des Baches gefasst und in eine Holzrinne geleitet, aus der es über das Rad schießt, das sich in Bewegung setzt, sobald die Schaufeln und Kammern gefüllt sind. Das Treibrad hat Holzzähne, die in die Eisenzähne der kleineren Eisenräder der Maschinen greifen und sie antreiben. Am leisesten lief die Bandsäge, wenn sein Großvater einen Eimer lebender Frösche in die sich drehenden Räder schüttete, was er ihm stolz vorführte, ein effizienteres Schmiermittel gebe es nicht. Als Kind saß Casper auf einem hochbeinigen Hocker und schaute gebannt zu, wie der Großvater arbeitete, nie ohne seine blaue Stoffmütze auf dem Kopf, die er Eselsarsch nannte. ›Passt perfekt auf mein Kolzhöpfchen!‹ Sein Großvater liebte es, ihn mit verdrehten Buchstaben und Wörtern zu verwirren und zum Lachen zu bringen, Gussfänger statt Fußgänger, Landhanger statt Handlanger, Lötzinn statt Blödsinn.

Casper sieht vor sich, wie der Großvater sich fließend von Maschine zu Maschine bewegt, da einen Treibriemen richtet, dort an einer Stellschraube dreht, und plötzlich ist es, als hätte sich die Werkstatt von der Welt gelöst und sie hinter sich gelassen, ein Aussetzen der Zeit, das ihn einen Moment erschreckt. Er bleibt in der Werkstatt, bis die Erinnerungsbilder verblassen, dann steigt er über die Treppe unters Dach, räumt die Kleider, die er mitgebracht hat, in den Schrank, stapelt die Bücher und CDs auf den Tisch, öffnet einen französischen Rotwein, obwohl es früher Nachmittag ist, und legt *Tati* von Enrico Rava auf. Er trinkt den Wein nicht aus einem Glas, sondern aus der Teetasse, die seinem verstorbenen Freund This Studer gehörte, Trompeter der ersten Besetzung seiner Band Torso; Casper war dabei, als This sie auf einer Tournee von seiner späteren Frau Daniela in ihrem Töpferatelier in Ftan kaufte, in dem das fuchsbraune Licht flämischer Gemälde herrschte. Die Tasse hat die Farbe des Sommerhimmels und ist so zart, dass es ihn erstaunt, nicht durch sie hindurchsehen zu können, sie besteht aus nichts, umfasst nichts. Trinkt man Luft daraus? Ist sie nicht eher geschaffen, um Musik darauf zu spielen? Daniela hat Casper die Tasse vermacht, nachdem This in Amsterdam von einer Straßenbahn totgefahren wurde, wo er im Quintett eines befreundeten Pianisten für eine Woche im Kapitein Bird spielte.

Vorsichtig drückt er den Handballen auf das Lid des verletzten Auges, zuckt vor Schmerz zusammen, spürt die Wimpern auf der Haut, dreht das Volumen seiner CD-Anlage hoch und setzt sich ans Schlagzeug, um bei »Casa di bambola« zum dezenten Stil von Paul Motian mitzuspielen.

## 4

Severins Honda Accord steht in der Querstraße um die Ecke ihrer WG, in der er immer zuerst nach einem freien Parkplatz sucht, gegenüber der Bäckerei, die geschlossen ist, wie ein Aushang an der Tür anzeigt. Da im Kofferraum wegen einer Bassdrum, einem Schlagzeughocker und einer Snare nicht genug Platz ist, verstaut sie ihre Rollkoffer auf dem Rücksitz; auf dem Trottoir liegt eine tote Taube, teilweise verdeckt von der Tüte einer Fastfood-Kette; sie tippt den Vogel mit der Schuhspitze an, zaghaft, weil sie fürchtet, er sei vielleicht noch am Leben und hacke mit seinem Schnabel nach ihr. Sie schiebt ihn an die Bordsteinkante, bis er auf die Straße fällt. Die Tüte lässt sie liegen. Das Geräusch, mit dem die Taube in den Rinnstein klatscht, ist ihr zu ihrer Verblüffung so zuwider, dass sie aufschreit; immerhin schafft sie es, ruhig weiterzuatmen und das tote Tier nicht anzusehen. Gerne würde sie jetzt ihr Gesicht aus der Ferne sehen, als Fremde, die sie neugierig betrachtet und sich fragt, was sie wohl empfindet. Den Kopf im Nacken steht sie über der toten Taube, unfähig, sich von der Stelle zu rühren. Es riecht nach Nüssen und Brot, bestimmt befindet sich die Abluft der Backstube irgendwo in der Nähe. Sie setzt sich ans Steuer und startet den Motor, überlegt es sich anders und schaltet ihn wieder aus. Sie muss mit Arbenz reden, nicht, weil sie wissen will, wie es ihm geht, sondern um zu erfahren, was er vorhat und ob er weiß, wie Schulleiterin Flury über die Geschichte denkt. Was sagt es über sie aus, dass sie neben der Nummer ihrer Gesangslehrerin Anna nur diejenige von Arbenz, jedoch von keinem anderen Lehrer der Jazzschule gespeichert hat? Während die Verbindung aufgebaut wird, kurbelt sie das Fenster nach unten, als könnte frische Luft ihr helfen, die richtigen Worte zu finden. Arbenz meldet sich nach dem zweiten Klingeln; hat er erwartet, dass sie anruft?

»Wie geht es dir?«, fragt er.

Seine Stimme klingt belegt und unsicher; auf Severins Beifahrersitz liegt ein zerrissener Strafzettel, der Fußraum vor dem Sitz ist knöchelhoch mit Müll gefüllt.

»Schlecht. Und dir?«

»Geht so. Die Kommentare im Netz, der Artikel …«

Er lässt den Satz unbeendet, sie hört ihn atmen; rauscht im Hintergrund ein Bach oder befindet er sich an einer dicht befahrenen Straße?

»Haben sie dich entlassen?«

»Noch nicht. Ich denke, die Entscheidung hängt davon ab, wie sich die Sache entwickelt. Ob sich die Wogen glätten. Was haben wir denn schon getan?«

»Ich bin Studentin …«

»Und ich Lehrer«, fällt er ihr ins Wort, »das weiß ich auch. Und? Hab ich dich zu etwas gezwungen, das du nicht wolltest?«

»Darum geht es nicht.«

»Doch. Darum geht es. Du zeigst mich doch nicht an?«

Die Macht, die seine Frage ihr verleiht, verunsichert sie, gleichzeitig genießt sie sie aber, darum lässt sie ihn einen Augenblick zappeln, bevor sie antwortet:

»Wieso sollte ich?«

»Eben. Wollen wir uns sehen?«

Hat seine Stimme einen bettelnden Unterton oder bildet sie sich das nur ein? Er räuspert sich, sie hört, wie er atmet.

»Ist das klug?«

Sie hat nicht das Bedürfnis, Arbenz zu sehen, das Verlangen schon gar nicht. Was zwischen ihnen geschehen ist, war ein einmaliger Fehler, ein Ausrutscher.

»Klug? Ich möchte dich gerne sehen. Basta. Du?«

»Ich glaube, es ist falsch. Jetzt. Warten wir ab, wie es weitergeht.«

»Du könntest sie wissen lassen, dass ich dich zu nichts gezwungen habe.«

»Sie? Wer ist sie?«

»Die da draußen, im Netz.«

»Ich soll auf Twitter verkünden, dass wir … damit werf ich mich denen doch zum Fraß vor. Hast du nicht gelesen, was los ist? Die sehen mich nicht als Opfer …«

»Bist du doch auch nicht«, unterbricht er sie.

»… sondern als Schlampe.«

»Bist du erst recht nicht!«

»Trotzdem soll ich erklären, ich hätte den ersten Schritt gemacht?«

»Hast du doch!«

»Das seh ich anders! Und da du der Lehrer bist und ich die Studentin, hast du natürlich recht, oder was?«

»Das hab ich nicht gesagt, nein. Aber den ersten Schritt hast eindeutig du gemacht, das willst du doch nicht abstreiten?«

»Doch. Will ich.«

»Lass sie wissen, dass das, was zwischen uns passiert ist, einvernehmlich war. Dann haben wir Ruhe.«

»Du kapierst es nicht, was? Dann hast *du* Ruhe, ich bestimmt nicht.«

»Weißt du, was dein Bruder getan hat?«

»Woher kennst du meinen Bruder?«

»Er hat mir aufgelauert und ist auf mich los! Weißt du davon?«

»Er hat was?«

»Vor meinem Haus auf mich gewartet und …«

»Wann?«, unterbricht sie ihn.

»Du weißt wirklich nicht davon?«

»Das würde er nie machen«, lügt sie.

»Hat er aber.«

»Hast du zurückgeschlagen?«

»Und wenn? Zeigst du mich an oder lässt du die da draußen wissen, dass ich dich zu nichts gezwungen habe?«

Die Verzweiflung in seiner Stimme ist erbärmlich; liegt die Art und Weise, wie das, was vorgefallen ist, betrachtet wird, wirklich nur in ihrer Hand? Glaubt man Arbenz, wenn er behauptet, sie habe den ersten Schritt gemacht? Oder spielt es keine Rolle mehr, was sie aussagen, da die Meinung gebildet, das Urteil gefällt worden ist? Den Holländer traf sie damals in Narbonne Plage vor allem deshalb weiterhin heimlich, um es ihrem Bruder heimzuzahlen, auch wenn sie es ihm erst am Ende der Ferien auf der langen Rückreise in die Schweiz erzählt hat; ihre Lüge, sie habe mit Cees im Schutz eines Ruderbootes geschlafen, hat Claudio rasend gemacht und ihr eindrücklich gezeigt, wie einfach es ist, Männer auf eine falsche Fährte zu locken und sie zu manipulieren.

»Gib mir etwas Zeit, ja?«, sagt sie leise und legt auf.

Bevor sie den Motor anlässt, schreibt sie Ayse eine WhatsApp und erklärt ihr, sie fahre ins Burgund, um Abstand zu gewinnen. Ihrer Mutter wird sie nach ihrer Ankunft in Lucenay-l'Evêque schreiben. Als sie den Blinker setzt und vorsichtig ausparkt, pladdern Regentropfen aufs Autodach, die sie an Tage im Burgund erinnern, an denen sich Gewitter zwar mit finsteren Wolken und einer elektrischen Spannung in der Luft ankündigten, sie aber dennoch jedes Mal überraschten, sobald die ersten Tropfen fielen, dunkle Punkte auf den Staub des Vorplatzes sowie die Dachziegel tupften und wenn das zaghafte Getropfe innerhalb von Sekunden zu heftigen Regengüssen anschwoll, die satt rauschend niedergingen, die Welt verdunkelten, die Hitze abkühlten und in der Regel auf einen Schlag wieder aufhörten. Den Duft, der danach aus Feldern, Wiesen und Wäldern, von Straßen, Feldwegen und Dächern aufstieg, hat Juliette in einem Schulaufsatz als ihren Lieblingsgeruch beschrieben.

Als sie auf die Autobahn Richtung Basel und französische Grenze biegt, geht der Regen in leichten Niesel über und hört wenige Kilometer später ganz auf. Schwarz glänzt der Asphalt vor ihr, im Westen klart es bereits auf. Sie startet den CD-Player und dreht die Lautstärke auf, weil sie den Track nach den ersten Klängen erkennt; Severin hat ihr die erste Nummer von *Nordub* des norwegischen Trompeters Nils Petter Molvaer vorgespielt, um ihr zu zeigen, dass das bei flüchtigem Zuhören simple Schlagzeugspiel von Sly Dunbar raffiniert reduziert ist. Der federnde Groove lässt sie rasch vergessen, dass ihr der Boden unter den Füßen weggezogen wurde.

# 5

Die Wiese, auf der er seine Tai-Chi-Übungen macht, liegt in einer Senke hinter der Werkstatt, abgeschirmt vor neugierigen Blicken durch eine Reihe Eschen, die bis auf Hüfthöhe von dornigem Gestrüpp verholzt ist. Es hat aufgehört zu regnen, die Sonne ist schwach, er spürt sie als vage Ahnung des kommenden Sommers. Die Berührung des ungemähten feuchten Grases an seinen nackten Fußsohlen und Waden vertreibt den letzten Rest Müdigkeit: Er ist hellwach. Wind greift in den Wald, der sich über Hügelrücken zieht, Baumkronen werden durcheinandergestrudelt, wogen feierlich; zwischen den Stämmen herrscht das Dämmerlicht, das ihm als Kind Angst einjagte und ihm noch heute unangenehm ist. Man sieht scheinbar schärfer, als träte jeder Busch und Baum, jeder Ast und Zweig überdeutlich hervor, um auf sich aufmerksam zu machen. Casper liebt diesen Zustand der Luzidität, sein Körpergewicht schwindet, er könnte schweben, er müsste es nur versuchen. Gleichzeitig ist ihm klar, dass sich die Euphorie, die er empfindet, verflüchtigt, sobald er sein Tai Chi beendet hat; das Hochgefühl wird verfliegen, und er wird sich gnadenlos erinnern, in welchem Schlamassel er steckt. Der Kragen des weißen T-Shirts mit dem Aufdruck »Date a Drummer, we break Sticks not Hearts« ist voller Brandlöcher; Bettina hat es ihm zum fünfzigsten Geburtstag geschenkt, als er noch rauchte. Bei einem Gig hat er es nie getragen, er findet mit Weisheiten bedruckte T-Shirts daneben und hat es bereits mehrmals in den Abfall geworfen und dann wieder herausgeklaubt. Es riecht, findet er, wie nur das T-Shirt eines Schlagzeugers riechen kann, auch wenn er den Geruch nicht beschreiben könnte.

Schon auf dem kurzen Rückweg zur Werkstatt kreisen seine Gedanken um die Situation, die er sich eingebrockt hat. Wieso hat Flury ihn noch nicht zu einem klärenden Gespräch einbestellt? Ist sie etwa gar nicht an seiner Darstellung der Geschichte interessiert? Und wieso geht er davon aus, dass sie längst mit Juliette geredet hat und ihre Version kennt? Wird Juliette die Wahrheit erzählen? Offenbar ist sie überzeugt, er habe den ersten Schritt gemacht, das hat ihr kurzes Gespräch am Handy gezeigt. Juliettes Wahrheit ist nicht seine Wahrheit. In einem Podcast hat er gehört, dass bestimmte Muskelgruppen beim Lächeln nicht aktiviert werden, sobald man lügt; sie arbeiten nur, wenn echte Gefühle im Spiel sind und die Wahrheit ausgesprochen wird. Das Lächeln des Lügners ist unvollkommen und falsch, es sei denn, der Lügner glaubt an das, was er sagt. Wie oft hat er Bettina belogen, und sie hat es nicht bemerkt?

Er duscht, trinkt eine Tasse Kaffee vor der Werkstatt, dann geht er in den oberen Stock, um *Rejoice* von Tony Allen aufzulegen, dazu Schlagzeug zu spielen und hoffentlich wieder auf andere Gedanken zu kommen. Er hat die CD aus der Hülle gezogen und eben in den Player gelegt, da brummt sein Handy. Gefallen hat ihm das Signal, das eingehende Textmessages anzeigt, noch nie, doch seit einigen Tagen hasst er es regelrecht, trotzdem schafft er es nicht, das Smartphone auszuschalten. Zu groß ist die Neugier, was man ihm mitzuteilen hat. Declan hat ihm via WhatsApp die Aufnahme eines toten Vogels geschickt: der hellgelbe Bauch des Tieres, zweigeteilt durch einen schwarzen Streifen, leuchtet unnatürlich, das Bein, das starr in die Luft ragt, sieht aus wie ein verwachsenes Ästchen, das man mit bloßer Hand knicken und brechen könnte. Unter dem Bild steht:

*A yellow bird*
*With a yellow bill*
*Was perched upon*
*My windowsill*
*I lured him in*
*With a piece of bread*
*And then I smashed*
*His fucking head*

Casper liest die Zeilen ein zweites Mal und drückt auf den Knopf des CD-Players, der den Disc-Schlitten schließt. Will Declan ihm mitteilen, er habe den Vogel mit einem Stein getötet?

*Du hast ihm das Köpfchen eingeschlagen?*

Er tippt mit dem rechten Zeigefinger, was ihm mittlerweile selbst dann peinlich ist, wenn ihm keiner dabei zusieht. Das Kratzen und Scharren hinter den Brettern in der Dachschräge hat er lange nicht mehr gehört, letzten Winter war er drauf und dran, die Bretter mit dem Stemmeisen herauszubrechen, um dem Geräusch auf den

Grund zu gehen. Das Trippeln kleiner Füße und Kratzen scharfer Krallen lässt auf Marder oder Mäuse schließen, aber das Schaben und Schurren könnte auch von einem Flügel stammen, der über die Bretter streicht, wenn er entfaltet und aufgespannt wird.

*Ich töte keine finken. Lag vor haustür. Schon der zweite diese woche. The last one was a sparrow – ein spatz.*

*Und der Text? Von einem irischen Songwriter, den ich kennen müsste?*

Nach einem Abendessen in ihrem Haus hatten Declan und Casper von ihren Frauen verlangt, so viele Bücher aus Bettinas Regal wie möglich auf ihre parallel ausgestreckten Arme zu stapeln, um festzustellen, welcher der beiden betrunkenen Männer stärker war. Casper kann sich nicht erinnern, wer den lächerlichen Wettkampf gewann, jedenfalls war der Teppich in Bettinas Arbeitszimmer am Schluss von Büchern bedeckt gewesen, da sie beide die Kraft verlassen hatte und die Romanstapel zu Boden gepoltert waren.

*It's a marching cadence of the fucking u.s. army. Have a nice one und üb brav weiter, dann wird vielleicht irgendwann ein guter drummer aus dir …*

Casper legt das Handy beiseite, macht einige Dehn- und Atemübungen, dann startet er die Tony-Allen-CD, dreht die Lautstärke auf und setzt sich ans Schlagzeug. Die afrikanischen Rhythmen klingen einfacher, als sie zu spielen sind; er spielt gegen das Gefühl an, er hinke hinter dem Beat her. Schlägt er die Tiere im Dachgebälk in die Flucht oder hören sie zu? Erst im fünften Song, »Slow Bones«, hat er sich in die Musik eingefügt und spürt, was er zu tun hat, ohne darüber nachzudenken. Im siebten Track, »Obama Shuffle Strut Blues«, hebt er den Kopf und lässt vor Schreck den rechten Stick fallen: Wie lange steht sein Sohn Daniel schon mitten im Raum und hört ihm zu? Er trägt einen grauen Anzug, der perfekt sitzt, und ein schwarzes Hemd mit weißen Strichen, die aussehen, als wären sie mit Kreide gezogen. Casper springt vom Schlagzeughocker und macht die Musik aus. Gern würde er seinen Sohn umarmen, nimmt aber an, dass dafür nicht der passende Zeitpunkt ist: Sein Sohn ist entweder der Richter, der ihn als Täter anklagt, oder der Anwalt des Opfers Juliette. Aber singen die sozialen Medien mittlerweile nicht ein anderes Lied? Auf welcher Seite steht sein Kind?

»Stehst du schon lange da?«

Den Zusatz ›und hörst mir zu‹ kann Casper sich im letzten Augenblick verkneifen. Daniel wirkt gefasst und ruhig, trotzdem bringt er es nicht fertig, seinen Vater anzusehen. Seine müden Augen verraten, wie viel er als Assistenzarzt arbeitet, zu viel.

»Das hier war mal mein Lieblingsort, Pap.«

»Ich weiß.«

»Die Tür stand offen. Sperrangelweit.«

»Dann hat der Wind sie aufgedrückt.«

»Wie früher«, sagt Daniel leise.

Sein Brustbein tritt deutlich hervor, und wenn er redet oder zuhört, tippt er darauf, als hätte er chronisches

Sodbrennen, dabei macht er es aus purer Verlegenheit, hat er ihm einmal erzählt, weil er größer ist als viele und sich dafür schämt. Die Angewohnheit, betont langsam zu blinzeln, als würde er an etwas Schönes, Bedeutungsvolles denken, hat er von seiner Mutter übernommen.

»Schickt dich Bettina?«

Jetzt sieht sein Sohn ihn doch an; Daniels Mundwinkel zuckt, er verwirft die Hände und schüttelt ungläubig den Kopf.

»So viel hältst du also von ihr. Oder von mir. Erbärmlich.«

»Kaffee? Ein Bier?«

»Was ist mit deinem Auge?«

Klingt Daniels Stimme wie die eines Sohnes oder eines Arztes, der nur aus professionellem Interesse fragt? Casper macht eine wegwerfende Handbewegung, kann es aber nicht lassen, die Schwellung mit der anderen Hand zu betasten.

»Verlierst du die Stelle?«

»Kann sein.«

»Und dann?«

»Dann seh ich weiter. Noch ist es nicht so weit.«

Zu akzeptieren, dass Eltern wenig bis keinen Einfluss auf den Charakter ihrer Kinder haben, ist ihm immer leichter gefallen als Bettina. Wie ist es möglich, hat sie sich gewundert, dass zwei Freigeister wie sie einen so konventionellen, karrierebewussten, angepassten und leider auch etwas langweiligen, jedoch grundehrlichen, freundlichen und warmherzigen Menschen gezeugt haben? Leicht aus der Reserve zu locken ist Daniel nicht, auch als Kind oder Teenager verlor er selten die Beherrschung; die Farbe, die in seine Wangen steigt, und die Ader, die am Hals pulsiert, verraten, er ist außer sich.

»Es gibt nur noch links und rechts, Pap, das ist dir hoffentlich bewusst. Dazwischen ist Ödland.«

Ist sein Sohn hierher in die Ostschweiz gefahren, um ihm Lebenstipps zu geben? Hat Casper früher so mit Daniel geredet? Ist Casper im Begriff, zum Kind seines Kindes zu werden?

»Links und rechts, aha. Und auf welcher Seite stehst du, Daniel?«

»Auf deiner natürlich. Obwohl …«

Er lässt den Satz unvollendet, tritt ans Schlagzeug, nimmt den Stock, der auf dem Snare liegt, legt ihn aber wieder hin, ohne auf die Trommel zu schlagen.

»Ich versteh selber nicht, was mich dazu getrieben hat.«

»Blödsinn, Pap! Das verstehst du ganz genau. Dein Schwanz!«

Der Blick seines Sohnes ist hart, nicht kalt, aber hart. Casper spürt keine Wut, er ist enttäuscht. Dass er einen Fehler begangen hat, weiß er selber.

»Ist es ein Verbrechen, sich verzaubern zu lassen?«

»Verzaubern? Spinnst du, Pap? Du hast sie gefickt! Verzaubert.«

»Wie redest du eigentlich mit mir?«

»Kennst du sie schon lange?«

»Kennen, was heißt kennen? Sie ist nicht mal wirklich meine Schülerin.«

»Hast du dich außerhalb der Schule mit ihr getroffen? Ja oder nein?«

»Ist dir eigentlich bewusst, wie du dich aufführst? Das ist kein Gespräch, das ist ein Verhör!«

»Hast du dich schon vor der Nacht mit ihr getroffen?«
»Ein, zwei Mal. Zufällig.«
»Also hast du sie nicht bloß das eine Mal gevögelt. Du hast eine Affäre mit ihr.«
»Affäre! Schwachsinn, verdammter!«
»Und wieso soll ich dir glauben?«
»Weil ich dein Vater bin!«
»Und Väter lügen nicht, oder was?«
»Wer ohne Begier ist, der werfe den ersten Stein, Daniel.«
»Das ist jetzt aber nicht dein Ernst? Mit Sätzen wie diesen schaufelst du dir dein eigenes Grab, das ist dir klar?«
»Das haben andere längst ausgehoben!«
»Tut es dir wenigstens leid?«
»Das nützt auch nichts, Daniel.«
Casper bemerkt die plötzliche Anspannung in der Schulter seines Sohnes; er kann Gefühle schlecht verbergen.
»Ma würde es helfen!«
»Das glaubst du doch selber nicht. Aber ja, es tut mir tatsächlich leid. Ich hab einen Fehler gemacht. Ich bin ein Arschloch. Geht's dir jetzt besser?«
»Das ist nicht der Punkt, Pap!«
Casper setzt sich wieder an sein Schlagzeug, er hat keine Lust auf dieses Gespräch, auf die Vorwürfe seines Kindes.
»Du weißt, was man über Journalisten sagt, die an einen Ort reisen, den sie nicht kennen? Der, der eine Woche an diesem fremden Ort bleibt, fährt wieder nach Hause und schreibt ein Buch darüber. Der, der einen Monat bleibt, schreibt eine Zeitungsreportage, in der es von Wenn und

Aber und Andererseits wimmelt. Der, der ein Jahr bleibt, schreibt gar nichts. Kein Wort.«

»Was willst du damit sagen, Pap?«

»Das musst du selber herausfinden, Daniel. Was hältst du übrigens von dem Virus aus China? Du als Arzt?«

»Covid-19 wird uns noch lange beschäftigen.«

»Also ist es gefährlich. Sind die Maßnahmen nicht übertrieben? Grenzen schließen!«

»Es ist gefährlich, ja. Und ich halte die Maßnahmen für richtig.«

»Trägst du eine Maske?«

Daniel nickt und tippt gleichzeitig mit den Knöcheln auf sein Brustbein; er wirkt nicht länger erschöpft und überarbeitet, sondern resigniert. Hat er es aufgegeben, seinen Vater verstehen zu wollen? Hat er ihn denn je verstanden? Und weiß Casper, wer sein Sohn ist? Hat er sich je wirklich für ihn interessiert?

»Was hast du jetzt vor?«

»Und du?«, gibt Casper zurück, trotzig und kindisch wie ein Teenager, der seinen Vater vor den Kopf stoßen will.

»Vergiss es, Pap! Pass auf dich auf.«

Daniel dreht sich um und poltert die Treppe hinunter, ohne Casper die Chance zu geben, etwas zu sagen. Gleich darauf wird die Werkstatttür zugeknallt. Casper wäscht sich das Gesicht mit kaltem Wasser, genießt die Tropfen, die in den Kragen seines T-Shirts und über Hals, Rücken und Brust rinnen; er tritt ans Fenster und sieht das Dach eines silbernen Autos zwischen den Blättern vorbeischießen, sein Sohn auf dem Weg zum Autobahnzubringer. Erfolglos versucht er, sich Wort für Wort an das Gespräch zu erinnern, das doch gerade eben erst stattgefunden hat. Steht Daniel wirklich auf seiner Seite? Casper verlangt nicht, dass sein Sohn ihn versteht, trotzdem soll er seine Partei ergreifen. Wie würde er sich im umgekehrten Fall verhalten, würde er zu seinem Sohn stehen? Vater und Sohn, welch kompliziertes und komplexes Gespann, belastet von Missverständnissen, Vorwürfen, falschen Erwartungen, Ansprüchen, Projektionen und Verletzungen.

Die Regenrinne, im November notdürftig mit Draht befestigt, knirscht und dengelt in den Schlägen des Windes; nie hätte er gedacht, dass ihm das Geräusch eines Tages gefallen könnte. Die Nylonschnur, an der er im Garten die Wäsche zum Trocknen aufhängt, strafft sich auf einen Schlag, Wassertropfen schnellen in die Höhe, Diamanten, die sich sekundenschnell in Luft auflösen. Am Himmel ziehen Vogelschwärme, große Verbände, ohne einen Ton Richtung Bodensee; in der sanft abfallenden Wiese, die an sein Grundstück grenzt, drängt sich eine Handvoll Kühe um einen Wassertrog. Es gab eine Zeit, da las Bettina ihm aus Romanen vor, wohl um ihn doch noch zum Leser zu machen. Aus welchem Buch die Szene stammt, an die ihn die in der Dämmerung versinkende Wiese mit den trinkenden Tieren erinnert, weiß er nicht. Beschrieben wurden Kühe, die auf einer abgelegenen Bergstraße das Salz vom Asphalt lecken, das ausgestreut worden ist, um das Eis zu schmelzen. In Gedanken sieht er die schweren Leiber der beschriebenen Kühe vor sich, die in der Kälte dampfen, ihre samtweichen Schnauzen, die großen traurigen Augen, die ihn unter dichten Wimpern besonnen mustern. Ein Bild des Friedens, das ihn gleichwohl beunruhigt: Hat er das falsche Leben geführt? Die Konturen der einzelnen Bäume verblassen bereits, der ferne Wald wird zum blauen Raum, zur unerforschten, von den Menschen nicht vermessenen ungezähmten Wildnis, in welcher er spurlos verschwinden könnte.

## 6

Hinter Besançon löst sich der dichte Verkehr endlich auf und es wird einfacher, die Lastwagen zu überholen, die oftmals in Konvois mit sieben, acht Lastern unterwegs sind und sich seelenruhig gegenseitig überholen, obwohl sie dabei minutenlang die Überholspur blockieren. Juliette kann es nicht erwarten, in Beaune von der Autobahn abzufahren; schon als Kind kam ihr die Strecke zwischen Besançon und Beaune endlos lang vor, wogegen ihr die letzten Kilometer mitten durch das Weinanbaugebiet wie eine Fahrt durch magisches Zauberland erschien.

Kurz vor halb vier biegt sie von der Autobahn ab, zahlt an der Gare de Péage und fährt dann auf der Landstraße Richtung Monthelie. Getrieben vom Wunsch, ihr Kindheitsparadies so schnell wie möglich zu erreichen, hat sie nur angehalten, um vor Basel an einer Raststätte zu tanken, und sich oft nicht an die Geschwindigkeitsbegrenzung gehalten. Jetzt, wenige Kilometer vor dem Ziel, hat sie plötzlich alle Zeit der Welt. In den engen Gassen von La Rochepot drängen sich sogar jetzt im März Touristen, von denen die meisten Masken tragen, vor den Bistros mit den malerischen Lauben parken Reisebusse. Auf der Geraden, die, an beiden Seiten von Bäumen gesäumt entlang der Häuserzeilen sanft abfallend in den Dorfkern von Nolay führt, beschließt sie, im Café de France einen

Croque Monsieur zu essen, wie es bei Burgundreisen mit ihren Eltern zum Ritual geworden war: Sogar bei regnerischem Wetter hatten sie sich vor dem Lokal an einen der wenigen Blechtische unter der Stoffmarkise gesetzt, die fast auf der in engen Kurven durch den Ort verlaufenden Straße stehen.

Sie parkt Severins Honda auf dem kleinen Parkplatz vor der Apotheke und nimmt ihr Smartphone in die Hand, um ihrem Vater ihre Ankunft mit einer WhatsApp anzukündigen; sie will ihn weder überfallen noch will sie so kurz vor ihrem Wiedersehen mit ihm reden und sich erklären.

*Je viens te rendre visite papi dans environ une heure en effet je suis déja à nolay a bientôt bisou*

Sobald sie die WhatsApp losgeschickt hat, schaltet sie ihr Handy aus und wirft es auf den Beifahrersitz; sie darf ihre Accounts jetzt auf keinen Fall checken. Rasch geht sie zum Café de France hinab und bestellt an der Bar einen Croque Monsieur und einen Café au lait. Wann hat sie sich zum letzten Mal ohne Smartphone in einem öffentlichen Raum aufgehalten und nicht das Bedürfnis verspürt, mitzuteilen, wo sie sich befindet und was sie Aufregendes erlebt? Im Fernseher hinter der Bar ist ein Mann zu sehen, der von Ziegen umringt auf einem sonnenverbrannten Feld steht und in den wolkenlosen Himmel zeigt. An ihre Lieblingsziege Miarka denkt sie sonst nie, jetzt erinnert sie sich an ihre erste Begegnung am Ende der Weide hinter dem Kuhstall ihres Onkels, die durch einen Zaun vom Bois de Séria abgetrennt war.

Die weiße Ziege kam schnurstracks auf sie zugelaufen, als hätte sie sie erwartet; ihren kühlen Blick starr auf sie gerichtet, drängte sie ihren schmalen harten Kopf gegen sie und stupste sie mit ihrer Nase an, als wollte sie sie von ihrem Feld vertreiben. Der scharfe Geruch, den Miarka verströmte, stieg ihr noch Wochen später in die Nase, wann immer sie an sie dachte. Auf die Idee, die Ziege könnte Hunger oder Durst haben, hat sie ihr Onkel damals erst beim Abendessen gebracht, offenbar hatte er sie beobachtet. Von da an war sie so häufig wie möglich auf der Weide gewesen, nach und nach gewöhnten sie sich aneinander, und irgendwann folgte ihr die Ziege auf Schritt und Tritt. Was aus Miarka geworden ist, weiß Juliette nicht, als Teenager hat sie plötzlich das Interesse an ihr verloren und sich nicht mehr um sie gekümmert; sie stinkt, fand sie von einem Tag auf den anderen, und die quer stehenden Pupillen, die sie keck und interessiert musterten, machten ihr Angst.

Sie setzt sich an den einzigen freien Tisch draußen und isst den Croque Monsieur wie früher mit den Fingern, obwohl sie es nicht mag, wenn das Öl über ihre Finger und Handkanten rinnt. Die Lastwagen, die aus Richtung Autun durch Nolay fahren, holen in der engen Kurve vor dem Café de France so weit aus, dass ihre Kühlerhauben gefährlich nah an den Gästen vorbeischwenken. Die Geruchsmischung aus Diesel, Kaffee und geschmolzenem Käse löst Wehmut in ihr aus, gleichzeitig gibt sie ihr das Gefühl, angekommen zu sein. Hat sie die vergangenen Jahre am falschen Ort gelebt? Sie trägt Teller und Kaffeetasse an den Bartresen, zahlt und wäscht sich im Bad die Hände.

Das Smartphone schaltet sie nicht ein, bevor sie weiterfährt, auch nicht, um zu sehen, ob ihr Vater ihre WhatsApp gelesen und beantwortet hat. Die Verbindung hier in Nolay ist ohnehin schlecht, das weiß sie von ihrem letzten Besuch. Sie denkt an die Panik, mit der Sebastian und sie in dem Ferienhaus in Kalabrien, in dem sie im vergangenen Herbst die Ferien verbracht haben, vergeblich nach einem WLAN-Signal suchten und gegen die Verzweiflung ankämpften, die die Vorstellung auslöste, sieben Tage ohne Netz existieren zu müssen.

Vierzig Minuten später biegt Juliette am Dorfausgang von La Dree auf die N26; ihr Vater hat ihr die Abkürzung gezeigt, mit der man Autun mit seinen Einbahnstraßen umfährt und über Igornay nach Lucenay-l'Evêque gelangt. Sie lässt sich Zeit, fährt so langsam, dass sie immer wieder überholt wird; Musik hört sie schon seit Beaune keine mehr. Der Himmel ist klar, nur über den Hügelzügen des Morvan im Nordwesten stauen sich Wolken, die später vielleicht abregnen. Bevor sie in Les Planches nach rechts biegt, hält sie in einer Haltebucht und macht den Motor aus: Jetzt muss sie wissen, ob ihr Vater geantwortet hat und sie erwartet. Sie schaltet das Smartphone ein, das Signal ist perfekt, aber er hat sich nicht bei ihr gemeldet. Wo soll sie schlafen, wenn er nicht da ist? In Autun? Das Hotel in Maux-en Morvan öffnet bestimmt erst im Juli. War es unvorsichtig, ihren Besuch nicht anzukündigen, bevor sie in der Schweiz losgefahren ist? Zur Sicherheit schaltet sie das Handy aus und nach einer Weile wieder ein und vergewissert sich, dass es funktioniert. Keine Nachricht von ihrem Vater. Soll sie die elf neuen WhatsApp lesen, die seit ihrer Abfahrt eingegangen sind, ihre Twitter- und Instagram-Accounts checken? Sie spürt, wie sich eine namenlose Furcht in ihr ausbreitet, ein Gift, das natürlich nichts mit dem Schweigen ihres Vaters zu tun hat. Die Angst gründet in etwas Grundlegenderem, Umfassenderem, so viel weiß sie. Sie hat ihre Existenz aufs Spiel gesetzt, indem sie mit Arbenz Sex hatte, ihren Ruf. Ihre Hände zittern, und ihr ist schwindlig. Eine Tür ist geöffnet worden, nun strömt etwas Finsteres und Gefährliches in ihr Reich, das eben noch mit freundlichem, hellem Licht erfüllt war. Sie spürt einen kalten Hauch, und es dauert eine Weile, bis sie weiterfahren kann.

Weich liegt die Abendsonne auf den bewaldeten Hügelzügen, zwischen den Stämmen ist es bereits dunkel, Felder und Wiesen liegen dagegen noch im Licht. Juliette hat sich vorgenommen, am Onkelhaus mit den blauen Läden vorbeizufahren, ohne es zu beachten, aber sie hält schon Ausschau danach, bevor es von der Landstraße aus überhaupt zu sehen ist; sie tippt auf die Bremse und biegt sogar auf die Straße nach Sommant ab, die am Haus vorbeiführt. Die Läden sind nicht mehr blau, sondern rot, der neue Besitzer, ein Rechtsanwalt aus Paris, wie sie von ihrem Vater weiß, hat das Efeu entfernt, das die Südfassade des Hauses bedeckte, und das Dach mit roten Tonziegeln gedeckt, die aufdringlich leuchten. Der Stall wurde in ein Wohnhaus mit Terrasse umgewandelt, wohl für Gäste, die Ziegenweide in einen Blumengarten, der gepflegt wirkt; bestimmt hat der Rechtsanwalt einen Gärtner, der sich darum kümmert. Sie fährt auf der Steinbrücke über den Ternin und folgt der Feldstraße, die der Flanke des Bois de Séria entlang zum Weiler Glux führt, dessen Namen sie schon als Kind geliebt hat. Dort wendet sie und fährt langsam nach Usseau zurück und am Onkelhaus vorbei. Plötzlich ist sie todmüde; hoffentlich ist Zimmer 11 unter dem Dach im Hotel ihres Vaters frei, zwar ist es eng, dafür gehen seine Fenster auf den Ternin hinaus, der in einem sanften Bogen am Grundstück vorbeifließt und an der Stelle fast wie ein Fluss wirkt.

Sobald sie Lucenay-l'Evêque erreicht, fährt sie noch gemächlicher; die Straßen sind menschenleer, der Ort wirkt ausgestorben, verlassen. Das Chambre et table d'hôtes La Roseraie der Niederländer, deren Küche nicht nur von holländischen Gästen, sondern auch von Einheimischen gelobt wird, hat geöffnet. Zur Not könnte sie vielleicht hier unterkommen. Vor dem Le Bistrot sitzt ein einzelner Gast, der das Rotweinglas zum Gruß hebt und ihr zunickt.

Sie fährt am La Belle Etoile ihres Vaters vorbei, das Hotel wirkt verlassen und leer, obwohl im Querflügel der oberen Etage, in der sich sieben der zwölf Gästezimmer befinden, mehrere Fenster weit offen stehen. Am Ende des Dorfes wendet sie, lässt einen Traktor mit Anhänger passieren, fährt zurück und parkt vor dem zweiflügeligen Eisentor, an dem ein beschriftetes Schild hängt:

*Fermé jusqu'au Dimanche, le 15. Mars*

Dass ihr Vater für länger als einige Stunden wegfährt und das Hotel mit offenen Fenstern zurücklässt, kann sie sich nicht vorstellen. Falls er nicht da ist, wird er bald zurückkehren – sein Haus öffnet morgen. Sie hängt das Schild ab, stößt das Tor auf, arretiert beide Flügel, lehnt das Schild an den linken Pfeiler, der von der Straße aus gut zu sehen ist, und fährt auf den bekiesten Vorplatz. Das Gras der Wiese, auf der bei schönem Wetter Tische für Frühstück und Abendessen gedeckt sind, ist ebenso geschnitten wie die Hecke, die den Kräuter- und Gemüsegarten von dem Bereich abtrennt, der für Gäste zugänglich ist. Ihr Vater hat die Fassaden weiß gestrichen, das Mintgrün, mit dem er die Fensterläden lackiert hat, haben sie gemeinsam ausgewählt. Die Gardinen der Restaurantscheiben sind vorgezogen, die Jalousien der Küchenfenster heruntergelassen. Im Fenster des Büros neben der Réception ist der Vorhang offen; Juliette tritt an die Scheibe, die Hände als Sichtschutz ans Glas gelegt, und späht in den schlauchartigen Raum, in dem ihr Vater gern sitzt. Die gerahmte Schwarz-Weiß-Fotografie von Juliette Gréco über seinem Schreibtisch hing in der Schweiz im Wohnzimmer. Der Tisch ist aufgeräumt, neben einem roten Bleistift mit zerkautem Ende liegen einzig eine Agenda und ein Schreibblock darauf; in einem Regal sind CDs eingereiht, am Boden stapeln sich Prospekte. Wie oft hat sie ihren Vater dabei beobachtet, wie er gedankenverloren auf einem Bleistift herumkaute! Den Geruch des Büros liebt sie, es ist der Geruch ihres Vaters, den sie überall erkennen würde. Wird er verstehen, was sie getan hat, oder wird er sie ebenfalls verurteilen? Sie muss sich von der Scheibe losreißen, überzeugt davon, sie brauche nur lange genug in den Raum zu sehen, dann erscheine ihr Vater in der Tür, setze sich an seinen Tisch, nehme den Bleistift zur Hand, denke nach, hebe plötzlich den Kopf, schaue sie irritiert an, bis er sie erkenne und begeistert auf die Beine springe …

Die Kinder der Hotelgäste lieben es, auf dem ausgedienten Traktorreifen mit den klobigen Stollen zu schaukeln, den ihr Vater an einem Seil in den Nussbaum gehängt hat; die Hollywoodschaukel hat er so aufgestellt, dass die Eltern ihre Kinder im Auge behalten können, während sie einen Digestif trinken, sacht schaukeln und bewundern, wie die untergehende Sonne die Baumwipfel des Bois de Séria für wenige Minuten entflammt und plötzlich in die Dunkelheit sinken lässt. Das Gras ist feucht, an der Hecke lehnt ein Rechen mit blitzenden Eisenzinken. Im ersten Sommer hier im Burgund trennte ihr Vater sich die Kuppe des linken Daumens ab, als er unter den Rasenmäher langte, um ein abgebrochenes Rohr zu entfernen, das in der Wiese steckte, und mit der Hand in die Messer geriet. Juliette setzt sich auf die Hollywoodschaukel, schlüpft aus den Schuhen, zieht die Füße unter sich und schaukelt zaghaft hin und her. Irgendwo möhnt eine Motorsäge, sie hört, wie die Zahnkette in Holz greift, der Motor aufjault und abstirbt. Kühe brüllen, wollen gemolken werden, es ist deutlich kühler geworden. Warm liegt das Smartphone in ihrer Hand, sie macht ein Foto des Rechens, auf dem die Zinken wie Zähne aussehen, aber statt es zu posten, löscht sie es. Ihr ist kalt, sie holt die Wolljacke aus ihrem Koffer, die Sebastian ihr in Mailand gekauft hat, und legt sich so auf die Hollywoodschaukel, dass sie den finsteren Wald am anderen Ufer im Blick hat. Das Windspiel aus verschiedenen langen Bambusrohren entdeckt sie erst, als der Wind hineingreift und es zum Klingeln bringt; bei ihrem letzten Besuch hing es noch nicht in der Birke neben der Schaukel. Die Augen fallen ihr immer wieder zu, sie gibt nach und lässt los, hört die Geräusche des Ortes bald abgedämpft aus weiter Ferne, sieht erstaunt, als sie nach einer Weile erneut hochschreckt, dass die Dämmerung die Hälfte des Gartens bereits in die Nacht geholt hat, ist auf einmal hoch über Garten, Hotel und Dorf, hoch über Wald, Bach, Feldern und Wiesen, hoch über der Schaukel, auf der sie liegt. Träumt sie? Wind raschelt in den Blättern, macht das Windspiel zum Instrument.

Das Auto, das zwei Stunden später durchs Tor fährt und neben Severins Honda parkt, mittlerweile ist es nahezu dunkel und empfindlich kühl, hört sie ebenso wenig wie das Knirschen des Kieses oder das Zischeln des Grases, verursacht von den Schritten ihres Vaters, der auf sie zukommt, schweigend, weil er sieht, sie schläft. In ihrem Zimmer unter dem Dach wird sie sich später fragen, wie lange er wohl in der Dunkelheit gestanden und ihr beim Schlafen zugesehen hat, eine brennende Zigarette im Mund, bevor er sich lächelnd über sie beugte und mit seiner Stimme in die Welt holte:

»Là elle est couchée, ma petite fille, et dort le sommeil bienheureux des innocents.«

# *Donnerstag, 23. September*

Juliette Gréco: La Femme
Daphné: My Lover
Zaz: Eblouie par la nuit
Carmen Maria Vega: Monsieur
Camélia Jordana: Ce qui nous lie est lá
Sudan Archives: Come Meh Way
Joni Mitchell: The Hissing of Summer Lawns

Juliette Gréco: Gréco chant Brel
Billy Cobham: Spectrum
Manu Katché: Neighbourhood
Makaya McCraven: Universal Beings
Tony Allen: The Source
David Bowie: Black Star

# I

Er unterbricht die Arbeit an der Rohmischung der Tracks der Band Four Acres But No Horse, formiert aus Lehrern und Schülern der Jazzschule, die sie in den letzten Tagen eingespielt haben. Am Nachmittag erwartet er Hisham, einen Schüler der Jazzschule, der in der Band Piano spielt, um einzelne Passagen allein neu einzuspielen, mit denen Casper nicht zufrieden ist. Seit er ein zurückgezogenes Leben führt, hat er den Drang zu erfahren, was auf der Welt vor sich geht, und hört sich mehrmals am Tag auf einem analogen Radiosender die Nachrichten an, besorgt, aber sonderbar berauscht von den meist tragischen Meldungen. Natürlich hält er sich auch auf dem Laufenden, weil er wissen will, wie sich das Coronavirus entwickelt und ob die Sicherheit, in der sich seit dem Sommer viele wähnen, trügerisch ist und die befürchtete zweite Welle bevorsteht. Von Newsportalen im Internet hält er sich fern, seine Instagram- und Facebook-Accounts hat er seit Monaten nicht geöffnet, Printmedien liest er nur, wenn er gelegentlich mit dem Mountainbike über den Uferweg nach Konstanz fährt und in der Altstadt einen Kaffee trinkt oder eine Kleinigkeit isst. Aus dem Radio hat er erfahren, dass Donald Trump, eineinhalb Monate vor der Wahl, den amerikanischen Schulunterricht patriotischer machen will, die LGBT-Gemeinde Harry-Potter-Autorin Joanne K. Rowling niedermacht, weil in ihrem Krimi ein Mann der Mörder ist, der sich als Frau verkleidet, junge Menschen, die sich an der Klimademonstration in Bern an Zäune und Masten ketten, von Polizisten mit Trennscheiben freigesägt werden, über vierhundert Langflossen-Grindwale, die in einer Bucht in Tasmanien stranden, in der Not verzweifelt nach ihren Artgenossen rufen, während sie verenden, Italien die Schweiz zum Corona-Risikogebiet erklärt, das Virus in den USA, Indien, Brasilien, Russland, Mexiko, Spanien und Frankreich weiter wütet und Israel einen zweiten Lockdown beschlossen hat. Seine Sehnsucht nach Schreckensmeldungen beschämt ihn, und er fragt sich, ob seine Neugier das Verlangen nach Selbstbestrafung ist? Von Juliette hat er seit ihrem Telefongespräch im März nichts gehört; er denkt selten an sie und hat sich damit abgefunden, wie grundlegend sich sein Leben durch die Geschichte mit ihr verändert hat. Das Verhältnis zu Bettina hat sich entspannt; in der ersten Zeit nach ihrem Auszug und seiner Flucht in die Ostschweiz sind sie sich konsequent aus dem Weg gegangen, und wenn sie telefoniert haben, was selten vorkam, machten sie sich Vorwürfe, wurden laut, ungerecht. Mittlerweile gehen sie zivilisiert miteinander um; der Scheidungstermin steht fest, die Vereinbarung ist unterzeichnet, ihr Haus im August an ein junges Paar mit Labrador verkauft worden. Hat Casper sich mit seinem Sohn Daniel versöhnt? Dreimal haben sie sich seit März gesehen, einmal aßen sie zusammen in der Krone in Gottlieben am Ufer des Rheins, tranken Kaffee in der Zürcher Altstadt und machten einen Spaziergang im Tösstal. Sie reden wieder miteinander, doch die Stimmung zwischen ihnen ist angespannt, der Blick seines

Sohnes misstrauisch. Versteht er wirklich nicht, wie sein Vater wie ein Einsiedler in einer umgebauten Werkstatt inmitten von Feldern und Wiesen leben kann, zwischen zwei gottverlassenen Dörfern am Rand der Schweiz? Er hat die Würde bewahrt, ist das etwa nicht das Wichtigste? Die Vorstellung, dass sein Sohn das anders sieht, verletzt ihn. Daniel ist am Kantonsspital Aarau zum Chefarzt befördert worden und redet davon, nun endlich heiraten zu können, jetzt, da er finanziell auf sicheren Beinen steht und für eine Familie sorgen kann. Wird Casper bald Großvater?

Von dem Stapel Bücher, die Casper sich aus Bettinas Zimmer geliehen hat, hat er nur *Museum des Hasses* von Jürg Federspiel gelesen, das er ebenfalls aus der Hand legen wollte, als er auf Seite 15 auf die Passage stieß, in der ein Fremder an der New Yorker Wohnungstür des Protagonisten klingelt, sich als Paratuga junior vorstellt und unmissverständlich bittet: »Würden sie die Freundlichkeit haben und ihre Träume etwas drosseln. Bild und Ton, wenn ich bitten darf.« Die lose, fragmentierte Struktur des Buches lädt dazu ein, es immer wieder an anderen Stellen aufzuschlagen, nicht chronologisch zu lesen, sondern frei, als höre man Freejazz. Federspiels Buch hat er behalten, die anderen hat er Bettina zurückgegeben.

Er stößt die Studioglastür zum Garten auf, schaltet das Radio ein und tritt mit This' Tasse auf die morgenfeuchte Wiese hinaus. Wenn er in der Nähe des Hauses bleibt, kann er die Nachrichten hören, Kaffee trinken und gleichzeitig zusehen, wie Kühe auf der angrenzenden Weide grasen, sich gegenseitig beschnüffeln oder mit selig geschlossenen Augen an Zaunpfählen reiben. Die

Meldung, die ihn heute am meisten trifft, wird am Ende der Acht-Uhr-Nachrichten gesendet: Die französische Sängerin Juliette Gréco ist in Saint-Tropez im Alter von dreiundneunzig Jahren gestorben. Es gab eine Phase in seinem Leben, nach Abschluss der Lehre zum Tiefdruckretuscheur und in der ersten Zeit als Student an der Swiss Jazz School in Bern, da war er süchtig nach ihrer Stimme, ihrem Timbre. Zu gerne würde er sich jetzt gleich eine ihrer Singles anhören, die er immer noch besitzt, aber die Arbeit an der Rohmischung ruft; er nimmt sich vor, ihre LP *Gréco chant Brel* gleich nach Feierabend aufzulegen und in Erinnerungen zu schwelgen.

Den ganzen Frühling und Sommer über ist er früh aufgestanden, hat um spätestens halb sechs eine Stunde Tai-Chi-Übungen auf der Wiese in der Senke gemacht, auch wenn es regnete, ist dann mit dem Mountainbike an den Rhein gefahren und im Untersee geschwommen, bis ihm Arme und Beine schmerzten. Er liebt es, ins flaschengrüne Wasser zu springen und in einem Tunnel aus Bläschen in das trübe Dunkel hinabzusinken, hinter sich die moosbewachsenen Stützpfeiler des Sprungturms, bis er den weichen, schlammigen Grund mit den Zehenspitzen berührt, in die Knie geht, sich kräftig abstößt und als Kork in die Höhe schießt, der gleißenden Oberfläche entgegen, zurück ins Licht, hinaus in die Welt, in der Menschen reden, Bäume knarren, Hunde bellen, Kinder kreischen und Frisbees von da nach dort segeln. Nach dem Schwimmen hat er jeden Tag im Garten unter dem Sonnensegel Kaffee aus This' Tasse getrunken, einen Apfel, eine Kiwi und zwei Scheiben Brot gegessen, großzügig mit Nutella bestrichen, ausgiebig heiß geduscht und bis spät in die Nacht im Tonstudio gearbeitet, das er im Erdgeschoss der Werkstatt einrichten ließ. Die Maschinen seines Großvaters hat er demontiert, in gepolsterte Holzkisten verpackt und in einer Lagerhalle in Frauenfeld eingestellt; sie zu verschrotten bringt er nicht übers Herz.

In den über sechs Monaten, die er jetzt in der Ostschweiz lebt, hat er elf tote Vögel gefunden, Blaumeisen, Spatzen und Kohlmeisen, den letzten, eine magere Blaumeise, vor einigen Tagen direkt vor der Haustür. Zwar berichteten die Medien darüber, vermuteten diverse Vogelkrankheiten, die Taubenpest, Pestizide oder Ackergifte als mögliche Ursache, verloren aber rasch das Interesse und konzentrierten sich wieder auf das Coronavirus. Begraben hat er die Vogelkadaver am Rand seines Grundstücks unter einem Fliederbusch, dessen blassrote duftende Fruchtstände in der Dämmerung leuchten wie kleine Fackeln. Nachdem er den dritten Vogel begraben hatte, saß, aufgetaucht aus dem Nichts, eine Katze unter dem Flieder, ein kalkhell getigertes Tier mit luchsähnlichen Ohren, das seither jeden Tag vor seinem Haus sitzt und ihn zu beobachten scheint, sich aber weder anfassen noch füttern lässt und immer erst die Flucht ergreift, wenn er sich ihr bis auf Armlänge genähert hat.

Seit die Tage kürzer und die Nächte länger sind, schläft er länger, steht aber immer noch zeitiger auf als in seinem früheren Leben, das Jahre zurückzuliegen scheint. Tai Chi praktiziert er weiterhin im Freien, aber er hat aufgehört zu schwimmen; kaltes Wasser hat er schon als Kind verabscheut. Er fühlt sich gelassen und ausgeglichen, gleichzeitig voller Tatendrang. Sein Studio hat sich in kurzer Zeit zum angesagten Ort für unterschiedlichste Musiker und Bands entwickelt, sicherlich auch, weil wegen Corona alle Gigs abgesagt wurden: Es ist bis nächsten Sommer ausgebucht. Seine Freistellung von der Jazzschule wurde nach nur drei Wochen aufgehoben, da ihm das Unterrichten mit Homeschooling aber nicht liegt, hat er bald darauf gekündigt, ohne sich um die entrüsteten Proteste von Schulleiterin Flury zu kümmern. Weder das Unterrichten noch die Schüler fehlen ihm, im Gegenteil, er fühlt sich von einer Last befreit, ohnehin hat er nie daran geglaubt, das Wichtigste beim Schlagzeugspielen lasse sich lehren oder erlernen: Seele. Man hat sie oder man hat sie nicht. Oft lassen ihn gerade die technisch versiertesten Drummer kalt und bestätigen Miles Davis'-Motto »Die wichtigsten Noten sind die, die du nicht spielst.«

Ein heftiger Windstoß hebt das Sonnensegel in die Höhe, bläht es zum Ballon, bis es sich nach einer Weile mit leisem Rauschen wieder senkt, als wäre ihm die Luft abgelassen worden. Der Sommer ist vorbei, es riecht nach Herbst, auch wenn es noch immer ungewöhnlich warm ist. Wolken schieben sich vor die Sonne und verdunkeln die große Studioscheibe. Wind greift in Äste, zeigt silbrige Blätterunterseiten, als entblöße er die Bäume. ›Erzwingen kannst du Gnade nicht,‹ hat Bettina ihm bei einem Abendessen nach einem Anwaltstermin gesagt. ›Gnade wird dir zuteil!‹ Wieso will er ihre Absolution? Seine Liebe zu ihr hat er nie infrage gestellt, trotz all der anderen Frauen. *Dank* all der anderen Frauen? Er hat sie nicht gefragt, mit welchen zwei Männern sie ihn betrogen hat, noch nicht. Hat sie die Männer erfunden, um ihn zu verletzen? Wird seine Liebe zu ihr erkalten und schließlich ganz erlöschen? ›Du kommst darüber hinweg.‹ Wie oft hat er das zu hören bekommen! ›Du bist selber schuld.‹ Als ob er das nicht wüsste! ›Alles hat ein Ende.‹ Auch das hört er schon sein Leben lang. Bettina hat nie nach Juliette gefragt, nicht ein einziges Mal. Sie wirkte den ganzen Abend traurig oder eher enttäuscht, als habe sie nicht ihn herbeigewünscht, sondern einen anderen, gleichzeitig aber strahlte sie eine beängstigende Vitalität aus, wie es nur Menschen tun, die einen schweren Verlust überwunden haben und die neuen Ziele, die sie sich gesetzt haben, gnadenlos verfolgen, wild entschlossen, alles selbst zu machen. Wirkt er auch wie ein solcher Mensch? Geläutert und gestärkt? Hat er sich damals in Bettinas Unabhängigkeit oder in ihre Bereitschaft verliebt, ihm zu vertrauen? Aber ist Vertrauen nicht naive Sentimentalität, das Unvermögen, einer Sache auf den Grund zu gehen und einen Menschen gnadenlos zu hinterfragen, gerade den, den man liebt? Bettinas Fingernägel waren lackiert, was er sich immer vergeblich gewünscht hat, auf einem Tisch in ihrer Nähe knisterte das Cellophan eines Blumenstraußes, den ein wartender Mann dort abgelegt hatte. Wird ihn der Verlust ihrer Ehe in die Knie zwingen? Während sie aßen und sich unterhielten, sah er sich in Gedanken vor dem Tisch knien und Bettina anflehen, zu ihm zurückzukehren. Bei einem ihrer ersten Dates wandte sie ihm den Rücken zu, ihre Arme um Oberkörper und Hals geschlungen, machte Kussgeräusche, streichelte sich mit gespielter Leidenschaft Schulterblätter und Taille und sah ihn über die Schulter hinweg lüstern an: eine Schmuseparodie, die sie nicht lange durchhielt, weil sie in schallendes Gelächter ausbrach. Bei ihrer nächsten Begegnung wird er Bettina nach den Namen der Männer fragen, die sie sich ziemlich sicher bloß ausgedacht hat. Wenn sie sich eine Strähne aus den Augen pustete, die sich aus den nachlässig hochgesteckten Haaren gelöst hatte, sah sie ihn von schräg unten an, und er musste den Blick abwenden. Er konnte ihren Lippenstift und ihre Bodylotion riechen. Ihr Oberteil hatte die Farbe gelber Trauben, zu gerne hätte er den weich fallenden Stoff berührt, Trauben, deren durchscheinende Hülle man mit den Zähnen schält, vorsichtig und doch ungeduldig, weil voller Gier auf das süße, sonnenwarme Fruchtfleisch. Die Flamme der Kerze auf ihrem Tisch stand in den Gläsern ihrer Lesebrille wie die senkrechte Pupille einer Katze, die ihn misstrauisch mustert. Während er zahlte, stand sie auf, umklammerte mit beiden Händen die Rückenlehne ihres Stuhls, als müsste sie ihn daran hindern davonzufliegen, und sah ungeduldig auf die Uhr an der Wand. Vor Jahren schlug Bettina vor, sie könnten sich Memoiren von Leben ausdenken, die sie nie führen würden, Biographien von Großwildjägern im Kongo, Spioninnen in der Tundra, Botschaftern in Armenien oder Tunesien, Nomaden, Eskimos, Derivathändlern in Bangkok, Bankräuberinnen, Oligarchen in Russland, Barbesitzerinnen auf Cape Cod, Pennern in Barcelona. Sie übertrumpften sich gegenseitig mit den Titeln ihrer fiktiven Memoiren: *Die Tänzerin der Ramblas. Eine Strandhütte auf Samoa. Der Löwe in der Küche. Kolben putzen in Provincetown. Hängematten auf Ko Samet. Nasen zählen in Gjumri.*

Casper geht ins Haus zurück, spült This' Tasse aus und stellt sie auf das Regal hinter dem Mischpult, auf dem er Erinnerungsstücke aufgereiht hat, als präsentiere er sie: eine Rabenfeder, gefunden in Buckow bei Berlin; der zersplitterte Drumstick von Vinnie Colaiuta, der mit Herbie Hancock und Wayne Shorter bei einem Festival in Norwegen spielte, bei dem auch Caspers Band Torso auftrat; der Rosenkranz, den Bettina ihm in Einsiedeln kaufte, bevor er an der linken Hand operiert worden war; das abgebrochene, mit roter Signalfarbe markierte Horn eines Schafes, das im irischen Donegal, wo sie verregnete Ferien machten, offenbar von den Klippen gestürzt war; der Eishockeypuck, gekauft im Souvenirshop der Boston Bruins, als er an der Berklee studierte. Das Holzbarometer, das er beim Ausräumen der Werkstatt fand, hat er als Blickfang an die Wand gehängt; je nach Luftdruck und Wetterlage verschwindet entweder die geschnitzte Bäuerin oder der Bauer, die sich an den Händen halten, in ihrem spitzgiebligen Häuschen.

Kaum ein Musiker, der in seinem Studio aufnimmt, spricht ihn nicht entweder auf das hölzerne Barometer oder auf das Schwungrad des Großvaters mit den abgenutzten großen Holzzähnen an, das im Aufnahmeraum an der Wand lehnt. Der Holzstuhl, auf dem er arbeitet, hat eine gerade schmale Lehne und ist unbequem, aber sein Großvater hat ihn gemacht.

Anders als vielen Musikern, mit denen er im Laufe der Jahre gespielt hat, hat ihm die Studiozeit immer gefallen; heute liebt er es regelrecht, sich für Stunden hinter dem Mischpult zu verkriechen und auf der Suche nach Ton und Sound, der wirklich zu einem Song, einer Band, einem Musiker passt, die Welt zu vergessen. Er genießt es zuzusehen, wie sich die Gesichter der Musiker verändern, während sie spielen, genießt es, Zeuge dieser Verwandlung zu sein, weil er damit einen Blick in eine Welt wirft, in der der Mensch alles, was er besitzt, freiwillig aus der Hand gibt und doch nichts verliert, gar nichts, und dazu zeigt, wer er sein könnte.

Dass sein Handy klingelt, bemerkt er nur, weil es aufleuchtet, als hätte es einen Herzschlag, und weil der Vibrationsmodus dafür sorgt, dass es sich ruckelnd im Kreis über den Beistelltisch neben dem Mischpult bewegt. Declan ruft ihn beinahe jeden Tag an, er half ihm beim Umbau genauso wie beim Umzug.

»Heute schon geschwommen?«

Er weiß, dass Declan Nichtschwimmer ist, obwohl er in Arklow an der Irish Sea aufwuchs, lässt es aber, ihn deswegen erneut aufzuziehen.

»Ist mir zu kalt.«

»Chicken! Ein richtiger Schlagzeuger schwimmt auch im Winter. Alles gut?«

»Alles? Zu viel Glück hält der Mensch doch gar nicht aus. Solltest du als Ire eigentlich wissen!«

»Bist du eigentlich mit Jacobo Arbenz verwandt?«

»Nicht, dass ich wüsste. Wer soll das sein?«

»Jacobo wurde 1951 Präsident von Guatemala. Er hat eine Landreform durchgeführt und Boden an arme Bauern umverteilt. Hat ihn natürlich zum Erzfeind der Oberschicht und der amerikanischen United Fruit Company gemacht. Ein großes Aktienpaket dieser Firma gehörte dem Direktor der CIA, also hat er der CIA den Auftrag gegeben, Arbenz mit einer verdeckten Operation zu stürzen. Nie davon gehört?«

»Nein, du Klugscheißer! Erzähl weiter!«

»Gibt's in der Ostschweiz kein Internet? Lies selber nach!«

»Mach schon, Mann!«

»Präsident Jacobo Arbenz musste Guatemala im Juni 1954 verlassen. Die Amis bombardierten Häfen, Militäreinrichtungen, den internationalen Flughafen und Städte und installierten einen neuen Präsidenten, der die Landreform gestoppt hat.«

»Darf ich raten? Die United Fruit Company hat ihr Land zurückbe...«

»Kluger Junge!«

Sie blödeln noch eine Weile herum, dann fragt Declan Casper, ob er in den nächsten Tagen vorbeikommen dürfe, er habe ein paar Basslines, die er ihm vorspielen wolle, sie könnten jammen, Songideen ausprobieren, Rhythm-Tracks aufnehmen ...

»Und die anderen, Declan?«

»Welche anderen?«

»Die Jungs der Band! Affentheater!«

»Das hat nichts damit zu tun, Casper. Nur du und ich. Ein neues Projekt. The Two Old Farts oder so. The Old Ones Who Fuck Students! Bass and Drums. Der Rest ergibt sich oder ergibt sich nicht. Bist du dabei?«

»Nur, wenn du Montag pünktlich um neun auf der Matte stehst!«

»Neun Uhr morgens?«

»Siehst du! Vergiss es!«

»Bis Montag, halb neun sharp«, sagt Declan und legt auf, bevor Casper etwas erwidern kann.

Seit einigen Tagen malt er sich aus, wie sein Leben verlaufen könnte, ihr Leben, wie ihr gemeinsames Leben hätte weitergehen können, ausgelöst durch die Schwarz-Weiß-Fotografie, die er beim Räumen in der Werkstatt fand: Seine Großeltern stehen in einem Studio vor einer augenscheinlich gemalten Landschaft, sie in einem Kleid mit geschlossenem Stehkragen, er in dunklem Anzug mit Weste und Hemd, aber ohne Krawatte; Arm in Arm schauen sie in die Kamera, zuversichtlich, verliebt. Die Fotografie bietet einen Blick in die Zukunft, ist die Vereinbarung zweier Menschen, Frau und Mann, die sich versprechen, für immer zusammenzubleiben. Das Bild ist der Grund, weshalb er sich seine eigene Zukunft vorstellt, Schlaglichter, die vor ihm aufblitzen, die Umkehrung der Behauptung, wer stirbt, sieht seinen Lebensfilm vor sich ablaufen: ein Pick-up, ein mit hellgrau gestrichenem Holz verkleidetes Haus am Waldrand über einem See, ihre nackten Füße auf dem Armaturenbrett, ein Toaster aus Metall, in dem ein qualmendes Stück Brot feststeckt, wattierte Winterjacken auf einem Haufen neben einem braunem Ledersofa, eine Tequilaflasche im Gegenlicht, in der sich ein Wurm windet, als wäre er am Leben, seine Stirn am Händetrockner einer Raststätten-Toilette an irgendeiner Autobahn, die moosbewachsene Wange eines gemeißelten Engels, Blätter, die in auf- und absteigenden Wirbeln über ihrer Wiese tanzen. Sie wird ihm sagen, was sie sich wünscht, er wird auf sie hören. Als könnte sich die Zukunft über die Gegenwart legen und Realität werden, die weichen Lippen ihres Esels, die Waschmaschine, die sich über den Betonboden bewegt, als die Wäsche schwingt, der Geruch des blauen Filzstiftes, den der Arzt aufschraubt, um ihnen auf einem Blatt Papier zu erklären, was die Diagnose bedeutet. Ist das die verdiente Strafe für das, was er getan hat, die Vergeltung? Wie gerecht ist es, deswegen beraubt zu werden? Bettinas Flipflops im warmen Sand neben dem hölzernen Strandweg, im sepiafarbenen Licht des nordafrikanischen Abends, die salzverkrusteten Umrisse ihrer Zehen auf dem schwarzen Kunststoff des Fußbetts, der Schmetterling, der durch das offene Fahrerfenster in ihren Mietwagen fliegt, eine Weile um ihre Köpfe flattert und durch das Beifahrerfenster entschwindet, der flechtenfleckige Fels, auf dem sie sitzen und aufs Meer hinaussehen, Bettina, die sich an ihn klammert, die Augen in Erwartung der nächsten Welle, die bereits auf sie zurollt, vor Panik aufgerissen, die zwei leeren Campingstühle, die Beine in den Sand gerammt, Sonne, die durch das Lattendach des Gewürzstandes am Rand des Souks fällt und sacht zitternde Streifen auf ihr Gesicht legt, der Abdruck ihrer Zähne im braunen Fruchtfleisch einer Mango, das Zischeln der Maschine, die das Heilgift rhythmisch in seinen Körper pumpt, Teeblätter, das Surren des altmodischen Projektors im Kino in Tunis, der schwache Lichtarm seiner Taschenlampe, der ihnen den Weg zu ihrem Strandpavillon weist, der Gartenschlauch, der sich plötzlich regt, weil sie den Hahn aufgedreht hat, sich aufrichtet wie eine Schlange und Wasser speit, der Sand, den er aus der Faust in ihren Bauchnabel rieseln lässt, ihr gemeinsames Glück, befristet, jedoch vollkommen, ihr Glück, ihre Liebe, ihre Hüftknochen, ihr Weinen, ihr letzter, letzter Blick.

Das Wummern der Scheibe, ein Windstoß hat das Glas getroffen, holt ihn in die Gegenwart zurück. Abends spiegelt die Scheibe, und er kann sich nicht dagegen wehren, sein Spiegelbild, wabernd wie die Flamme einer Kerze im Luftzug, immer und immer wieder anzusehen, als müsse er sicherstellen, dass er alles richtig macht. Soll er einen Vorhang montieren? Was er sieht, ist das Gesicht eines Mannes, der gezwungen wurde, seinen Kurs zu ändern. Ist er deshalb ein anderer geworden, hat er sich gebessert? Würde er wieder Sex mit Juliette haben, jetzt, da er die Konsequenzen nicht nur ahnt, sondern am eigenen Leib erlebt? Kann man das denn überhaupt, ein anderer werden, sich bessern? Der Mensch, weiß er inzwischen mit Sicherheit, wird von widerstrebenden Kräften angetrieben, dem unbedingten Verlangen nach Wahrheit und dem Wunsch, sie zu verbergen. Die Lampe über dem Mischpult erlischt mit verhaltenem Ploppen, ihr Glühfaden leuchtet rot nach, wird langsam blau und verglüht. Der Boden neben dem Mischpult hat einen dunklen großen Fleck, den er niemals entfernen würde: ein Hilfsschreiner, den der Großvater beschäftigt hatte, um einen Großauftrag zu schaffen, geriet mit dem Daumen in die Säge. In hohem Bogen spritzte das Blut durch die Werkstatt, in der Sonne, die durchs Fenster flutete, leuchtend wie die Funkengarbe jener Vulkane, die der Großvater am 1. August abbrannte, ein elektrisch sprühender Lichterschweif, echtes Blut. Der Mann hatte ungläubig aufgelacht, dann war er zu Boden gesunken und hatte das Bewusstsein verloren; sein Daumen lag keine zwei Meter von Casper entfernt am Boden.

Er bleibt reglos im Dämmerlicht sitzen, das ihn umfasst wie eine Hand; Wind zaust ungestüm die Bäume, bläht das Sonnensegel, als wollte er es davontragen. Vor einigen Tagen hat er bei einem Abendspaziergang einen

Hahn beobachtet, der in einem Hühnerschlag probeweise einen Fuß in den Lichtkreis setzte, den eine Straßenlampe auf das verdorrte, niedergetrampelte Gras warf. Der Hahn bewegte sich mit ruckendem, rostrotem Kehllappen vorsichtig in die Mitte des Lichts, das an den Spot eines Scheinwerfers erinnerte, erstarrte im Schritt. Außerstande weiterzugehen, den Lichtkreis zu verlassen und in die schützende Nacht zu fliehen, posierte er mit stolz erhobenem Schnabel, als würde er es genießen, leichte Beute zu sein. Am Zaun des Verhaus lehnte ein großes Stück Wellblech, auf das der Buchstabe Z gesprayt war, die Unterseiten der rauchgoldenen Wolken blähten sich, als würden sie gleich platzen, am Himmel stand absurd feierliches Licht, unangemessen pathetisch, das Licht für ein Fest, eine Messe, ein unirdisches Schauspiel. Er hob die Hand und scheuchte den Hahn aus seiner Erstarrung in die Dunkelheit, als hätte er auf ihn geschossen. Der Duft von Heckenrosen stieg ihm in die Nase, Mondlicht fiel durch die Äste der umstehenden Bäume und warf Streumuster auf den Boden, trotzdem konnte er nicht sehen, sondern nur hören, wie der Hahn in der Silberdunkelheit über die eingezäunte Wiese jagte, hin und her, von einem Ende zum anderen, auf und ab im Zickzack, als wäre der Teufel ihm auf den Fersen. Das Kratzen der Krallen zeigte ihm an, wo sich der Hahn befand, es dauerte lange, bis er sich beruhigte und es still wurde in dem Gehege.

Gedankenverloren startet er den Song »Chasing The Bird«, den sie gestern Nacht aufgenommen haben; dass sie mit Daniel schwanger ist, hat Bettina ihm in Wyk auf der Insel Föhr gesagt; sie saßen am Frühstückstisch ihrer Ferienwohnung und sahen auf die Nordsee hinaus, fasziniert von den Halligen, die bei ablaufendem Wasser wie aus dem Nichts erschienen. Seine Frage, wie sie das wissen könne, ohne Test, ohne Arzt, hat Bettina mit einem fröhlichen Lachen beiseite gewischt: ›Ich *weiß* es, Casper! Wir Frauen haben das im Gefühl.‹ Er erinnert sich an seine überwältigende Freude und die eigenartige Empfindung, als wäre auf einmal alles einen Tick heller, strahlender geworden, Bettina, er, die Wohnung, selbst das Meer, der Strand, die Sanddünen und der Himmel. Die Welt leuchtete, strahlte. Auf dem Tisch lag ein mit Aprikosenmarmelade verschmiertes Messer auf einem Tellerchen, durch das ein Sprung lief, Bettina saß reglos neben ihm, die Hände flach auf dem Tisch, und gab ihm die Zeit, die er benötigte, bis er sie endlich ungestüm in den Arm nahm, an sich drückte und ihr Gesicht mit Küssen bedeckte. Im nächsten Augenblick sieht Casper Juliette vor sich, sie sitzt auf der Bank im Stadtpark auf seinem Schoß, Feuer in den Wangen, erhitzt nach ihrem ersten Kuss. Schweigend sehen sie sich an, zögern, als wüssten sie, was sie in Gang setzen, wenn sie sich jetzt nicht voneinander lösen, sehen sich an und halten sich zurück, halten sich im Zaum, wie Rennpferde, die wissen, sie werden im nächsten Augenblick ins Rennen geschickt. Er wird sich bei ihr melden, er möchte wissen, wie es ihr geht. Wiedersehen will er sie nicht, das ist nicht nötig. Er steht auf, streckt sich gähnend, als vertriebe das die Bilder in seinem Kopf, und holt eine neue Glühbirne.

## 2

Der dritte Gang des kleinen feuerroten Simca-Kastenwagens klemmt, und in den Sekunden, bevor sie ihn einlegt, spürt Juliette jedes Mal ein Unbehagen, das sie nervt. Ihr Vater hat während des ersten Lockdowns Mitte April damit begonnen, mittags und abends Essen auf Bestellung auszuliefern, Vorspeise, Hauptgang, Dessert – ein Service, den anfangs nur Stammgäste seines Hotelrestaurants nutzten, der sich jedoch schnell herumgesprochen hat; mittlerweile müssen sie Kunden abweisen, da ihr Vater keine Qualitätsabstriche machen will. Während des Sommers war das Hotel erstaunlich gut ausgelastet, jetzt, am Ende der Saison und vor dem zweiten Lockdown, ist ihr Vater dringend auf die Einnahmen des Lieferservices angewiesen.

Sie muss niesen, und weil sie keine Taschentücher dabeihat, öffnet sie das Handschuhfach, aus dem ein indigoblaues Fläschchen fällt, so voll ist es. Sie geht vom Gas und erkennt, was es ist: Wenn sie während der Ferien im Burgund krank wurde, schmierte ihr Tante Fabienne einen Streifen Vicks VapoRub über die Oberlippe und rieb ihr die Brust damit ein. Sie hält an, weil sie das trockene Knacken hören muss, das es gibt, wenn man den Deckel aufschraubt; der Eukalyptusgeruch, der ihr in die Nase steigt, verwandelt sie zurück in das Mädchen, das sie damals gewesen ist. Tief drückt sie den Zeigefinger in die kühle, fest gewordene Masse, schnuppert daran und hat sofort Tränen in den Augen. Der beißende Duft löst wie früher leichten Schwindel und gleichzeitig das Bild eines Urwaldes aus, der in der Hitze brütet. Sie schraubt die Flasche zu und wirft sie in ihre Tasche.

In einer der Zeitschriften, die im Foyer des Hotels ihres Vaters aufliegen, hat sie gelesen, man solle seinem Liebhaber ein Haargummi um die Eier spannen, so bekomme er den Orgasmus seines Lebens. Claire, die Freundin ihres Vaters, konnte sich kaum beruhigen vor Lachen, als sie ihr davon erzählte.

Am Mittag beginnt Juliette ihre Lieferroute im Süden in Reclesne, dann bringt sie die isolierten Styroporboxen nach Lucenay-l'Evêque, Chissey-en Morvan, Valaouze, Ménessaire, Chaumien und Moux-en Morvan, abends fährt sie die Route umgekehrt. Ihr Vater weiß, wie gern sie das Tonstudio in Reclesne beliefert, das von einem Paar geleitet wird, mit dem sie sich angefreundet hat. Der Mann, Jake Blake, stammt aus Maine in den USA, die Frau, Corinna Holder, ist eine pensionierte Polizistin aus der Schweiz, die einige Jahre in Maine gelebt hat. Abends nimmt Juliette ein zusätzliches Menu auf die Fahrt, weil sie häufig mit den beiden isst und danach in ihrem Studio bei den Aufnahmen dabei ist. Mittlerweile hat sie für einige Bands, die bei Jake Blake aufnehmen, als Background-Sängerin gesungen, zudem tüfteln Jake und sie an gemeinsamen Songs, da er findet, ihre Stimme habe ›das gewisse Etwas‹. ›Schreib eigene Songs‹, hat er ihr geraten, ›du kennst deine Stimme am besten, ich helf dir.‹ Dass sie die Jazzschule abgebrochen hat, bereut sie kein bisschen; durch die Arbeit mit Jake lernt sie mehr als von Anna, ihrer Gesangslehrerin, deren Musik sie immer seicht und angepasst fand. Ihre Mutter hat erstaunlich gelassen darauf reagiert, dass sie nun im Burgund bei ihrem Vater lebt; sie hat angekündigt, sie Anfang Oktober zu besuchen, und darum gebeten, ihr in Autun ein Hotelzimmer zu buchen. Ihre Mutter besitzt die Gabe, sich in kürzester Zeit von Rückschlägen zu erholen, als wäre nichts passiert – eben noch zu Tode betrübt, im nächsten Augenblick von ausgelassener Heiterkeit. Hat Juliette das von ihr geerbt? Sie hat jedenfalls keine Zeit damit vertan, sinnlos zu grübeln oder sich Vorwürfe zu machen, was ja eh niemandem genützt hätte. Wenn sie als Kind geweint hat, wurde ihre Mutter jeweils nur kurz wütend, dann bekam Juliette, was sie wollte. Bei ihrem Vater waren Tränen unnötig, um Wünsche erfüllt zu bekommen. Juliette hat sich nicht wirklich vor der Wut ihrer Mutter gefürchtet, dafür dauerte sie nie lange genug, sie stand eher in ihrem Bann: als betrachtete sie das Wesen einer anderen Spezies. Dass sie immer eine Hasenpfote bei sich trägt, hat sie Juliette erst letztes Jahr gebeichtet. Doch, sie ist ihrem Vater ähnlicher als ihrer Mutter, und es ist richtig, für eine Weile bei ihm zu leben. Am Tag der Scheidung hat sie ihre Mutter in der Toilette des Restaurants überrascht, in dem sie mit Freundinnen Prosecco trank, ›um die neue Freiheit zu feiern‹; sie kauerte vor der Kloschüssel, die Pumps von den Füßen gestrampelt, die Knöchel der Finger, mit denen sie sich festhielt, weiß vor Anstrengung. Hatte sie sich übergeben? Über ihr Gesicht lief Rotz, ihre Maskara war zu breiten Schlieren verschmiert, aber was Juliette zu Tränen rührte, war die Laufmasche in der schwarzen Strumpfhose, die quer über die Fußsohle ihrer Mutter verlief und ihre käseblasse Haut freilegte.

Heute liefert sie neunzehn Mittagessen aus; sie ist spät dran und muss sich beeilen. Dass etwas passiert war, hatte sie sofort begriffen, als sie um halb elf in die Küche kam: Ihr Vater stand mit Tränen in den Augen am Fenster und starrte in den Garten hinaus; das gerahmte Foto, das er im Arm hielt, als wollte er es wiegen, kannte sie nicht. Er hatte Calvados getrunken, das konnte sie riechen, und als sie auf ihn zuging, fasste er sich an die Knopfleiste des Kochkittels, wehrte sie ab, legte den Rahmen vorsichtig auf die Arbeitsfläche und floh ins Freie. Auf dem Foto posiert Juliette Gréco mit aufgestütztem Kinn an einem Gartentisch im Freien; sie trägt ein langes schwarzes Kleid und schaut melancholisch nach rechts aus dem Bild, während der Hund, der ihr zu Füßen sitzt, Madame Trompette, wie sie von ihrem Vater weiß, nach links sieht. Im Hintergrund sind Bäume und ein helles Feld zu erkennen. Die Sängerin ist deutlich älter als auf der Fotografie, die heute im Büro ihres Vaters hängt und die Juliette so oft angesehen hat, dass sie sie buchstäblich mit geschlossenen Augen vor sich sehen kann: Auf diesem Foto wirkt Juliette Gréco wie ein Mädchen, ihr Gesicht ist kindlich voll und ohne eine Falte, ein beinahe spöttisches Lächeln umspielt ihren Mund, während sie mit Mittel- und Ringfinger spielerisch zwei Tasten von Miles Davis' Trompete drückt, der das Instrument an seine Lippen hält. Auch er ist jung, unglaublich jung, er trägt Anzug und Krawatte und hat die Haare nach hinten gegelt. Ein wunderschönes und eindeutig verliebtes Paar. ›Nun ist also auch Juliette Gréco tot‹, wie Bertrand, der Koch sagte, als er das Gratin aus dem Ofen hob. Wie oft hat ihr Vater von seiner Lieblingssängerin erzählt, die schöne, unbezähmbare Muse von Jean-Paul Sartre, Charlie Parker und Boris Vian, und hat ihr ihre Chansons vorgespielt, selig vor kindlicher Begeisterung!

In der Schweiz ist Juliette nur noch einmal gewesen, um Severins Honda Accord zurückzubringen und das Zimmer in der WG zu räumen; ihr Bruder Claudio hat ihr geholfen, die Sachen mit einem Kleintransporter nach Frankreich zu bringen. Die meisten Möbel hat sie weggegeben und nur die Kommode, ein Erbstück ihrer Tante Fabienne, die Doppelkernmatratze, den Teppich, auf dem Flohmarkt gekauft, den Rattansessel, von dem die blaue Farbe blättert und der bei jeder Bewegung knarrt, Noten, Kleider und Schuhe mitgenommen. Auf der Rückfahrt ins Burgund fiel ihr erst hinter Belfort ein, dass sie Pierre, den Patron des Iss & Trink, nicht angerufen hatte, um zu kündigen, aber schließlich hat er sich auch nie mehr bei ihr gemeldet und ihr vertragsloses Arbeitsverhältnis also stillschweigend aufgelöst. Sebastian hat keine Ahnung, dass sie nicht mehr in der Schweiz lebt; die zahllosen Nachrichten, mit denen er den Film zunehmend aggressiver, hinterhältiger und verletzender kommentierte, haben dazu geführt, dass sie ihn nur sehen möchte, um ihm für seine verlogene Doppelmoral ins Gesicht zu spucken. Will sie immer noch wissen, was die anderen von ihr denken? Sie hat WLAN in ihrem Appartement, trotzdem ist sie selten im Netz; die Fotos, die sie gepostet hat, seit sie hier ist, kann sie an zwei Händen abzählen. Die meisten Aufnahmen, die sie macht, löscht sie, sobald sie sie angesehen hat. Mittlerweile macht sie oft gar nicht erst welche. Severin hat sich geweigert, sie zu sehen: Er hat verlangt, dass sie seinen Autoschlüssel Ayse aushändigt, sein Zimmer zu betreten, verbot er ihr. ›Für mich‹, hat er ihr getextet, ›bist du gestorben, du hast mein auto geklaut und ich könnte dich auch anzeigen und in den knast bringen!‹ Doch dann ist er trotzdem in der WG aufgetaucht, hat sich wie ein Gorilla vor ihr aufgebaut und herumgebrüllt. Eigentlich ist ihr egal, ob Severin sie hasst. Er zählt nicht länger, sie hat ihr früheres Leben hinter sich gelassen. Als er sie niederbrüllte, zerknüllte er die leere Chipstüte, die auf Juliettes Tisch lag, und ließ sie auf den Boden fallen. Während sie zusahen, wie sie sich knisternd wieder entfaltete, ähnlich einer Blüte, schwiegen sie, dann drehte er sich um und ging aus der Wohnung. Auf dem Fenstersims ihres Zimmers lagen tote Fliegen, zwölf, dreizehn, zu viele, um sie zu zählen, blau schimmernd, verpuppt von Spinnweben und Staub. Weiß sie dank der Affäre Dinge, für die sie mit neunzehn im Grunde zu jung ist, zu unerfahren? An Arbenz denkt sie nur selten, und wenn, dann ohne Groll, ohne Wut. Sie will nicht wissen, wie es ihm geht und ob er wieder unterrichten darf. Auch das hat sie, für immer, wie sie hofft, hinter sich gelassen: Interesse für Menschen, die ihr nicht genug bedeuten, um ihretwegen Lebenszeit zu vergeuden. Sie hat einen Schlussstrich gezogen, vielleicht hat Arbenz das auch. Ihr Nachmieter saß peinlich berührt in der Küche der WG und rauchte, sie wischte die toten Fliegen in die hohle Hand und schmiss sie aus dem Fenster, ein Wölkchen, vom Wind davongetragen.

Der Sommer ist im Nu vergangen, in einer Art verzittertem Fiebernebel, ihre Erinnerung daran ist lückenhaft, gerafft, verschwommen, aufgelöst in Einzelbilder, Gesten, Momente, überbelichtet und unscharf wie auf einem missratenen Selfie, wild durcheinandergemischt und angeordnet in einem Kaleidoskop, das jemand anderes bewegt, nicht sie. Einmal hat sie eine Bananenschale in ihrem Schoß entdeckt, als sie draußen in der Hängematte lag, und erst in dem Moment begriffen, dass sie die Banane bereits gegessen hatte. Wie wird sie sich in einigen Jahren an diese Zeit erinnern, in der sie ins Burgund zu ihrem Vater zog und die Jazzschule abbrach, weil sie den Fehler begangen hatte, mit einem Lehrer Sex zu haben? Werden die schlaglichtartigen Eindrücke verblassen und verschwinden oder werden sie sich zu einer Erinnerung fügen, die einen Sinn ergibt und sich erzählen lässt?

Die ersten Wochen wohnte sie in Zimmer 11, aber als die Umbauarbeiten der ehemaligen Remise am Ufer des Ternin im Juli beendet waren, bezog sie das kleinere Gästeappartement. Die Glastür ihres Schlafzimmers geht auf einen Sitzplatz am Ternin, ihr Vater hat für sie eine Hängematte in den Baum gehängt, dessen Äste sich über das Haus beugen, als wollten sie es beschützen. Sie hat viel geschlafen in den vergangenen Monaten, mehr als je zuvor in ihrem Leben, tief und fest, unterhalten und verstört von wilden, rätselhaften Träumen, durchlässig für den Übertritt in das Reich des Unterbewussten, in dem andere Gesetze gelten. Manchmal sieht sie ein Feuerwerk hinter ihren Lidern, bevor sie einschläft, doch sehen das nicht alle? Nicht wenige dieser Träume holen sie tagsüber wieder ein, was sie zwingt, über sie nachzudenken. Was wollen ihr die wahnwitzigen Bilder und Szenen mitteilen? Stehen die Menschen, die sie aus dem wahren Leben kennt und die Szenen bevölkern, für sich selbst, oder sind sie Statthalter und Symbole? Warum empfindet sie keinen der Träume als bedrohlich, als Albtraum? Selbst die erschreckendsten Bilder, Wendungen und Figuren findet sie interessant; Pferde, die rückwärts in gelben Schnee hineingaloppieren, Köpfe in lodernden Flammen, Männer ohne Gesicht, doppelte Wände, Mützen, die sie verschlingen. Träumt sie, ist sie begierig darauf, Neues zu sehen, Fremdes, Gefährliches. Die Träume sind lehrreich, und sie käme nie auf die Idee, sie jemandem zu erzählen. Es steht keinem zu, zu deuten, was ihr das Unterbewusstsein vorführt. Dieses Recht besitzt nur sie, nur sie allein, allerdings hat sie nicht das geringste Bedürfnis danach, überzeugt davon, die Träume dadurch zu ruinieren und vielleicht aus ihrem Schlaf zu verscheuchen. ›Am liebsten hab ich dich, wenn du schläfst.‹ Heute würde sie den Satz ihrer Mutter vielleicht nicht mehr als verletzend auffassen. Schlaf ist etwas Seltsames, er legt ganze Dörfer lahm, lässt Menschen in dunklen Räumen liegen und verreisen, ohne dass sie sich von der Stelle rühren müssen. Sie sind nicht länger wirklich auf dieser Erde, sind vereint in einem unerklärlichen Zustand wehrloser Apathie und gleichwohl so agil und lebendig wie selten in wachem Zustand. Blitzwache Wesen, welche schlafen. Sie schläft nackt, bei offenem Fenster, hört zum Wegdämmern Musik, oft Joni Mitchell, weil ihr »Edith and The Kingpin« nicht aus dem Kopf geht. Jake war begeistert, als sie ihm ihre Version vorsang, er will, dass sie den Song aufnehmen, nur Piano, Bass, Drums und im Zentrum ihre Stimme, um ›das Skelett des Liedes freizulegen‹, wie er sich ausdrückte.

Etwa zwei Wochen nach ihrer Rückkehr aus der Schweiz erhielt sie eine SMS von Severin, auf die sie bis heute nicht reagiert hat, wieso sollte sie:

*Ich hab den film aufgenommen. finde, das musst du wissen. sorry.*

Der Duft des Coq au Vin, den sie ausliefert, erinnert sie daran, dass sie nicht gefrühstückt hat, weil sie bis nach zehn schlief; gegen den ärgsten Hunger hat sie vor der Abfahrt zwei Stück vom Dessert stibitzt, Pain d'Epices, für das ihr Vater gerühmt wird. Bis heute hat keiner aus ihrem früheren Leben Juliette im Burgund besucht, nur ihr Bruder Claudio, der ihr beim Umzug half, sich aber wie üblich mit seinem Vater in die Haare geriet und nach zwei Tagen wieder abreiste. Vor einer Stunde hat Ayse ihr getextet, sie sei losgefahren; sie schreiben sich seltener als noch im Sommer, telefonieren fast nie. Ayse arbeitet jetzt in einer Konditorei und bereitet sich für die Aufnahmeprüfung der Schauspielschule vor, sie hat angefangen zu joggen und trinkt weniger. Juliette denkt oft an ihre Freundin und ihre gemeinsame Schulzeit, sieht das genervte Gesicht des Deutschlehrers vor sich, dem sie das Gedicht von Rilke um die Ohren hauen, bis er den Blick senkt, sieht die Aschestreifen auf den Fliesen der Schulhaustoilette von ihren heimlich gerauchten, heftig ausgedrückten Gauloises, sieht das sanft glühende Abendlicht hinter den Bäumen im Stadtpark, das sich in der sonnenwarmen Rotweinflasche bricht, hört das Rattern der Zugräder auf dem Weg nach Paris, das obszöne Gurren der Tauben vor dem Fenster ihres schäbigen Hotelzimmers im Quartier Latin, in dem sie in einem viel zu weichen Doppelbett eng umschlungen einschlafen, hört Ayses leises Schnarchen, das klingt wie das Schnurren einer Katze.

Auf der Geraden vor Moux-en Morvan drückt sie das Gaspedal so lange durch, bis der Motor ein schrilles Nebengeräusch von sich gibt und sie erschrocken den Fuß anhebt, dann beruhigt registriert, wie das Geräusch langsam abebbt; Vorfreude treibt sie an, sie kann es kaum erwarten, Ayse wiederzusehen, um ihr ihr neues Leben vorzuführen, ihr kleines Reich am Ternin, den Sitzplatz mit Gasgrill und Hängematte.

Das Licht der Stehlampe hinter dem Velourssofa steht als Glorienschein um Ayses Kopf; sie hebt lächelnd die Arme, dreht ihr Haar im Nacken zusammen, türmt es sich auf den Kopf, lässt es los, schüttelt es und zeigt ihren Hals, weiß und weich wie das Innere eines Brotlaibes. Der Träger ihres BHs glitzert, ihre Augen blitzen abenteuerlustig.

»Und? Irgendeinen kennengelernt?«

Juliette schüttelt den Kopf; auf einmal ist sie überzeugt, Jake Blake und sein Studio vor Ayse schützen zu müssen; sie wird es nicht erwähnen.

»Und du? Wie ist der Neue? Mein Nachfolger?«

»Nett!«

»Nett? Aysi?«

»Langweilig.«

»Ich weiß noch nicht mal, wie er heißt.«

»Brauchst du auch nicht, glaub mir. Wenn er sich rasiert hat, putzt er nie das Waschbecken!«

»Wie alle Typen«, ergänzt Juliette brav.

»Ist nicht mehr wie es war, Julie.«

Ayse wirkt irritierend aufgedreht, als spiele sie es bloß. Fällt Juliette das erst jetzt auf, da sie sie nicht jeden Tag sieht? Soll sie Ayse erzählen, dass Severin behauptet, den Film aufgenommen zu haben?

»Willst du mir sagen, ich soll zurückkommen?«

»Kommst du nicht?«

»Nein! Es ist anstrengend, die mieseste Schlampe zu sein.«

»Anstrengend und ungerecht.«

Mit den Zehen fummelt Ayse umständlich das mit farbigen Glasperlen besetzte Riemchen ihrer rechten Sandalette herunter, schleudert sie quer durchs Zimmer und kratzt sich mit den rot lackierten Zehennägeln die linke Ferse, an der sie eine Blase hat. Dann lässt sie den Knöchel kreisen, ihr Kinn leicht angehoben, ohne sich vom trockenen Knacksen stören zu lassen, springt plötzlich auf die Beine, humpelt auf einem Schuh zum Kühlschrank, öffnet ihn, sieht hinein und hebt die Flasche Champagner heraus, die Juliette in der Hotelküche ihres Vaters geholt und kalt gestellt hat.

»Worauf stoßen wir an, Julie?«

»Wir hören nur uns selbst.«

*Ernst Bloch*

*Dank an*

Kuratorium des Kantons Aargau,
Bodman-Haus in Gottlieben,
Stiftung Haus am See, Kastanienbaum
und UBS-Kulturstiftung.

Marc Halbheer, Manu Katché, Claude Baumann,
Rolando Colla, Jürg Fritzsche, Robert Nordstrom,
Jennifer Lee, Brigitte Haas.

*Suhr, Gottlieben, Kastanienbaum, La Chaume*
*Oktober 2019 bis März 2021*

*Hansjörg Schertenleib*

Hansjörg Schertenleib, 1957 in Zürich geboren, ist gelernter Schriftsetzer und Typograph. Seine Novellen, Erzählbände und Romane wie die Bestseller *Das Zimmer der Signora* und *Das Regenorchester* wurden in ein Dutzend Sprachen übersetzt und vielfach ausgezeichnet, seine Theaterstücke auf der ganzen Welt gespielt. Schertenleib, der auch aus dem Englischen übersetzt, u. a. Werke von Eoin McNamee und Sam Shepard, lebte zwanzig Jahre in Irland, vier Jahre auf Spruce Head Island in Maine und pendelt seit Sommer 2020 zwischen Autun im Burgund und Suhr im Kanton Aargau. Im Kampa Verlag sind erschienen: *Die Fliegengöttin*, *Palast der Stille*, *Der Glückliche* und die Maine-Krimis *Die Hummerzange* und *Im Schatten der Flügel.*